魅丽文化　花火工作室

小甜饼

她

李寒溪 著

/Her
/Cookies

的

百花洲文艺出版社
BAIHUAZHOU LITERATURE AND ART PRESS

图书在版编目（CIP）数据

她的小甜饼 / 李慕渊著 . — 南昌 ： 百花洲文艺出
版社， 2019.11
　　ISBN 978-7-5500-3420-4

　　Ⅰ．①她… Ⅱ．①李… Ⅲ．①长篇小说－中国－当代
Ⅳ．① I247.5

　　中国版本图书馆 CIP 数据核字 (2019) 第 230557 号

她的小甜饼

李慕渊　著

责任编辑	郝玮刚　程慧敏
选题策划	黄　欢
特约编辑	沐　沐
封面设计	苏　荼
出版发行	百花洲文艺出版社
社　　址	南昌市红谷滩新区世贸路 898 号博能中心 A 座 20 楼
邮　　编	330038
经　　销	全国新华书店
印　　刷	湖南凌宇纸品有限公司
开　　本	880mm×1230mm　　1/32　　印张 9
版　　次	2019 年 11 月第 1 版第 1 次印刷
字　　数	261 千字
书　　号	ISBN 978-7-5500-3420-4
定　　价	38.60 元

赣版权登字　05-2019-285

网址 http：//www.bhzwy.com
图书若有印装错误，影响阅读，可向承印厂联系调换。

图 录

////CONTENTS

·第一章·

穿上高跟鞋就能遇见王子

"姓名。"

"阮秋伶。"

"性别。"

"女。"

"入院原因。"

"嗯……"

"入院原因？"

"医生？"

"嗯？"

"你每次查房都非要听我被农用小卡车一个急转弯掉头吓到，然后连人带高跟鞋一起摔进路边排污池的事情不可吗？还有，我那双高跟鞋真的很贵！一个星期前还有神仙在梦里暗示我，只要我穿上那双高跟鞋就会遇到自己的……"

"阮秋伶女士，我们是按照程序工作，请您配合。"

问话的医生像是故意挑事，他胸前挂着"科室主任江浩"的牌子，阮秋伶气得想当场放弃治疗。可眼下，她一没钱，二不确定到底是什么病，人在屋檐下，不得不低头。

"这样就对了嘛。在医院不好好听医生的话，可是会吃——大——亏——的哦。"似乎是担心阮秋伶不理解，江浩强调道。

见阮秋伶安静下来，他佯装翻开病历，余光却瞟向了查房队伍末尾戴着口罩的新面孔。

那位"新医生"长得似乎有几分好看，高鼻梁、高眉骨搭着小麦色的皮肤，眼睛很漂亮，长长的睫毛下目光格外深邃，遇上阮秋伶的那一刻有刹那失神。他站在查房队伍末尾，远远地望了病床上的女孩一眼，示意式地往靠近门的地方挪了挪。

该走了，江浩心领神会。

"好了好了，我们先走了，你好好养伤，别乱动，否则这点扭伤我还得给你再上夹板。"临走前，江浩习惯性地伸手捏了捏阮秋伶包成粽子的腿，又在队伍末那位"新医生"火辣辣的目光下把咸猪手收了回来。他深知自己的所作所为足以震慑住病人，但只要阮秋伶愿意老老实实地躺着，她那点小骨折痊愈的速度就能加快。

她越早离开，某个"麻烦的人"就会越早让他重获自由。

"虽然伤得不重，但是高跟鞋还是先别穿了。穿上高跟鞋就能遇见王子的事，也先往后挪挪。"江浩临走前特意嘱咐道。

"是霸道总裁！王子哪里比得上霸道总裁？！"

"哈？"

提到自己喜欢的话题阮秋伶突然来了精神，用力纠正道："霸道总裁才是每一个适龄少女的梦想。没有总裁就没有少女心，没有总裁就没有好恋情，没有总裁就……哎，你们不要走啊，多少听我把话说完。总裁大法好，没有接触过总裁的你们永远也不会知道总裁的美妙之处……喂！别走啊！"

姑奶奶，这里不知道总裁的"美妙之处"的，大概也只有她一个人了！

整个医疗团队表面风平浪静，内心深处早已波涛汹涌。江浩强装着笑脸，慢慢向队伍里那位"新医生"靠近。

今天这查房步骤不对。

真要说不对，把受了这么点小伤的成年人安置在骨科特护病房，本来就不是常人会有的做法。

"陆总，您还满意吗？"

"嗯，谢谢。"一同查房的其他医护人员散去，"新医生"缓缓摘下口罩。

口罩下确实是一张能够俘获少女心的脸，墨黑色的发丝，一双深不可测的眸子，脸部轮廓酷似欧美男模，棱角分明。

如果真的要用一个词来形容他的好看，只能是"英俊"。不是柔美，而是英气。与主流的偶像男团不同，他的脸并不精致白嫩，仔细观察甚至还能找到些风吹日晒的痕迹，整张脸略显粗糙。可是，以白嫩为标准来判断帅哥的话，是不合理的。

毕竟就凭这张脸，互联网上一天都能白捡三百个管他叫"老公"的便宜老婆。更何况，这张脸的主人名叫"陆远"。

对，就是那个凭借一己之力撑起蓝溪市鼎鼎大名的珠宝公司的陆远。

年少有为的标签，搭配高端珠宝店引发的闪闪发亮的少女心，一度让"陆远"这个名字成为城内多数适龄少女心中暗自幻想的对象。

他不缺钱，也不缺女人，更不会有女人对他指手画脚。

在他家公司的小卡车撞上逃婚新娘之前，确实是这样的。

"被撞的那个阮秋伶我已经查清……"江浩刚要向陆远汇报工作，最远处的病房却传来了吵闹声。

"江主任，把江主任叫过来！"

"陆总，您先在这歇会儿，我看看就回来。"江浩原本还想在总裁面前刷一下存在感，却无奈得离开。金钱诚可贵，职业道德价更高。

"别开口闭口陆总的，太假了。"陆远对自己这位老朋友的奉承颇为不满。

"得嘞。"江浩笑嘻嘻地转身离开，只留下陆远站在医院走廊上，看看墙上的宣传海报。

陆远身上还穿着白大褂，尽管这是江浩的褂子，上面的扣子松松散散的，但陆远本身有气质，这么一穿，倒也好看。

江浩原本想着越快结束查房，就能越快让陆远这个"假医生"换回真实身份，结束这场秘密探望，无奈世事总是无常。

"江主任，今天你一定要给我们做主啊，你看这……"

吵闹声传到特护病房，阮秋伶立刻下床，小心翼翼地将门推开了一道缝，她等这个机会已经多日，没想到这个年轻的主任医师也有今天。

阮秋伶目不转睛地望着医护人员们向吵闹的病房聚集，身体距离大门口越来越近。

阮秋伶这几天也是诸事不顺，一开始她只是在路边摊畅聊人生，聊着聊着就被通知自己老爸做生意亏了几十万。要钱没有，要命是犯法的，情急之下，阮父把欠的几十万元当彩礼抵消，再告诉自家闺女平白无故已经有了个未婚夫。

作为新时代的新女性，大学新生中的"小辣椒"学妹，阮秋伶哪受得了这个委屈？她当场就扬言除非断腿，否则逃婚。

阮父对自家女儿的脾气一清二楚，选了个全年级上马克思主义大课时，一麻袋就把女儿套到乡间小路上当了新娘。

阮秋伶自然也不是吃素的，穿着新娘喜服往田埂一钻当场逃婚。只是她千算万算没算到，自己的逃婚大计竟然被横空出世的农用小卡车横插一脚。更没想到的是，她感觉伤得不重，却被不知名的好心人送进医院包扎成了骨折。

如果是正常人，惹了事怎么可能这么热情？怕是债主上门。医生也不肯说是谁送她来的。阮秋伶这样想着，心里一急，脚步加快。眼看着就要摸到科室大门，她却冷不丁撞到了什么人。

"不……不好意思。"阮秋伶回过神，才发现自己竟然撞上了一位衣冠不整的"医生"。

陆远原本已经准备脱掉白大褂，到主任办公室里换回自己的西装，这会儿自然穿得松松散散。他定睛一看，撞上自己的竟然就是自己这次"秘密探望"的目标。

"没事。"陆远也不知道自己怎么回事，阮秋伶一靠近，他就莫名地感觉心慌。要不是这个原因，他也没必要大费周章拜托自己在私立医院的老朋友搞什么"秘密探望"。他略低着头，长睫毛忽闪忽闪的，甚是好看。

"你……是新来的医生吗？"阮秋伶原本还想溜，可她抬头对上陆远的脸，腿脚就莫名地变得沉重起来。

这……这男人怎么可以长得这么好看？！

"小辣椒"学妹的大脑一时失控，她下意识地掏出了口袋里早已摔坏的手机，捧到陆远面前："我……我现在有重要的事情，必须走，不过这家医院肯定是家黑医院，你最好早点辞职。还有，你快把你的联系方式告诉我！快！别问为什么！"

看见帅哥不撩，那还是阮秋伶吗？

这边阮秋伶要着联系方式，另一边，江浩终于察觉到事情不对，扭头一看，这下可好！陆远竟然被自己要看管的小祖宗给缠住了！

"阮秋伶，你干什么？"江浩快步向着两人走来。

不好。

阮秋伶回头看见江浩，竟然下意识地往后面钻，顺势用自己手上的石膏板当匕首，挟持陆远做出了威胁的姿势。

唉，都怪男色误人。

"你……你别过来！"阮秋伶用石膏板抵着陆远，如挟持人质的抢匪。

"你先冷静点！"江浩好生安抚，生怕陆远暴露身份。还好阮秋伶只是四肢发达，头脑略微简单，她压根就没觉得手上挟持的"人质"身份特殊。

"我没有办法冷静！我现在就要出院，还有，医药费我是不会给的！"

"我的小姑奶奶，您先回病房去吧，医药费已经有人替你给了。"江浩哭笑不得，眼神一直往陆远脸上飘。

陆远一脸淡定，不……似乎除了淡定外还有一些，享受？

"先冷静下来，女士，你好像太激动了。"陆远也意识到自己作为人质，过于冷静了。

"我……"阮秋伶迟疑了一秒。

左右的医生见机行事，趁着阮秋伶分神，立刻把她"拿下"。好歹是骨科医生，这点力气还是有的。

"放开我！我还有话没问完，救命啊，黑医院宰客啦！"阮秋伶一路挣扎，可惜还是被"送"回了特护病房。

"陆……陆……陆远，对……对……对不起。"江浩不知道怎么面对眼前的男人，十几分钟前自己还信誓旦旦，结果刚转身，阮秋伶就捅了这么大的娄子。

陆远的表情看起来并没有不满，他稍稍点头，目光落在特护病房的方向，又飞快地收回来，叮嘱道："费用不够的话，请再联系我。没什么事情的话，我先走了。"

"怎么每次都来去匆匆的？搞得我和你只剩下金钱交易似的。"江浩轻车熟路地推开了主任办公室的门，感觉有猫腻，"进来坐坐吧，陆大忙人。"

陆远无意久留，他此次来只是想确认事故受害者的伤情，没有叙旧的打算。可江浩太热情了，不去坐坐似乎也不合适。

"她的情况比较稳定，伤得也不重。毕竟这种程度的外伤，主要是靠身体恢复速度。不过关节附近的损伤，具体恢复情况难以判断，稳妥的做法还是要再观察一段时间。喀喀……如果不方便回家自行观察，也可以在医院再待几天，转到普通病房就可以了。"江浩捧起保温杯，往里加枸杞，余光却时不时地扫过陆远的脸。若是平常，这种小事都轮不到他陆大总裁亲自出马，今天怎么会这么反常？这位单身快三十年的黄金单身汉，这次来怕是别有用心。

"衣服还你。"陆远松松领结，骨节分明的手游走过外套的每一枚纽扣，白色褪去，换上一身量体定做的精致西装。虽然西服的颜色显得有些低调和朴实，但从做工和走线上看得出定制西装的高级感，"谢谢。"

"对我这么客气，你太不够意思了。"不正经的主任医师突然装出一副委屈的样子，语调活脱脱像个小媳妇，"在我没有利用价值之后，这还是你第一次来医院。"

"所以，这张卡……你还要吗？"

陆远的手不知道什么时候盖在了桌上，指尖往前推着一张黑色的卡。

黑卡！江浩眼睛一亮。

"要要要，陆远大人，还有什么吩咐您尽管说。"江浩瞬间谄媚起来。他伸出食指按住卡片的另一端，顺势拉了过来。要知道，这种全国限量发售、可以大额度透支的卡片，他就算是奋斗一辈子，也不一定排得上号。有这样一个随便花钱的机会，他为什么不好好珍惜呢？

陆远早就猜透了江浩的心思。

"毕竟是你这边承担主要责任，要是伤员有什么后遗症，之后你可就麻烦了，一会儿我一定再仔细检查检查。"

江浩故作严肃，可想到事情发生的经过，就忍不住要笑出声来，"噗……不过你真的，你不好好去监督你的矿山，开辆小卡车在那种小路上晃悠什么？车祸我见过不少，但是被总裁坐的农用小卡车撞伤进医院，我还是第一次见……"

"她对我来说很重要。"陆远简明扼要道。

"多重要，一见钟情？"江浩眼里闪过一道八卦之光。

"比起这个，你还是多关注病房吧。对了，医院的档案室，会存放十年前的手术档案吗？"陆远目光闪烁，明眼人都看得出来他试图转移话题。可惜，江主任在专业面前根本没有眼睛。

"十年前？除非是特别的案例，一般来说半年就会被档案科处理掉了。"江浩突然正经起来。

"我清楚了。"陆远起身离开了办公室，根本没给人留下问话的机会。

"喂，喂，等等啊，你刚才说的档案和一见钟情有关系吗？说清楚，喂！"江浩猛然回过神来，"陆远那小子，根本就是故意转移话题吧！不行，我得再找找别的出路。"

陆远不爱说话，却很擅长谈判。而可以从早聊天聊到晚的江浩，则完全没有这方面的才能。江浩出师不利，只好把八卦的方向从老朋友转移到新患者身上。

阮秋伶此刻还在特护病房里拼命作妖，她试图搞清楚，撞了自己的农用车到底是哪个地头蛇的座驾。

"快放我出去！你们这是非法拘禁！"

"女士，您的治疗还没有结束……"

特护病房里的日常：情绪激动的女病患试图半路溜走，严防死守的护士想尽办法挽留。

"我不管我不管，你再不让我出去，我今天就不治疗了。"威胁失败的阮秋伶试图撒娇。

"行啊，那治疗费我照样收，你爱治不治呗。"闻讯而来的江浩靠在特护病房的门框上，守住病房唯一的出入口。他对阮秋伶早已经了若指掌，尤其是得到陆远认可之后，又添了几分底气。

阮秋伶，性别女，某大学经济专业的学生，专业成绩中等偏下，自称是霸道总裁、资深总裁小说狂热爱好者，可惜出身平平，所有喜欢的男人都活在梦里。

三天前逃婚时由于太过惊慌失措，被农用小卡车吓得跌进排污池，后来被不愿意透露姓名的陆远送进医院，目前暂住在市里数一数二的私立医院里接受观察和治疗。

"我不出去，认真接受治疗也可以，但是我真的希望能够了解一些问题。"被迫躺回床上的阮秋伶第八十三次和当班的护士讨价还价。

"关于医疗的问题，我一定会给予您满意的答复，这是我的职责。"江浩示意护士出门，眯起眼睛，靠近病床，准备为病人解答。

"不……不过也算是医疗的问题吧，"阮秋伶伸手把自己散在前额的碎发往旁边拨了拨。江浩虽然不像个靠谱的医生，可起码长了张还算好看的脸。阮秋伶向来是见到帅哥才能学会注意保持仪态，"哎，就是你能不能悄悄告诉我，这些天一直为我支付医疗费用的人到底……"

"不好意思，这个不行。"江浩没等阮秋伶说完，就干脆利落地表示了拒绝。

这下阮秋伶急了："你怎么能这样，你这样根本不符合经济学的定律，也没有履行相应的医患知情同意权，你这样的态度才是医患矛盾爆发的主要原因……"学习成绩不佳的阮秋伶，竟然也被逼得吐出了几句文绉绉的话。也只有这个时候，她才能意识到自己也算是个正儿八经的经济专业的大学生。

这哪里是观察治疗？这分明就是监禁！对了，这样的情况，法条上的哪一条比较适用来着？好像有个什么定论就可以用在类似的情况上。

法条和定论阮秋伶想不起来，医生做出需要留院观察的判断她也理解不了，好在这并不妨碍她发挥。她阮秋伶是什么人，什么大风大浪她没见过？软的不行，她还可以来硬的。

"我不管！你们今天非得给我一个交代，要不就告诉我到底是谁给的医药费，要不就让我出院！"阮秋伶的计划是先礼后兵，只不过她礼貌的部分短得有点过分，"就算这是私立医院，难道病人的知情同意权都得不到保障吗？我要投诉你们！等我出去，我一定要把这些事情告诉消费者协会。你们可要想清楚，如果我去消费者协会投诉你们，你们会承担什么后果。"

"女士，护士应该已经向您解释过留院观察的必要性了，作为您的责任医生，只要您还在医院，我就必须为您的健康负责。如果您还是不能理解，我等着您的传票。"江浩面带微笑，笑得人心里发毛。

阮秋伶愣了，没想到自己好不容易憋出的"专业威慑"起不到任何作用。

"你到底为什么要这样针对我？难道……江医生，您结婚了吗？"阮秋伶话说到一半，眉头一皱。按照小说里的套路，这种情节妥妥的是有人喜欢上她啊！阮秋伶突然压低了声音，"难道为我支付医药费的人就是你？那你该不会是对我……"

"咳咳咳，注意一下我们这间病房里的患者，大家可要好好地照顾她。"江浩突然提高了音量，浩浩荡荡的医护大军瞬间拥入病房。他才没有要和阮秋伶搞暧昧的意思，没那心，也没那胆。

见气氛被打破，阮秋伶只好另想出路。她向后靠了靠，让自己和特护病房的关系看起来更加紧密。

"喂，我说江医生，我好歹也住在你们的特护病房里，你们的医生护士以这种态度对待我，真的没有问题吗？"

江浩低头看了眼手机上的新消息，突然面对阮秋伶露出了一个诡异的微笑："既然这样，那从今天开始你就住到普通病房吧，药费和房钱照样记最贵的。"

这句话告诉阮秋伶一个重要信息，为自己出住院费的肯定不是眼前这个家伙！

"喂！你凭什么？"虽然不知道到底是谁出的钱，但阮秋伶咽不下这口气。

"你不是觉得特级护理病房不好吗？像蹲监狱似的。"江浩心不在焉地说。

江浩特意转身，对着身前的年轻医生们说："我们科室这个月业绩不错，等发了奖金，大家正好可以一起聚个餐什么的！"

"好耶！"身后的医生护士们配合地低声欢呼。

"你们是开玩笑吧？哪有你们这么没医德的医生……"阮秋伶厌了一秒，只好先走一步看一步了。

作为这次交通意外唯一的受害者，阮秋伶的运气简直低到了东非大裂谷。过去的几十个小时里，她完整地经历了小说女主角常见的"大起大落"。

几小时前，不甘心和债主结婚才逃婚的她，被三心二意的驾驶员开着农用车撞进了乡间的排污池里。

几小时后，她能够住在医院里和人谈笑风生，已经实属幸运。可即便是幸运，也不能叫她低头！

"喂！我警告你们，我已经掌握了充分的证据，"想起自己的大学法律科普课程，阮秋伶示威似的举起手机，"你们刚才的对话都已经被我录下来了，你们最好趁着这个机会重新组织一下语言，否则……"

"哦？那可真是有趣了。"虽然挂着主任的牌子，可江浩看起来非常年轻。他眯起眼，向前朝阮秋伶走过去，"摔坏的手机竟然还有录音功能，这可是天大的科学发现呢。不过既然你的通信工具还是正常的，你不妨赶紧联系一下家属，我也好通知那位为你垫付医药费的先生，让他赶紧过来收谢礼。"

果然没错，给她付钱的是个男人！不过，等等！通知家属？谢礼？阮秋伶愣了。就自己亲爹那个负债水平和还债方式，自己怕是下半辈子都要在医院里刷地板了！

考虑到自己空荡荡的口袋，还有那个原本要和自己结为连理的"丈夫"，本着"人在屋檐下，不得不低头"的理念，阮秋伶安静了，然后"啪"的一声，将原本半坏的手机再往地上摔了一下。

　　"那个，我刚才手滑，没有拿稳。哥，你看，咱们既然如此有缘……"阮秋伶装作不知所措的模样讨好江浩，可惜江浩根本不为所动。

　　"来来来，人呢？赶紧把她弄走。"阮秋伶越是这样说，江浩越是想要欺负她，反正陆远又不在！

　　"喂！你们这样是不合规定的！"阮秋伶弱弱地说，再次试图抗议。

　　然而，没有任何人搭理她。

　　偌大的房间，所有医护人员将她紧紧地围在病房中间，所有人脸上的表情都和江浩一样，散发着看见金钱般灿烂的微笑。

　　阮秋伶做梦也没想到，她见到护士姐姐动作最迅速的一次，竟然是把自己从特级病房挪到楼下的普通病房。

　　阮秋伶强烈怀疑，这根本就不能被叫作普通病房。这家医院，肯定有特级、普通、特差三个档次的病房。而自己，显然是遭到了医生们的打击和报复。但是她还没想清楚，自己到底是惹到了哪路神仙。

　　虽然阮秋伶心里充满了疑问，但是她还是乖乖地接受了住到普通病房的安排。

　　她心烦意乱地看着头顶摇摇欲坠的电风扇。很显然，这个破旧的房间，一定是某人刻意安排的。

　　"姑娘，你年纪轻轻，怎么就和我这老阿婆住到了一块儿？哎，我给你说，你来这家医院找江医生是最正确的，阿婆我在这住了五十年……对了，你知道你的主治医师是哪一位吗？这里的医生我都熟。"自打阮秋伶搬来，她唯一的病友，八十八岁的阿婆，就一直和她聊个不停。

可阮秋伶一直蜷着一言不发。

"不要客气嘛，"热情的阿婆躺在床上望着阮秋伶被石膏固定的小腿，"咱们现在也算得上是同志了。"

"阿婆，就算您再年轻二十岁，我们也绝对不是能当同志的年龄！"阮秋伶原本只是心疼、腿疼，可自打来到这个病房，她还多了一个地方疼——头疼。

因为这个病房，和八年前她住过的那个，太像太像了！

阮秋伶往后一仰，老旧的铁质病床发出了"吱呀"声，简直像极了她努力想要忘记的八年前的那场意外。

"姑娘，你没事吧？"见阮秋伶缩成一团坐在被单上瑟瑟发抖，年迈的病友亲切地问道。

"没……没事。"阮秋伶努力克制寒战，"阿婆，您相信报应吗？"

"报应？"

"没什么，您就当我是说梦话吧。"阮秋伶的话刚说出口，又察觉到哪里不妙。她没注意到，阿婆眼底闪过了一丝失落。

"都照你说的安排了。"江浩站在对面楼的窗户前，并没有完全放弃观察破旧病房的状态。陆远在离开医院后不久，突然传信息要求他把阮秋伶移到旧病房，他以为豪门太太还要住破房间接受考验呢。

躺在病床上的阮秋伶稍稍探身，才发现不知道什么时候阿婆已经睡着了，这是个好机会。她悄悄地把自己埋进被子里。

"这个病房，巡逻的护士平均一个小时才会过来一次。虽然不知道是谁，但总归是帮我交了医疗费用。这家黑心医院，我出去之后一定要……"

"不对，在那之前……"阮秋伶苦苦思索当时被撞的细节，可就是想不起来撞自己的人长什么样子。

"跑到别人的田埂上本就是自己的不对，更何况乡村的那种小道又没有摄像头……"阮秋伶越想越担心，要是那个撞了自己的人现在对自己这么好，把自己送来医院治疗，只是为了等自己康复以后倒打一耙，狮子大开口，她该怎么办？

"之前欠下的那些债还没还清，这里要是又惹上什么……别说以身相许，这次恐怕就是直接卖身都还不清了……"

巡查护士的脚步声越来越近，借着阿婆的呼噜声，阮秋伶赶紧闭上眼睛。

不行，她绝对不能再给别人留机会。活在象牙塔里的阮秋伶虽然背上了欠款，但是她并没有要清醒的意思。

作为一名普通的女大学生，阮秋伶最烂熟于心的是同龄人有些不屑的"霸道总裁爱上我"系列小说。所以，年仅十九岁的她，在生日当天许下一个愿望，只要捡到传说中的霸道总裁，就算她摔断腿也在所不惜。

大概老天爷也喜欢把愿望分个轻重缓急，所以在捡到霸道总裁之前，先实现了她的愿望里比较容易实现的部分——摔断腿。

可是，阮秋伶被送进这家医院并不是偶然。

毫不夸张地说，江浩是这座城市最年轻的科室主任，本博连读，当年支援非洲差点为国捐躯。回国以后，他连续发表了好几篇重要的论文，还毅然抛掉公立医院递来的橄榄枝，跑到这所私立医院里挑起了大梁。他和教科书般的研究者们不同，即使放眼全市骨科，他的实战经验也算得上数一数二的。

可促成这件事情发生更重要的原因是那位名叫陆远的男人。

查房的护士终于走到了这里。

阮秋伶紧紧地闭着眼睛，根本没有想回应的意思。

"24床？"

有个女声小声地呼唤了一句，然后来人赶紧转身对谁补上了下一句："她可能是睡着了。需要我把她叫醒吗？"

好像有什么人在？

装睡的阮秋伶心里"咯噔"一下，讨债的来得这么快？

"没关系。"低沉的男声响起。

这个声音，她怎么听都不像是自己为了还债要嫁的那个老头子。

"让她睡一会儿比较好。"

"阮秋伶，阮秋伶？有人来看你了。"

阮秋伶感觉到有人在轻轻地摇晃自己的身体。不行，她绝对不能在这个时候醒来！

护士姐姐温柔友善地使用了几种方式叫她，这样一折腾之后，阮秋伶的眼睛闭得更紧了。

"看来是真的睡得很沉。对不起啊，陆总，您刚才说要和她……那话是真的吗？"

"嗯。"陆远礼貌地回应了一句，"改天再来。"

"抱歉抱歉，下次中午我提醒她，让她别睡得那么早。您看，叫都叫不醒……"

护士不停地道歉，陆远却不在意，已经准备回去了。

阮秋伶原本打算小心翼翼地把眼睛睁开一条缝，却又因为那男人突然发声而放弃。

"没关系，"陆远的声音里听不出任何感情，"你永远无法叫醒一个装睡的人。"

声音倒是挺好听的，可是，装睡？难道……他已经知道了？

被窝里的阮秋伶心里一紧，危机，这绝对是大危机！这个家伙八成是看中了她的美色，想趁机敲诈一笔！

她努力回想自己被农用车掀进排污池前的记忆，试图从中搜寻所有关于肇事者的画面，可偏偏她晕过去之前，出现在自己面前的是宽大的农用工作服。

"愿意花这么多钱送我来这么好的医院，却在田里开农用卡车，这所有的线索联系起来——他要不是个土财主，要不是条地头蛇！"

提到"财主"这两个字，油光满面、满脑肥肠的男性形象不由得浮现在阮秋伶的脑海里，她实在不忍心继续再幻想。

"我怎么就这么倒霉！刚出虎穴，又进狼窝。"阮秋伶的内心陷入了前所未有的激烈挣扎状态，"不，我一定要想办法从这里逃出去！无论是嫁给债主抵债，还是后半生陪伴'土豪'、地头蛇，都绝对不行！"

片刻后，瘸了一条腿却仍"身残志坚"的阮秋伶悄悄地从床铺上爬起来，直到确定所有人都已经离开后，她蹑手蹑脚地去找墙边的拐杖。她暗自发誓，除了小说里的霸道总裁，她这辈子绝对不向任何人屈服。

阮秋伶正打算悄悄地开门，就听见身后阿婆的声音。

"都说不能开空调啊，年轻人……"阿婆轻轻地翻了个身。

说时迟那时快，阮秋伶条件反射地趴在地上，头低得差点直接贴在地面上："婆婆，不开了，不开了，您睡着了吗？"

"……"没有人回应她。

在确定阿婆只是在说梦话后，阮秋伶决定重新发一个"毒誓"。

"绝对不低头"实施起来还是太勉强了。

"嗯。"拄着拐杖离开病房的阮秋伶再次毅然决然地发誓,"那么,就绝对不再被农用卡车撞进排污池吧!"

意外这件事,不光是阮秋伶,就是因属下热情邀请而坐上农用车巡视的总裁陆远,也无可奈何。

"陆总,您看之前的那个项目……"下属似乎早就翻开了生活的新一页,把前两天被自己撞进排污池的姑娘忘得一干二净。总裁在前,如果他再不巴结一下,他的前途、未来估计也只能陷在田间水沟里了!

陆远做梦都没想到,自己只不过是考察一个新项目,顺路坐上了农用小卡车,以每小时不到三十千米的速度回公司,竟然还能撞到人,还是个穿着红色喜服的女人。

撞到人已经是几天之前的事情,这几天他一直表现得云淡风轻,没有要深究的意思,所以,下属也"理所当然"地将车祸抛在脑后。

"项目的事情我大致明白了。"

"不愧是陆总,果然聪颖过……"

"无意义的褒奖,你说过太多了。"走在前面的男人突然转身,话锋一转,"上次那个开小卡车的司机是怎么回事,了解清楚了吗?"

"那女人出事了?"紧跟在陆远身后的下属突然紧张起来,试图转移话题。他迅速回忆自己这几天的所作所为,感觉应该没有露出马脚,"陆总,这件事情你不用担心,交给我,一切都……"

"没。"陆远淡淡地瞥了下属一眼,"不过,我派出的暗访说,司机超负荷劳动的主要原因是下层管理克扣补助和加班费。为了能够满足苛刻的加班条件,司机不得不违反规定操作,这才导致最近几个月的风险升高。"

负责这片区的下属的心突然揪了起来,这些年他的确背着陆远干了不少丧心病狂的事。别的先不提，他仗着企业规模大，又天高皇帝远，克扣了不少拨下来给员工的体恤金，就连上一次的事故，也和基层员工长时间加班没有休息有关。

他没想到陆远竟然会查到这些事情，但是他马上稳定了自己的情绪："陆总，我……我没有做过那种事情……我对天发誓！"

"哦？我倒是很愿意相信你。"陆远虽然还是心不在焉的样子，下属的眼里却多了几分警惕，"但你要怎么让我再相信你？我只想知道事实。"

看陆远这种反应，不像是已经摸清了自己的底细，下属暗暗松了一口气："我保证，如果再发生这种事，我立刻辞职。还有那个女人的事情，您放心吧，只要交给我，什么都……"

他例行公事的保证还没说完，陆远的脸色就变了。

"看前面，看前面，快停车！"

"吱呀……"

下属大概一辈子也不会想到，自己管理的农用小卡车，竟然能在短短一星期内发生两场车祸，并且，撞的还是同一个人。

"你……你没事吧？"

"你看我像是没事吗？"第二次翻进排污池的阮秋伶，在跌进排污池的那一刻力挽狂澜，"还看什么？还不快把我拉出来！"

阮秋伶咆哮了，憔悴了，内心崩溃了。她知道十九岁是一个特别的年纪，却没想到对大文青、大作家来说是灵感无数的年纪，对自己来说，却是阴沟翻船的年纪。

"我……我送……"费尽全力也没能把阮秋伶从沟里拉出来的下属十分尴尬，他才发过毒誓，没想到许愿用的流星这么快就砸到了自己的脚上。

此刻，他迫切地希望陆远忘记了自己刚才说过的"再犯就辞职"

的誓言。

可阮秋伶从来不是个省油的灯。

"你，你送什么送！"还在排污池里的阮秋伶披头散发，嘴上也不饶人，"你送我上天堂吗？我年纪轻轻，还是不了吧。"

"噗……"虽然有损自己身为老大的严厉形象，但是，陆远还是被眼前这个翻在排污池里，还不忘用言语重伤别人的女子逗笑了。更好笑的是，愤怒的阮秋伶压根没认出这个偷笑的男人就是曾被她"挟持"过的医生。

"还有你，不要站在那里了！怎么像块木头似的。"阮秋伶这才反应过来，小卡车上坐着两个人，"赶紧过来帮我！这卡车是你们的吗？我治疗的医药费你们得给我平摊！"

区域负责人一听到"医药费"三个字，原本抬着阮秋伶小腿的胳膊突然放松下来："不不不，医药费这种事……"他本来想说，撞人的是自己，和自己家老大没有关系的。

可是，注意力一分散，只听"扑通"一声，排污池里又溅起一阵水花。伴随着阮秋伶的一声惨叫，骨头断裂的声音响起，刚刚才从医院成功逃走的她，再次失去了意识。

"哟，没想到隔这么短的时间又能见到你。"是男子调笑的声音。

"情况怎么样？"陆远并没有要和他开玩笑的意思。

"放心吧，这点小伤，吃点好的补一补，又会长回来的。"

"我……是死了吗？"阮秋伶的眼睛刚睁开一条小缝，就在一米内看到了两名重量级大帅哥。

难道现在连收魂的鬼差都长得这么帅了？

"你醒了？"其中较白一点的男子熟练地戴上口罩，恢复成阮秋伶无比熟悉的模样，"身体是没什么问题，就是不知道意识方面要不要再检查一下，费用有点贵，不过没关系吧？"

"黑心医生，又是你！"阮秋伶差点从床上跳起来。

"哦，看起来意识也没什么问题。"江浩恶作剧般眯起眼睛笑了笑，"陆远，你从哪捡回来的人？我还是第一次见到有人骨折还没愈合，居然光靠拐杖就可以从医院偷偷摸摸地溜出去的。"

"是你的医院安保措施太差了吧，大叔！"阮秋伶不服输，无所畏惧，根本不在乎对方的主任医师头衔，"你们把我弄到那种病房，谁都别想置身事外。那个谁，叫陆远的，你说……"

阮秋伶扭头，想让一直沉默在一旁的帅哥也为自己说句公道话，没想到，只是轻轻一瞥，她就沦陷了。

初见她就走不动路，二见更是惊艳。

"你……是你救了我？我们，是不是在哪里见过？"阮秋伶清晰地感觉到自己脸颊的温度在慢慢升高。

"嗯，见过，好几次了。"陆远从容不迫道。

天哪，难道自己犯蠢跌进排污池的样子、偷偷摸摸从医院溜出去的事情，都被他知道了？阮秋伶当即想挖个地缝钻进去。

男人注视着她，他的眼睛很亮，那种清亮和美好是难以形容的。

"是哦，不仅是这一次，还有……"没正经的江浩突然停下来，低头看手机里新收到的消息，拍拍陆远的肩膀，"老规矩吗？全记在你账上，我这边有件事情比较着急，我先走了。"

江浩有急事，急到连抱大腿的时间都不充裕，不过这倒是给陆远和阮秋伶创造了条件。

"记账？"阮秋伶这才环顾了一下四周，是熟悉的特级护理病房！难道说……

"有什么想要的，告诉我。"一直安静的陆远终于开口。

这命令的语气……

阮秋伶虽然很喜欢和人互相伤害，但是对某一种特定的语句无法自拔，例如"女人你这是在玩火"。而刚才陆远说的这句，显然勾起了她的联想。

　　熟读了上百本霸道总裁小说的阮秋伶立刻联想，这该不会是传说中的霸道总裁剧情吧？等等，这世界上哪来那么多霸道总裁！不行，她还得再确认几次。

　　"那……那多不好，让你破费了。"察觉到对方的身份，阮秋伶变得有些矫揉造作。她表面上故作羞涩，内心却一直在盘算，不知道如何才能确认自己是否即将梦想成真。

　　"这是我应该做的。"陆远稳稳地坐在床边的椅子上，"我代我的员工向你道歉，你的治疗费用将全部由我负责。"

　　员工？费用全部负责？这熟悉的套路，没错了！

　　躺在床上的阮秋伶两条腿都被吊起来，她看向身旁帅得一塌糊涂的陆远，再看一眼自己挂在床上的双腿，暗自下定决心。为了霸道总裁，别说断腿，就算是没有腿，她也认了！

　　"没关系，其实我这人也不值钱。"阮秋伶想起自己熟读的总裁小说，最终给自己选择了一条置之死地而后生的路线，"早在遇见你之前我就应该死了，我家里欠了很多债，就算你把我治好，我也是要嫁给债主抵债的。"

　　阮秋伶从来没给自己加过这么多戏份，她仰面躺在床上，硬生生地挤出几滴眼泪："其实我出生于一个书香世家，家里世世代代都是读书人。唯独到了我老爸这一辈，爸爸读书读得太认真，彻底成了个书呆子，最后不得已把家底变卖了。我虽然从小受到了良好的教育，但是也不得不学着求生存。"

　　阮秋伶说的不全是假话。她出身书香世家不假，可是从她爸爸那一辈开始就已经全部弃文从商。她家里的欠款就是因为阮父没有经商天分，不到半年就将钱赔个精光。她更不是什么乖乖女，而是从大一开始就被同学们誉为"小辣椒"的热情小学妹！要不是逃婚那天她恰好没有化浓妆，否则陆远一定会对她退避三舍。

遇到陆远这样一个正儿八经的总裁，她还不去套路他，不是傻吗！

"阮秋伶，有人来探望你！"

特护病房里的小剧场还没落幕，外面就冲进来一个有些落魄的男人。

"陆总，对不起，打扰了，但是这件事情我真的会负责的。这个职位我也会立刻辞掉，请您再给我一个机会，我真的不是故意要骗您……"几小时之前还意气风发的区域负责人，十分憔悴，道歉的样子非常诚恳，"我真的非常对不起您，您曾经那么信任我，我却因为自己的私欲做出错误的事情，请原谅我……"

"不用多说了。"

突如其来的忏悔将阮秋伶吓得一愣，而陆远作为当事者，表现得像个没事人一样。

"我给过你机会，你没有抓住，我讨厌隐瞒。"

落魄的男人苦苦哀求，但是陆远的决定没有任何变化，甚至他的表情都没有任何改变。

"辞职手续会照常给你办，按照原先合同约定的解除协议，公司会给你补偿半年的工资。"坐在床边的陆远不知道从什么时候开始拿起苹果，不紧不慢地用水果刀削着，但没有弄断那根长长的苹果皮，"但是，按照合同中的规定，你也会为你的所作所为负责。无论是贪污，还是受贿，公司会按照司法程序和你解除劳动关系。"

这根本就不是怜悯！

听到这里的阮秋伶才明白，陆远根本没打算放过这位下属。

"我很讨厌别人骗我。"愣在原地的下属甚至连陆远的一个正眼都没有得到,"这是你应得的。"

递过来的苹果明明代表着关怀,阮秋伶却忍不住打了个寒战。

这家伙不好惹,绝对不好惹。

阮秋伶吃着苹果,不知道如何控制自己的情绪,有个人在自己面前被开除,明明是件很悲惨的事情,可是不知道为什么,她感觉好兴奋啊!这……这根本就是电视剧里的总裁情节!

"对……对不起。"

阮秋伶将果肉捏在手里,刚才还是飞扬跋扈的"小辣椒"学妹,现在却像只被遗弃的小猫,蔫了了床上。

"嗯?"

"我……我刚才骗了你。"阮秋伶虽然兴奋,但在见识到他下属的遭遇之后,决定悬崖勒马。

"我知道。"

"你知道?"阮秋伶万万没想到,陆远一点都不生气。

"十九岁,大学在读,最喜欢的事情是参加各类聚会,喜欢的帅哥类型偏向欧美风格,但是最近也能适应日韩风格了。"

"不不不,是东方偏欧美的风格,原则上我还是比较喜欢有东方气质的……那个,如果方便的话,能不能先告诉我,"阮秋伶的身体软绵绵地瘫下来,她有力无气地把苹果塞到嘴边,小声地问,"你还知道多少?"

"嗯?"陆远的侧脸也十分完美,他的注意力似乎放在自己手里的文件上,但他也没有完全忽视床上注视着他的人,"全部。"

"全……全部?那刚才我说的话……"

"你很有文采,说不定有当编剧的天分。"

"啊……嗯？"

这应该，不算是夸奖吧。

特护病房突然变得沉默，如果上天愿意再给阮秋伶一个机会，她一定不会再这样作了。

"那个，你不是很讨厌别人骗你吗？"沉默了半分钟后，阮秋伶终于认清自己的现状，小心翼翼地问，"那我刚才骗你，你不会生气吗？"

"我知道你会骗我。这件事情是我不对在先，至于你，出于防备心理，在叙述自己的情况时真假参半也不是不能理解。"

这……这难道就是所谓的胸襟？

阮秋伶看向陆远，他像是突然散发光芒，整个人变得伟岸起来。

这就是她梦寐以求的霸道总裁！

阮秋伶内心激动不已，看来老天爷也并不是那么绝情，在摔断她的两条腿以后，还是实现了她的愿望。

"不好意思，打扰了。"阮秋伶正准备进一步试探，好确定自己需要开展的攻势策略，房门却被推开了。

这个科室到底是什么情况，这种人也可以当上主任？阮秋伶望着江浩探进来的脸，气不打一处来。

"有点事情要说。"江浩故意做出妩媚的样子，向病床边的男子勾勾手指头，"来嘛。"

躺在床上的阮秋伶气得差点跳起来。不行，她绝对不能让他得逞。不管是男是女，谁都不许试图染指她的霸道总裁！

陆远刚站起身，阮秋伶竟然鼓起勇气拽住了他的指尖："我一个人在这里，腿疼得比较厉害。"

"哎哟，原来是这样呀！"

阮秋伶不说还好，一说，刚才只是进来半个身子的江浩干脆整个人挤了进来："那这样好不好，我专门找个陪护，二十四小时守在你身边，随时帮忙减轻伤痛。刚好我们医院有这项业务，现在的提成也比较丰厚。"

"提成这种事情，当着我的面说出来真的好吗？"

"我们是谁跟谁呀！"看出阮秋伶不想要陪同人员走，江浩狡黠地笑，身体向陆远靠得更近了，"我们先出去了，小妹妹，陪护马上给你找来哦！"

阮秋伶气得差点原地爆炸。

"有什么话就直说。"

出门走了几步，陆远表现出几分嫌弃："你的白大褂很脏，少碰我。"

"之前借白大褂的时候，你怎么不嫌脏？"

"说重点。"

"到里面说。"江浩回头看了一眼特护病房，突然压低了声音，"这个消息你会感兴趣的。关于她，还有，另一个人。"

躺在病床上的阮秋伶越想越不对，这都是什么人哪？

"不好意思，请问是这里要陪护吗？"

私人医院收费服务的效率就是比一般服务更高。阮秋伶认为自己还没有到任人宰割的地步，觉得自己再努力一下，应该还是可以跳起来的。

"不，不需要！"

推门进来的是一位年纪稍大的女性，以阮秋伶的年龄，叫她奶奶都没有丝毫违和感。为了表示自己对陪护的抵触，阮秋伶立刻把头埋进了被子里，可是对方并没有要离开的意思。

"唉。"突然传来一声长长的叹息，然后，那位女性陪护员毫不见外，像是来到自己家一样，找到一个小板凳就坐了下来。

"我的孙女要是还在这世上，应该和你差不多大了。"她说话的声音瞬间变得很低沉，阮秋伶心里"咯噔"一下，抓着被子的手猛然一紧。

"小姑娘，你一定很奇怪吧，我这个年纪为什么还出来当陪护？要不是我那个不争气的儿子，我孙女也不会到那个地步……姑娘，你放心，我一会儿就走，不过你能不能让我稍微坐一会儿？如果现在被你赶走，我也不知道今天还能不能接到陪护的工作。就算能接到，肯定也是很辛苦的那种。天气越来越热了，我也快没有时间了……"

阮秋伶虽然背对着她，却能把她起身准备离开的声音听得清清楚楚。

但凡是个正常人，都会觉得这位陪护的剧本拿得太假了，可偏偏阮秋伶和其他人有点不一样。

"等一下！"阮秋伶掀开被子，才发现那位陪护神情低落，手正好放在门把上准备拧开，眼角似乎还有泪痕，"你不要走，我……我这里，还是需要一个陪护的。"

"是……是真的吗？"陪护含着泪水的表情瞬间变得愉悦，她等的就是阮秋伶的这句话。

"嗯，是真的。"阮秋伶心里那个恨啊，但她没办法拒绝这样一个经历坎坷并且急需用钱的人，"你留下来吧。"

"谢谢，谢谢你，姑娘。"她转过身，"那我出去洗把脸，一会儿回来。你有什么想要的，就告诉我。"

门口，陆远似乎等待多时。

"老板，搞定了。"刚才病房里的奶奶站直身体，声音年轻了许多，"只是我不明白，我从事演员行业这么多年，第一次遇到您这样的主顾，先是让我演八十八岁高龄的女病人，接下来又是演护工。

不过这对我来说确实是个机遇，也是个挑战。"

陪护奶奶褪去妆容，变成了年轻貌美的女演员。

"嗯。"陆远收好手里的文件，即使面对洗去妆容后风姿绰约的女演员，依旧是一副商务洽谈的语气，"费用和要求就如合同上谈的那样。"

见到这一幕，斜靠在护士站墙上的江浩忍不住插嘴："陆总，看不出来你还挺坏的，果然是无奸不商。咱们豪门选亲阵仗就是不一样，这种请演员的操作我之前还只在电视上见过……"

"江医生言重了，以后要是有业务需要，也可以联系我。"女演员倒是来者不拒，递上名片的同时飞过来一个媚眼。

江浩接过名片，上面从群演到学校请家长假扮亲妈一应俱全。

陆远并没有接话的心情，站起身，像是做出什么重大的决定："我先走了，有事情再和我联络。"

秘密会议就此结束，被雇来扮演陪护的女演员咳嗽几声，表示明白。江浩依旧像个没事人一样，自顾自地开始继续他的工作。

阮秋伶在特护病房的生活不算太差，她躺在床上，饭来张口，衣来伸手，唯一惦记的是，为什么从那天后，陆远就再也没有来病房看过她？

"那个雇你来的男人，你认识吗？"阮秋伶试图从陪护身上挖掘一些线索，尽管都是徒劳。

"我是听负责人的安排才过来的，没有见到雇主。"陪护的回答滴水不漏。

阮秋伶虽然不是冰雪聪明，但一点识别能力还是有的。这两天她的腿康复到勉强能下地走动，发现自己身边这位"年迈"的陪护好像有哪里不对。

每天总有一两个固定的时间段，她会从病房里消失。还有一次阮秋伶醒来时，发现她正用另一种声音和别人通话。

阮秋伶不算聪明，但也不笨。她立刻就怀疑这位"陪护奶奶"靠近自己其实另有所图。

"我出去买饭，马上就回来，你注意休息。"

"好的，快去快回。"

又到了晚上七点，阮秋伶看着陪护出门，然后蹑手蹑脚地跟了上去，这一跟踪发现了一个大秘密。

那位年迈的陪护健步如飞地走到男人身边，汇报工作的状态竟然有几分献媚的感觉："暂时没有异常，如果发现什么情况，我会主动和您联系的。"

"嗯。"

而那个接受汇报的男人，就是陆远！

拄着拐杖的阮秋伶瞬间就愣了，这个画面、这个情况，怎么看都像是陪护奶奶在勾引自家霸道总裁啊！

失策了。一秒得出结论的阮秋伶赶紧侧身藏在墙壁后面。

她万万没想到，现实生活中的霸道总裁竟然抢手成这样，看来，她要防的不光是年轻男女性，连高龄奶奶都要警惕！

"我回去了，干到星期五，她也差不多可以出院自由活动了。"

陪护似乎终于汇报完了，可两边隔得太远，偷听的阮秋伶听不清楚。周五什么，难道陪护奶奶在约陆远周五约会？

大事不妙！躲在墙后的阮秋伶瞬间尝到了五雷轰顶的滋味。

不，我一定要先出手，绝对不能让别人捷足先登。

阮秋伶拄着拐杖悄悄地回到住院部，暗自下定决心，要在周五来个大反击。

"这两天差不多就可以出院了。"

周四的清晨，第二次复查的阮秋伶依旧像动物园里接受围观的珍稀物种。所有医生、护士把房间围了个水泄不通，江浩此刻正举着她最新的 X 光片下达命令。

"最近可以适当地运动一下，不过还是要小心，动作幅度不要太大。"

"好的，谢谢你了，那我什么时候可以出院呢？"

"你急着出院干什么？虽然你已经不需要护工了，但还是住到下周一再出院比较好。"

"为什么，是因为周末特护病房收不到病人？"

"不，是因为周五管病房分配的小姐姐请假没来上班。"

"你们这垃圾医院！"如果不是腿没好，阮秋伶现在肯定已经从床上跳起来了。

"对啊，我们这垃圾医院。"这么多天的互相伤害，江浩早就摸透了对付阮秋伶的方法，"就是因为太垃圾，我怕你周末出院受伤出问题，才特意叮嘱你多住两天。"

"哼！"阮秋伶虽然想还嘴，但一时找不到话说。

"安排一下出院的事项，下一个吧。"

今天的女病人异常安静，大拨医生护士从房间撤离，她竟然也没有做出任何阻挠。

当然，实践告诉我们，暴风雨来临前的那一刻，是最安静的。

"她今天好像有哪里不对。"江浩临走前悄悄交代护士，"稍微注意一下。"

查房的部队终于去了下一个房间，阮秋伶迫不及待地从床底下将这几天她偷偷摸摸准备的高跟鞋扯了出来。

大红色，细跟，特别高，就是走着走着会突然一个平地摔，都不会让人觉得奇怪的那种高跟鞋。

可惜，阮秋伶这一切部署，都被躲在障碍物后观察的护士姐姐看在眼里。

"主任，她……"

"嘘……"结束了查房的江浩不知道什么时候也折了回来，躲在墙后的姿势比护士还要熟练，"别出声。"

一组医护人员自觉地将自己调成了振动模式，将平淡的生活变成了电视剧。虽然主演是他们本该卧床静养的病人。

不过阮秋伶还没有察觉到异样。纵观古往今来的诸多霸道总裁系列作品，总是少不了那么一双高跟鞋。

阮秋伶做贼一样把高跟鞋放进包里，还顺便到洗手间用水弄了弄头发。

"喂，陆远吗？你一会儿过来的时候帮我在街角的蛋糕店买一个慕斯蛋糕。

"嗯？我为什么知道你要来？你管不着。小心一点啊，我的灵魂告诉我，如果一会儿我吃不到慕斯蛋糕，我今天的治疗都不能好好做了。

"嗯，一会儿见。"

江浩轻车熟路，压低声音打完电话后，熟练地伸手按住护士的嘴。医护小分队悄无声息地退到了特护病房视线范围之外，看得津津有味的江浩又提醒："一会儿不管发生什么，你一定不要冲上去。"

"啊？"护士愣愣地看着自家主任。

江浩狡黠地扬起了嘴角："没事，去忙吧。"

陆远迈进医院大门时，总有一种被人埋伏的感觉。

"不好意思，借过一下……啊……"

一名穿着华丽、妆容妖艳的女人迎面跌了过来，虽然陆远才从业十年，但是这样的场景每隔一段时间就要碰到一次。加上手里还提着慕斯蛋糕，他稍一侧身，就轻巧地避了过去。

说来也怪，那明明马上就要摔倒的女人，往前走了几步，竟然自己站稳了。

"这年头就算是高跟鞋碰瓷也要有个先来后到，好不好？"在墙角整装待发的阮秋伶气得咬手绢。

没错，刚才试图假摔的女人并不是她。但是，不出意外的话，下一个应该是她。

"你还要摔呀？放弃吧，陆远身世坎坷，别的什么技巧没学会，闪避能力却特别好。"阮秋伶原本还闷闷不乐，耳边却传来了一个熟悉的声音。

"你！"阮秋伶转身，江浩那张清秀的脸近在咫尺。

"你和陆远什么关系？"阮秋伶早就觉得有哪里不对。

两人的行踪暴露，陆远丝毫没有吃惊的样子，自然而然地朝两人躲藏的位置走来。

江浩邪魅一笑："羡慕吧，我们是青梅竹马。"

"青梅竹马这种词能用来形容两个男人吗？"阮秋伶此刻最懊悔的是，这么多天她竟然都没记住科室主任的名字。毕竟，冤有头，债有主。

"江浩。"陆远笔挺地走过来，递出手里的盒子，"你要的慕斯蛋糕。"

然后，陆远稍稍侧身，把另一份交给了手腕上蓝色腕带还没取掉，却辛苦给自己套上了超短裙的阮秋伶："给你。"

"季节限定的慕斯蛋糕。"江浩的语气像是发现自己的同学有暧昧对象的小学生，"哎呀，这可是很难买的哟！有张好脸真管用，据说普通人每次只能购买一个。"

"嗯，我原本只打算买一个送给阮小姐，只不过在楼下遇见了冉锦添……"陆远故意透露这些信息，果不其然。

"喀喀喀……"江浩险些失态。

阮秋伶虽然不知道被提及的这个陌生人是谁，不过从江大夫故意装出来的几声咳嗽可以听出，这个名字对他来说有种特殊的魔力。

"那么，你们先聊，谢谢陆大老板，小的先行告退了。"江浩随便找了个借口，突然将暂停计划的阮秋伶推到了风口浪尖。

人已经在身边了，礼物也已经收在手上了，那么之前准备的"高跟鞋计划"还实不实施呢？阮秋伶陷入了选择困难中。

"恭喜你即将康复。"陆远自然地接过阮秋伶手里提着的作案道具，"不过高跟鞋还是先不要穿比较好。"

不好。不穿高跟鞋，她可怎么瞬间小鸟依人，连带着一个平地摔跌进他的怀里，加深感情啊？

阮秋伶恨不得双眼直接射出恋爱光线，这么单纯不做作的霸道总裁，一定不能错过！

"每天，我在我的大房子里醒来，穿着高跟鞋和丝袜对我投怀送抱的女人成群结队。可是……"陆远似乎察觉到身旁人的不对，顿了顿后抛出话题。

阮秋伶回过头，震惊地望着对方一本正经说话的脸。

这不是电视剧里才有的浮夸总裁套路吗？陆远是在逗她？不对啊，难道现实生活中真的有这种人？

"这好像是最近热播的电视剧里的台词。"注意到阮秋伶也注视着自己，陆远从容一笑，"我在想你会不会是在想这个。"

难道这年头霸道总裁还自带读心术？阮秋伶的脸一下就红了。

跌进总裁怀里的"高跟鞋作战"大失败。望着越来越近的出院日期，阮秋伶忽然有些焦虑。

其实，除去她本身对总裁这个角色的喜爱之情，阮秋伶还有不得不俘获对方的理由。这听起来或许很蠢，但对于她来说，是个改变命运的机会。

可这一切计划最大的问题就是，这种三百六十度无死角的完美男人，她到底要从哪里开始攻略呢？

攻略总裁的步骤，能和在同乡会上攻略学长学弟一样吗？阮秋伶转念一想，即便是在聚会时，自己也没成功得到过任何异性的青睐，被封为"小辣椒"学妹，多半因为她是整个聚会场所玩得最兴奋的那个。没有倾国倾城的容貌，现在还折了腿，就凭这样的自己，真的有把握让霸道总裁对自己一见倾心吗？

阮秋伶知道肯定是不行的。但是，她还想赌一赌，万一……陆远瞎呢？

"特护病房这一次的住院费用和上一次的分开算，还是……"

"分开算吧。"

听到是陆远的声音，原本还躺在床上的阮秋伶突然精神百倍，带着自己刚康复的腿直接冲进浴室收拾头发，压根没来得及听完陆远的后半句话。

"两次都记在这张卡上，不过要分开，我的私人会计会比较方便。"

对着镜子摸脸蛋的阮秋伶使劲把自己拍得精神一点，以确保一会儿自己出现在陆远面前时，姿态足够惊艳。越是这个时候，她对金钱的危机感越浓重。

往头上抹水的阮秋伶这才后知后觉地意识到，上一次撞了自己的那个浑蛋，自己还没搞清楚是谁！这些天她一直沉迷于陆远的男色之中，竟然都忘了这件事。

不行！就算钓不到霸道总裁，她起码也要把医疗费和欠款搞定。

阮秋伶推开门，然后就发现不知道什么时候陆远已经坐在病床旁的椅子上。

"你……你来啦？"她有些谄媚地靠了过去，陆远条件反射地往后挪了挪。

"你快出院了。"陆远开门见山地说。

"嗯。"阮秋伶为之一振，正襟危坐。

两人以一种奇怪又端正的姿态在特护病房里面对面坐着，吓得定时进来查房的护士才推开一道门缝，又自觉地退了出去。

"今天来，是有几件事情想要向你了解。"

"嗯。"

"姓名。"

"阮秋伶。"

"性别。"

"女。"

"婚姻状况。"

"嗯……"阮秋伶一度以为是江医生把青梅竹马带偏，"我……我大概算是结婚未遂吧。"

陆远没有出声，似乎是在等待她继续说下去。

"我这条腿伤得挺新鲜的，也许你还不知道，受伤那天，我原本是要结婚的。嫁给……我们家的债主。"原本明朗的下午，不知道为什么，突然暗了下来，房间里陆远轮廓分明的脸，因为稍暗的天色显得更加深沉，"我原本以为你不会对这些事情感兴趣。毕竟这些债务和腿伤都是很私人的事情，我猜你大概不会知道……"

"我知道。"

"嗯？"

阮秋伶瞪大了眼睛，窗外那朵云刚好完全飘过，被云朵遮住的太阳也露了出来。

"因为你第一次被撞，送你来医院的人就是我。"

"没……没想到身为路人的你，也挺热心的……"

"不。"陆远顿了顿，然后更加掷地有声地说，"第一次撞你的人，就是我。"

"那……那……"

"除了这件事情，你家里的债务，我已经帮你还清了。"

"还清？"

陆远说话的时候表情没有一丝变化，就同他上次当着阮秋伶的面解雇下属时一样，十分冷漠。

这反应给了阮秋伶当头一棒，她不禁暗自揣度，这就是自己断了两条腿的收获吗？这种干脆利落的说辞，难道是要对终于可以康复出院的自己下最后通牒了？

"当然，我今天来，最主要不是想说这些。"

陆远说得不紧不慢，阮秋伶却已经吓得手脚发凉。

"不……不是这些……"

"我主要就是想问，"陆远顿了顿，第一次露出困窘的表情，"你可以嫁给我吗？"

"啥？"明明是抱着受死心态的阮秋伶，整个身体瞬间变得僵硬。

"我想问的是，你愿意，当我的妻子吗？"

这原本应该是个疑问句，听起来却变成了命令的语气。这样的命令语气……比那些小说里的霸道总裁还要蠢！

好在阮秋伶根本没有注意那些细节，她听到这句话，心里"咯噔"一下，对方居然要和她结婚？哎呀，陆远还真是个瞎子……

经济危机和各种危机都瞬间解除。阮秋伶的世界，突然暴雨转多云，多云转晴。试问，一个总裁小说的资深爱好者，怎么抵挡得了这种语气？

虽然暗自窃喜，但阮秋伶还是决定稍微矜持个十五秒，她竟然在这种困窘的时刻，拼死拼活地硬要对方给自己一个理由。

"嫁……嫁给你？可是，为什么呢，就因为被你的下属撞了吗？我难道就没有什么地方吸引你吗？"

"嗯……没……"

陆远话音未落，阮秋伶就圆润地把自己的话茬子接回去了。

"不！你不用说了，我很感动。不过，我不是那种随便的女人。"

阮秋伶矫揉造作地一甩头，她曾经幻想过无数次，自己在浪漫的灯光下邂逅霸道总裁，最后被对方告白的场景。什么样的场景她都想过，唯独没想过现在这样——被小卡车撞断腿两次又莫名其妙、没有任何理由地被求婚。

"我拒绝，除非你认真地给我一个你要我嫁给你的原因。就算是以我的生存条件和经济条件作为威胁，我也是不会随便答应陌生男人的求婚的。"

"阮秋伶小姐，我没有在向你求婚。"陆远也一本正经，"我只是问你要不要和我结婚，你可以答应，也可以拒绝，并没有请求或者强求。"

最怕的就是你不强求啊！你为什么不强求啊？作为一个霸道总裁，你现在就应该强硬地要求我嫁给你才对啊！

阮秋伶简直想原地挖坑把自己给埋上，她根本不知道自己为什么要自取其辱地要求对方给出一个理由，更不知道陆远已经把话说得这么明白了，接下来自己该怎么顺坡下驴？

难道，她这辈子唯一一次能和总裁结为连理的机会，就这样被自己作没了？

　　"喀。"也许是意识到了阮秋伶的为难，陆远提出了一个折中的办法，"阮秋伶小姐，既然这样，不如我们各退一步？"

　　"结婚这种事情还有各退一步的？"阮秋伶猜不到陆远接下来会说什么，"各退一步，是退到哪里？"

　　陆远显然早有准备，向后退了一步，彬彬有礼地递上了一份纸质文件。如果阮秋伶视力正常的话，应该能看清纸上写着《恋爱协议》。

　　"双方各退一步，我不强求你立刻成为我的妻子，你也不用拐弯抹角地拒绝我，你成为我的女朋友，签署这份《恋爱协议》。合同生效，我们保持恋人的关系。"

　　"噗……哈哈哈，对不起，陆远先生，我有点不习惯。""小辣椒"阮秋伶终于暴露本性。没办法，谁让总裁大人陆远明明脸色深沉，行为举止却比小学生谈恋爱还可爱，"上一次我签署这类协议，还是在小学时候和同学画'三八线'……但是，我很乐意接受你的提议。"

　　终于找到台阶的阮秋伶爽快地接过《恋爱协议》，签上名，期待着男人接下来的表演。

　　阮秋伶想着，先婚后爱的那种总裁文世界上也是有很多的，既然婚前没培养感情，有个协议结婚了以后再慢慢培养也是可以的。

　　从车祸开始到刚才，阮秋伶唯一没有猜错的就是，总裁大人的恋爱商，真的是小学生级别。要知道，一个正儿八经的总裁拿出一份合同的时候，它绝对不会像小说里那么暧昧随意，一定是一份真正有法律意义的合同。

　　陆远签完字，合同一式两份，存档。

　　阮秋伶美滋滋地看着到手的总裁，感觉自己距离走上人生巅峰只有一步之遥。

　　"总裁大人，请问合同生效后，我什么时候能够领到工资呀？"

准总裁夫人试图调戏总裁。

"你休息。"纠缠并不是有风度的表现，陆远的视线从病房中扫过，他起身走到了门口，"这严格来说算是一份'雇佣劳动合同'，按照国家法律规定，你的收入超出起征点的部分20%将用于纳税。详细资料都在这里，如果有问题，请和公司律师联系。有什么私人的事，请联系我。"

啊？阮秋伶愣在原地。

她刚才问陆远那句话，百分之一百是在调情。而陆远回她的话，百分之一千只是公事公办。

在陆远眼里，"给予对方空间"和"一开始就说明白"也是礼貌的一种。可对于常年周旋于恋爱老手之间的阮秋伶来说，这分明是放弃了一个乘胜追击的好机会。

是的，恋爱新手，和没有感情的企业家经常干这种事。而很不幸，陆远是一个没有恋爱经验的企业家。

这个家伙到底在想什么！难道他根本就不喜欢我，刚才那些只是在套路我吗？可是我一无所有，他又能从我这里套走什么呢？

刚才还在矜持和理性之间徘徊的阮秋伶，现在却彷徨得不行。

"这家伙为什么不按套路出牌，难道他在酝酿着什么阴谋？

"等等，这明明就是货真价实的霸道总裁啊，老天，你对我实在是太好了！不不不，不行，结婚这种事情，就算是总裁也……

"啊，好困扰……"

当天夜里，负债累累的少女终于体会了一把言情小说女主角的忧虑。

小说里的主角们总是会被命运牵引着走到一起，可是现实不一样，生活中没有那么多巧遇。正因如此，"有情人终成眷属"才是佳话。

阮秋伶很迷茫。看小说时，她恨不得男女主角下一段就结婚生子，从此过上幸福快乐的生活。可这种突如其来的状况一旦发生在自己身上，她也不知道该怎么为自己"指点江山"。也许，在剥离自身以后，人类的烦恼是共通的。

·第二章·

就算是总裁也会遭遇恋情挫败

"哈哈哈，陆远第一次表白就很失败啊！"

一小时后，特护病房里的阮秋伶还保持着僵硬的姿势，医生办公室的大门头一次关得严严实实。

对于这个判断结果，陆远显然还是不接受。陆远面无表情地回应："你只需要告诉我，上次的检验结果。"

"可以说非常完美。"江浩嘴角微微上扬，调侃他，"这可是我们陆大老板的初恋啊，该不会就是为了这种事情吧？"

陆远的答案，是沉默。

"所以，你成功了吗？"考虑到自己这位总裁朋友的情商，江浩改用了小心翼翼的语气。

"部分成功了。"陆远回答得非常严谨。

"哪一部分？"

"我认为……这份合同的法律效应和可执行程度还是可以的。"

"噗——"

江浩拼命地保持自己威严的科室主任形象，但收效甚微。怎么说他也是个快奔三的人了，本博连读，再加上医学世家的身世，也为他招来了不少桃花，比起二十七岁还没摸过无血亲关系异性的陆某人不知道强多少，他忍不住想提点一下这情商不太够用的朋友："不是，你不是要和她结婚吗，她答应了吗？"

"她签了合同，答应和我以结婚为目的谈恋爱。"陆远一本正经地掏出了刚才那份《恋爱协议》。

"噗——"江浩喝的水一滴也没保住，全部喷在了办公桌上，"哥哥！你刚才进去是要求婚啊！不是去和人家谈生意的！"

陆远恍然大悟，但为时已晚。

面对任何难题都没有退缩过的商业巨鳄，居然在这种地方低头了。江浩转念一想，又觉得十分可笑，陆远在这方面的智商，说不定还不如一个刚毕业的高中生。

"总之，合同已经生效了。"陆远匆忙掩盖自己的窘迫。

"哈哈哈哈，厉害厉害，你们生意人连谈恋爱都和我们普通人不一样，还合同……哈哈哈……"联想起这段时间阮秋伶的反常状态，被戳中笑点的江浩一路上笑得直不起腰，半天才带着总裁大人走到病房门口，"这世界上根本不会有姑娘被你刚才那种'合同'打动好吗？不信你自己看看……"

江浩推开了特护病房的大门，他估计阮秋伶现在应该已经把陆远当成变态，准备好了下一次的逃院计划。

而事实也和江浩预料的吻合了一部分。

虽然一整晚翻来覆去睡不着，但突然实现了人生愿望，而且债也不用还了，还能被帅哥逼迫给他当女朋友！发生这种好事，绝大多数人的第一反应应该是什么？

如果是阮秋伶的话，应该就是这样：

"女士，不好意思，请问是否可以松开我了？"

陆远推开房门，发现特护病房里的情况比较复杂。刚刚升级为自己女朋友的阮秋伶神情恍惚，正用着自然界最常见的环抱姿势，不屈不挠地阻止护士远离病床。

"你知道吗？居然有总裁说要娶我，这简直就是言情小说嘛，哈哈哈……太不可思议了！"

"主任，救命啊！"看到门口终于来人了，护士赶紧向江浩发出求救信号。

江浩万万没想到，就陆远那种蹩脚的求婚，竟然还有人因此如痴如醉！这姑娘，怕是没见过男人吧……

"怎么样？现在你是准备把她接回家，还是先送到隔壁的精神科再观察两天？"看见陆远不慌不忙，江浩话锋一转，"你知道她就好这一口，还故意给她甜头，该不会是准备让她乐疯了，趁机拐回家吧，这算是拐卖人口吗？"

"我没有打算拐卖人口。"

陆远的出现成功地解救了受困的护士，一见到自家总裁，刚才还在向全世界散播恋爱能量的阮秋伶，瞬间就安静了，乖巧地坐好："陆总，您来了呀，您坐会儿。"

"车过一会儿就来了，行李准备好了吗？"陆远和阮秋伶说话的语气，就像是在交代搭档多年的秘书。

"嗯。"阮秋伶眼底闪光，竟然做出一个仰望星空的姿势回应他。

照看了阮秋伶好长时间的江浩虽然脸上还挂着职业的微笑，暗地里却感慨正道沧桑，再多悉心照料也比不上总裁"男色"动人。

十分钟后，骨科科室全体员工欢送两位离院。望着敞篷车绝尘而去，江浩陷入了沉思。

"主任……"护士见江浩站在医院门口久久不肯离去，小心地喊了一声。

"这对二百五，可算是走了。"江浩伸手捂住自己的胸口，"他们要是再不走，我都要怀疑我的世界观是不是有问题了。这算什么，来羞辱我这单身狗吗？"

"主任，一般狗活不了三十年的。"

"我看我还是把你这个月的奖金扣了吧。"江浩心如死灰。

"可别啊，主任，门口有人找您。"为了抢救自己的奖金，护士马上想起刚才向自己询问江主任的男人。

"找我？"江浩探出头看了一眼已经消失在视线范围内的两人，"那两个小冤家没回来呀？奇了怪了，除了他们，这世界上还有谁那么有眼光，会特意跑过来找我？"

"不是病人，是一位叫冉锦添的先生。"

听到"冉锦添"三个字，江浩差点将浓茶泼在了自己的白大褂上，语气充满了不满："他来做什么？"

"怎么了？江老师，我还不能来探望一下你吗？"一股熟悉的压迫感迎面而来，来人干净利落的商业精英模样，衣服的袖口上是精美的刺绣，脸上带着坏笑。

"我出去一下。"江浩的脸色瞬间沉了下来。

"工作怎么样，我亲爱的江主任？"冉锦添长得甚是好看，手指修长干净，眼神像猫一样狡黠。

"还不错，不过没有任氏集团舒服。"江浩咬着牙说。如果不是因为那件事情，冉锦添这副模样还真对他胃口。

冉锦添对江浩那句反讽无动于衷，依旧嘴角含笑地看着江浩。

他越是这样，江浩越讨厌他。江浩仗着这是科室的角落，也是摄像头的死角，一把揪住了面前男人的衣领："陆远到底哪里对你不好，你要背叛自己的朋友？"

"别生气嘛。"冉锦添伸手按住江浩的手腕，顺势将江浩一扯，"我离开陆远，怎么能叫背叛呢？"

"滚开！"江浩试着抽回手，反而被对方更加用力地按住，"我把你当成朋友，从没想过你居然会为了任家那点小钱背叛兄弟。"

江浩的领口被揪住，眼前的男人并不是第一次对他做这样的事情了。

"十年前在学校，我放过你，是因为陆远。那时候你只是个医学生，就算你现在一步登天，当了科室主任，也没什么大不了的。要记住，你现在是在谁的地盘上。"冉锦添压低声音道。

江浩几乎喘不过气来，十年前他还在医学院，那年从小混混手里救下他这个软弱医学生的人，正是陆远。

"呵，你再这样，我可要叫保安了。现在在医院寻事斗殴，可不是小事。为了你的任总，就算是吃牢饭也没关系吗？"

"话别说得那么难听，我这次来，是有正事要办。"冉锦添松开手，气势却一点都不弱。明明是客，他却把该尽地主之谊的江浩逼进了角落，"我这里有份八年前的住院资料，想拜托江医生帮忙查一下。不然，我这里可是有大把的'好处'，等着江主任一探究竟。"

"你在威胁我？"江浩死死盯着冉锦添。

又是资料，江浩心里突然"咯噔"一下。难道陆远对阮秋伶，并不是一见钟情，而是有别的原因？

话说阮秋伶这边，进展得也……和想象中不一样。

"我这是在做梦吗？"

"别墅、跑车、管家……为什么一样都没有？"

原本还沉浸在粉红色气泡里的阮秋伶下了车，眼前竟然不是梦想中的海边别墅，而是市中心的一处公寓。对，普普通通的商业公寓，产权四十年，买一层还送一层的那种。一般是外出打工买不起房的白领，才会买来过渡一下。

身为身家十几亿的公司总裁，总不会……

阮秋伶不熟练地挽上陆远的胳膊，陆远则僵硬着身体往后退，错开了阮秋伶伸出来的手。这不禁让少女心想，这难道是总裁的考验，想要测试她会不会贪图富贵，有没有嫁入豪门的潜质？放马过来，她可是不会输的。"

阮秋伶的自我鼓励还没起效，公寓的玻璃门就已经自动开启。

"欢迎您回来。"站在门边的保安向陆远点头示意，看起来两人极为熟悉的样子。

看来他是真的一个人住在这里……

第一次跟着总裁回家，阮秋伶竟然有些失望。

"我平时一个人就住在这里，距离总公司很近，并且可以看得很远。"陆远像是没有看出阮秋伶的疑虑一样。

这栋新楼好像是去年才落成的，阮秋伶也是第一次来这个地方。大厅的保安恭敬得有些过头，也不知道城市公寓的保安是不是都是这个样子。

没想到就算是城市里的公寓，有钱的住户和没钱的住户还是有很大差异的。阮秋伶默默地想。

"市中心的高楼住户待遇真好，"阮秋伶望着两侧排列整齐的安保人员，不由得问了一句，"哪一间房子是你的？"

"哪一间吗？"陆远浅浅地吸了一口气，手指按下了电梯楼层的其中一个键后，绕着其他楼层的数字画了一个圈，"这些都是吧。"

"你一个人要住这么多个房间？"

"不是。"陆远慢条斯理地答，"我的意思是说，这一整栋楼都是我的。公司最开始的时候就在这边办公，我住在公司楼上，晚上回家比较方便。后来房价涨了，楼下就租给其他公司了。我拿着赚的房租，到那边盖了一套新楼盘……"

"然后又涨了？不对，你不是做房地产的吧……"

"我是做珠宝生意的。"

果然，总裁就是总裁！就连不是自己专业的行当，都能顺便发家致富。刚才还心存疑虑的阮秋伶，瞬间安静下来。

陆远住在稍微靠近楼顶的楼层，这层楼和其他的楼层不同，为了保证视野开阔，装上了很多巨大的玻璃落地窗。阮秋伶回头望了一眼楼下的风景，这才想起什么："对了，我的请假条！"

被霸道总裁的光环蒙蔽了双眼的她，在落地窗外看见自己的学校，这才记起了她虽然学习成绩不如意，但是勉强还有个在校大学生身份。

"我那次打假条说要结婚。"往事重提，阮秋伶脸上的表情多少有些复杂，"发生车祸在医院躺了半个月，手机摔坏了，也联系不到朋友，估计她们都以为我死了吧……"

"没有，她们知道你活得好好的。"

陆远一伸手，竟然从口袋里摸出一个四四方方的盒子，上面用紫色的蕾丝扎着蝴蝶结："你的手机泡了水，又被砸了，修的成本太高，先用这个吧。"

阮秋伶打开盒子，望着里面最新款的某牌手机，再回忆一下铺天盖地的广告上接近五位数的价格，难以理解陆远口中的"成本高"是什么概念。住在这种地方的人，竟然还会在乎这点成本吗？这有点颠覆她在小说里总结的经验。

"原来总裁也会在乎'成本'吗？"阮秋伶自言自语。

"就是因为在乎，才当得了总裁。"陆远并不生气。

"等等，"阮秋伶灵机一动，忽然觉得手里的产品越看越熟悉，"这部手机……"

"嗯，国内的这个牌子，是我们公司代理的。虽然目前我们的主业是珠宝。"陆远放好行李，自然地系着围裙走到厨房的冰箱门前取东西，"早几年还做过五金，不过我个人还是喜欢电子产品。这些零件从国外进口，在国内组装，售价偏高，成本主要是专利和授权费。"

对我讲这些，我也听不懂啊！还有，你们公司的副业是不是有点多了？

虽然心里有无数话想说，但是考虑到寄人篱下的处境，阮秋伶只能表现出礼貌的笑脸："陆总真的很博学呢。"

"博学？"正在洗手的陆远熟稔地将湿手靠在了刚刚系上围裙上，整个动作行云流水，"抱歉，我不太理解。在找到一条真正适合自己的道路之前，失败的尝试确实是比较多的。"

她真不想和这种一本正经的直男说话。她不得不担心自己祸从口出，在"嫁"给总裁第一天就因为知识盲区太多被扫地出门，索性抱起新手机，强行转移自己的注意力。

住院的这段时间发生了太多事，虽然祸兮福所倚，却免不了让人产生白日做梦的错觉。直到阮秋伶拿到手机，找回通讯录，她才有了一点回到现实的感觉。

宿舍群聊天记录已经超过99条了，终于上线的阮秋伶匆匆发言："大宝贝们，我又回来了。"

阮秋伶的宿舍有四人，大学宿舍通常是按照专业和年级分配的，某大最热门的经济学专业原本有着充足的女生宿舍资源，可惜非常不幸的是，偏偏阮秋伶那一届，校长一拍脑袋决定扩招，导致经济学专业四人宿舍分配后，多出了二人。

而被当作"零头"安排到其他专业宿舍的两位少女，其中一个就是阮秋伶，另一个叫江舒俞，是个纸上谈兵能力一流，语言表达能力却长期负数的隐形学霸。

江舒俞："你还知道回来？"

阮秋伶："发生了一点事情。"

江舒俞："在上课期间被掳走结婚，也能叫作'一点事情'？"

阮秋伶："你……你怎么知道的？"

江舒俞："别担心，目前咱们年级，也就只有我们宿舍四个人知道。除了那两个明天要下田实习的'农业艺术家'，就你知我知。"

旁观的农业艺术家 A："总觉得要说点什么……"

旁观的农业艺术家 B："总觉得要说点什么……"

这可能得益于阮秋伶平时存在感太低，宿舍群里大家齐心协力，异常有默契，导致她失联十天以后，还没有人发现她不在学校的事。不过，这要是被辅导员知道了，可是要记大过的。

"还好，还好。"

得知自己不会被记过后，阮秋伶松了一口气，可一放松下来，肚子立马提出了抗议。

陆远刚才好像是进厨房了。阮秋伶后知后觉，赶紧招呼了一声："陆总，需要我做点什么吗？"

她话音刚落，竟然从厨房飘出一股好闻的味道。

等等，难道说现在是陆远在……

迟钝的阮秋伶回忆起刚才总裁大人的装扮，那个一脸严肃的男人穿着围裙，还是一条有着粉色花边的围裙！

难道现在是陆远在做饭吗？做饭，陆远，总裁陆远？

根据阮秋伶多年阅览各大网站总裁小说的经验，霸道总裁的厨艺通常是难以言喻的。而为了讨得总裁大人的欢心，吃掉他做的食物又是必然的。

"糟了，糟了。"坐在真皮沙发上的阮秋伶在想通这个道理后如坐针毡，她不是实力演技派，可该来的总是要来的。自己作为"协议女友"，再怎么不济也要在这种"性命攸关"的时候多出点力啊！

"吃饭。"随着厨房里电源开关关掉的声音，陆远一句简短的命令，让阮秋伶不由得站了起来。

"是，是的！"寄人篱下的阮秋伶根本不敢回头，深吸一口气，抱着英勇就义的心态狠狠地迈向了餐桌边。

可事实并没有她想象的那么糟糕。

这不是真的……餐具按照西餐的样式被摆放好，食物却是中餐的做法，虽然看起来不够正式，但让人感到亲切。

出身于普通家庭，到了十八岁也只学会在泡面里勉强加个蛋的阮秋伶，竟然在一位长期独居的单身男性的餐桌上看到了色香味俱全的晚餐，而饭菜的精美程度，与她受到打击的程度形成正比。

"怎么了？"

她抬起头，也许是灯光的缘故，回到家的陆远看起来多了几分温和气质。

"好看是个很抽象的概念。"阮秋伶脑子一抽，突然想到这句话。

陆远的这张脸，就算是配上围裙也还是那么迷人。对，是迷人。他的脸散发着一种慈母般的"迷"惑，令"人"神往。

"请坐。"在主人的示意下，阮秋伶终于就座。场面突然变得温情，双方一问一答，压根没有情侣约会的气氛，反而像是冷战多年的母女，突然有了冰释前嫌的机会。

"明天要回学校了？"

"嗯。"

"东西帮你放到了房间。"

"嗯。"

"水果和饮料在冰箱里。"

"嗯。"

两人的角色突然调换，陆远突如其来的温柔，让阮秋伶觉得有点不安。

"那个……我们是不是还在谈恋爱来着？"

"是的。"陆远给出肯定回答。

"但是，这温馨的场面，我怎么觉得我不得不脱口而出叫你一声'妈'呢？"

"啧，女人，你这是在玩火。"

听到熟悉的台词，惊得阮秋伶一下站了起来，膝盖撞上了前面的桌角。

"啊——疼，我不该的，我真不该稍微得到了神明的眷顾，就得意忘形地调戏男神。"

"噗。"一直严肃的陆远忍不住笑出了声，但瞬间又恢复如常，"给自己整理出生活空间，以及让自己活得更舒适，是每一个成年人类应该具备的技能。"

阮秋伶觉得自己彻底废了，没想到自己努力奋斗这么多年，在陆总这连个基本的"成年人类"水平线都碰不着呢。就按自己这个水平，先婚后爱的路线基本无望了，陆远几乎——无懈可击！

虽然自己的梦想是拥有霸道总裁，但是，按照这个进度下去，"霸道总裁爱上我"的计划不会要全盘崩溃吧？

"我有一件事情想拜托你。"见阮秋伶陷入沉思，陆远突然抛出了话题。

"什么？"阮秋伶正襟危坐，像陆远这样完美的人竟然有事情需要拜托她，是什么问题？如果是拜托她和他结婚的话，绝对没问题哦。

"你是金融专业的吧？如果有时间的话，能不能麻烦你检查一下这些报表？"陆远语气平和，比高中拖堂的班主任还要淡定。

"那个……"阮秋伶余光扫过桌面，注意到了餐桌上已经吃完等待收拾的盘子，"你看，饭都吃完了，不如我先去把这些收拾了？关于报表的事情……"

"没关系，家里的洗碗机是全自动的。"

阮秋伶想捶当年那个在专业课上打瞌睡的自己。

谁能想到，市中心装修豪华的公寓里，全景落地玻璃，俯视城市霓虹，温柔帅气霸道的总裁陪伴身侧，竟然……只是为了监督女大学生做作业的？

"身为总裁的女人，会这些东西只能算得上是基础吧？"

"可是……陆总，这表真的好难。"三小时后，阮秋伶已经眼泪汪汪了。陆远公司的基础报表，竟然比她大学专业课补考的试卷还难。她不明白，现实生活中的"霸道总裁爱上我"，难道就是指"霸道总裁爱上监督我写作业"吗？

"这是公司三年前的报表，那时候规模还很小，不过做错这份报表的会计已经被开除了。"陆远头也不抬道。

陆远不知道什么时候戴上了眼镜，金丝边框架在脸上，还有那么一点学霸气息。他在等待阮秋伶算报表的三个小时内去了浴室，现在清清爽爽地穿着浴袍靠在沙发上看文件。浴袍两侧交叉的地方，露出了皮肤的颜色。阮秋伶没敢细看，也没有那个脸细看。

阮秋伶那个恨啊！美男在侧，而自己还在死磕报表。可是一般的霸道总裁，在家的时候都是这个样子的吗？难道和总裁谈恋爱，谈的都是经济政治和商业宏图吗？这根本不对啊！

"抱歉，你今天可以先休息了。"陆远仿佛会读心术一般，"放心，我不会把你赶出去的，这次事故原本也是我公司的责任，作为负责人，我也愿意承担相应的责任，或者补偿阮小姐你的经济与精神损失。"

他抬头望了一眼墙壁上的时钟，然后几乎以精确到秒的速度收拾好了房间。

"你休息吧。剩下的阿姨会来帮忙，你的房间也让她事先打扫过了。"

阮秋伶何止是不知所措。她表情僵硬地望着陆远，倒退着挪进了安排给她的房间，蹑手蹑脚地关上门，后背向床的方向直直倒了下去，整个人陷进柔软的蚕丝被里。

"啊——救命啊，还以为搭上总裁的顺风车，之后就顺风顺水了，没想到刚出医院就直接补考了。"阮秋伶伸手捂住自己的脸，她多希望现在的一切都只是个梦，又害怕只是个梦。

手机信息提示音响起。

阮秋伶猛地睁开眼睛，才发现天花板上的吊顶竟然是由白水晶制成的，就算是有钱未免也太奢侈了吧！

阮秋伶这才仔细看，整个房间的布局看似简单，却也是精心布置的。落地窗的位置刚好可以俯视整座城市的夜景，床和窗户之间还妥帖地安置了桌椅，估计是为了方便住户坐在窗前眺望。

阮秋伶刚准备冷静一下再慢慢思考，微信里江舒俞的名字却一直闪烁个不停。

"怎么啦？"

"你还问怎么，这些天你到底跑哪里去了？"

"一言难尽啊，说出来你可能不信，我差点结婚了，然后又被人求婚了！"

"你住个院没把脑子住傻吧？对了，先不提那个，你出院了没有啊？去年游泳选修课，你英姿飒爽的样子深得辅导员的心，最近有个选拔赛，辅导员特意问你为什么没去参加。你要是没事就赶紧回来吧，再瞒下去就会扒出来你现在和陆远住在一起的事情，到时候，就算你带着两份结婚证和离婚证来都说不清了。"

在江舒俞的极力说服下，阮秋伶终于还是决定，告诉陆总裁学校的事情，就像不想上学的小学生，小心翼翼地试探自家亲妈的底线。

"你放心，我就随便游一游，就凭我这条腿，保证不会被选去当代表参加比赛的。你想啊，这世界上有正常学校会催着断腿的学生回去参加游泳比赛的吗？又不是参加残运会。"

次日清晨，阮秋伶捏着勺子，一边小心翼翼地吃早餐，一边观察着对面男人的表情。

"哦？"陆远解下围裙后坐下来，注意力显然并不在阮秋伶身上，他看着手机回应道，"既然参加了还是拼尽全力比较好。我刚才嘱咐过司机，等会儿会有人来接你去学校，顺便，你的课程表也发我一份。"

"你……你要我的课程表做什么？"

"安排时间。"

这种事情不应该让秘书纳入日程表吗？阮秋伶刚想起电视剧里的剧情，似乎又被眼前的男人看透了心思。

"这是工作范围以外的事情，应该由我个人安排。即使是上下级的关系，动用员工来谋取私人利益都是以权谋私。"陆远淡定地说完，然后顺手收拾了桌上的餐具。

阮秋伶全程看得一愣一愣的。

"哎，早啊。陆远，一大早就把我叫过来，该不会是昨晚发生了什么……"

两人刚出电梯，就看到江浩不正经的笑脸。

"没医德的医生？"阮秋伶还在想自己今天回学校的事情，没想到一抬头就看到江浩，简直是冤家路窄。

"没医德？我要是没医德，你还能站在这里？"江浩原本打算和自己的老朋友来个久违的拥抱，结果半路杀出一个诬蔑他的前病人，"什么叫作'没医德的医生'，我有名字，再怎么不济，你也该叫我江医生吧？"

"江浩。"

前医生和前病人剑拔弩张，江浩被这样喊了一声后，终于清醒过来。

"啊？"江浩低头看了眼自己的腕表，这才想起重要的事，"陆大老板这么早把我叫来，到底有什么事啊？快到查房和晨会的时间，我必须赶回去了。"

"她这种情况可以游泳吗？"陆远递过随身的文件袋，"最后一次的出院资料在这里。"

阮秋伶大为震惊，还以为是冤家路窄，没想到江浩竟是受人之托。

"你不知道吗？骨折恢复期很多病人不愿意运动才导致恢复迟缓。根据最新资料表明，游泳这种减轻重力的运动，在一定程度上是有益于骨折恢复的。而且她只是一点小伤而已，原本也不算多大的事。"

江浩余光扫过阮秋伶面如死灰的脸，心里明白了七八分。阮秋伶就是不想去学校，所以巴不得他能找出点什么不适合锻炼的借口呢！江浩抖了抖手里的 X 光片："不过你也知道，老话说，伤筋动骨一百天，虽然她只是受了点小伤，而且皮肉伤占大部分，但剧烈运动总是不好的。"

这难道是要帮她开医疗证明，让她不要去参加游泳比赛？

阮秋伶虽然嘴上说着一定要参加，不能让老师和同学失望，内心却是懒惰占上风。这种见鬼的比赛根本没有人想参加好吗？

不过很可惜，陆远并不打算给她一个赖在家里的理由。

"那拜托你了。"他对极不情愿的江医生说。

陆远刚说完，一辆小轿车刚好稳稳地停在大厦门口。自家司机到位，总裁大人这才有了点风范："我已经告诉过司机，上学和放学她会接你。"

"哎？"阮秋伶还没回过神来，就已经坐进车里了，而某个一直抱怨的家伙被塞进了后座。

"你们这是绑架，占用别人的时间等于谋财害命！"

"行了吧，江大夫，你就省省吧。"阮秋伶还没开口，驾驶座上的女司机就说话了。

江浩原本还准备说些什么，却突然安静下来，像是上课做小动作被老师发现的小学生，乖巧地闭嘴，在后座坐直了身子。

开专车的女司机挺少见的。阮秋伶见到江浩的反应，也决定先观察情况再做回应。不是她胆子小，而是直觉告诉她，和陆远沾上关系的人都不太正常。

"学校是八点上课吗？你放心，我会安排好时间的。"

司机座位上的女性看不出年纪，脸上涂着一层薄薄的粉，红唇配着浅色偏光镜颇有威慑力。不过单凭这身打扮，没理由会让江浩这种老狐狸吓成这样吧！阮秋伶想了想，还是先不说话了。

车门关上，仪表盘上闪烁着漂亮的光。

"那个，不好意思……"在后排正襟危坐的江浩小心翼翼地说，"我七点半查房，如果方便的话，是不是……"

司机女士没有回应，阮秋伶刚坐直身子，就听见油门声突然变大，车瞬间加速，然后跑了出去。

阮秋伶刚坐直又直接滚了下去，接着车内爆炸般响起了质疑声："这种事情现在才说，在事情发生前两个小时提前通知不是常识吗？"

好凶的司机！滚到座位下的阮秋伶这才意识到让江浩害怕的原因。

"我……我之前和陆远说过了。"

"系好安全带。"。

"嗯……好……好的。"一直没插上话的阮秋伶这才抓住空隙应了一声。

现在是七点二十分，就现在高峰期的拥堵状况，十分钟根本不够。阮秋伶悄悄从后视镜看了一眼江浩的脸。虽然自己和这个家伙不对付（方言，指"合不来"），但是看到他难看的脸色，还是忍不住深表同情："惨啊，庸医，你今天要迟到了。"

"我是庸医，难道你腿上的伤是神仙帮你看好的？"在后座的江浩可怜巴巴地爬起来，"再说了……"

"迟到？"历史总是惊人地相似，红绿灯路口，被开成跑车的小轿车一个紧急变道差点没把后座上的人甩出去。司机对于乘客的说辞分明不满，虽然目不斜视地望着前方，对身后的事却了如指掌，"我开车怎么可能会迟到？"

这强硬并且毫无道理的说辞，为什么她能说得这么理直气壮？

阮秋伶用一个词来形容乘车体验，简直是"惨绝人寰"。安全带的重要性在行程中被充分地体现出来。作为坐在前排的乘客她倒是没什么大碍，可坐在后面的人，在抵达目的地后，简直连个人形都没有了。

"庸医……你没事吧？"

"都说了不要叫我庸医……"

"要不要我帮你叫医生啊？"

"你是在开玩笑吗？我现在就是要去给医生开会……"

后面的车门终于打开了，就像是生物进化历程极速倒退，江浩直接从哺乳动物退化成了软体动物。他颤颤巍巍地从车上爬下来，嘴里碎碎念道："都对陆远说过，他就不能请一个正经司机吗？这家伙……"

"你是对我有什么不满吗？"驾驶座那边伸下来一条大长腿，下了车的女人抬手摘掉眼镜，整个人明艳不可方物。她压根没打算和谁计较，只是看了眼天空，又下意识地举起手腕低头看了看表，"喂，姓江的，你不是赶时间吗？赶紧的吧，我还给你留了五分钟坐电梯的时间，你不知道感恩也就算了，还倒打一耙是怎么回事？"

"主任！"几个行色匆匆从医院大门前跑过的医生，赶紧冲过来一把架住了"奄奄一息"的江浩。

"你还真是和陆远一模一样，不，你比他狠心多了。"被同事们抬起来的江浩勉强恢复了一点身为科室主任的风采。虽然他还是腿都站不稳的状态，至少说起话来有底气多了。

"多谢夸奖啊。"女司机面带微笑，不卑不亢。

"忘记介绍了，我叫沈明月，是陆老师的保镖，偶尔也兼司机。"

保镖？阮秋伶听得一愣。

她们重新坐上车，沈明月又恢复不苟言笑的表情，点火，发动车子："别介意，我不是对你有意见，只是我工作的时候就是这样，怕自己分心。"

"没事，没事。"坐在一旁的阮秋伶赶紧系好安全带。

"别怕，刚才那几下是我故意的。"沈明月嘴角扬起一个漂亮的弧度，饶有兴致地解释道，"我和江浩是儿时的玩伴，那时候我们经常在一起嬉闹，不过他的胆子越来越小，前几年我回国听说他当医生时还吓了一跳，结果好像也不是我想象的那样。"

"哎，你想象的那样？"

在沈明月的引导下，阮秋伶瞬间脑补了很多电影里血肉模糊的场景。让阮秋伶后怕的是，沈明月在描述这些内容的时候仍然面带微笑，并且认真注视着前方的车辆。

"医生原来是那么危险的职业吗？等等，可不可以先容许我问一个问题，沈小姐，你出国是去了哪个国家？"

"嗯，埃塞俄比亚。怎么了吗？"

"没，就当我没问。"

终于下车了，回到学校的那一刻，阮秋伶竟然有了一种轻松的感觉。毕竟比起和车上的怪物相处，她宁愿拖着腿去参加"残运会"。

"加油哦，下课以后我再来接你。"

沈明月霸气地挥挥手，阮秋伶小幅度地回头看了一眼，恨不得立刻溜掉。

"嘿，秋伶，你终于回来了！"

阮秋伶溜回教室，是在高数课的课堂上。高数作为一门神奇的学科，给予了每一位智商不太高的学子最大的公平，除了个别天才以外，大家的考试成绩都和运气挂钩。

阮秋伶找到江舒俞时，学委刚好发完期中考试的试卷。江舒俞手里拿着的一沓试卷里，竟然没有一个人及格。

朋友们久别重逢的见面场景本该是雀跃的，可阮秋伶望了望对方手里试卷上不及格的分数，不知道该怎么开口。

"哎，你说这题到底是怎么回事？出得这么难，四个选项里只有一个是正确答案，这样的概率简直是存心不想让我们及格！"

作为拖了自家学霸江舒俞的后腿，直接把寝室平均分拉到及格线以下的愚钝女学生，阮秋伶以最快的速度为自己找借口："像这种程度的题目，设置一个干扰选项是最合适的，不仅有利于我们这些祖国花朵的成长，还……哎呀，江舒俞，你为什么打我？"

"打你怎么了？你科目考试全部挂掉了。"

江舒俞说完，就发现阮秋伶眼泪汪汪地望着手里的试卷。

这事要是放在任何一个学霸身上都不足为奇，可她阮秋伶是什么人啊？大学一年级就是名声在外的聚会爱好者，明明就该好好提高学习成绩和专业素养，她却除了体育成绩以外，其他科目的考试分数都惨不忍睹。这种人要是能因为考试成绩难过得掉眼泪，太阳非得同时从东西南北四个方向升起不可。

"不是吧，难道因为考试没及格，你就难过成这样？听说你住了院，难道看的是……神经科？"江舒俞虽然生气，但看着阮秋伶的脸，也不由得心软下来，"我说错了，唉，说不定是颅脑外科。"

"哇，你别说了。"阮秋伶一把搂过江舒俞，"我只是突然觉得在学校里真好。"

只是被江舒俞敲一下脑壳，这可不比自己在外受冷嘲热讽要强上一千倍，比被迫嫁给债主要强上一万倍吗？

"嗯，不过你马上就会后悔你下的这个结论。"

江舒俞说得一点都没错，而且阮秋伶的后悔，比想象中来得更早更强烈。

辅导员是位谢了顶的中年男性，他迈进教室，声色俱厉地批评着所有在期中考试中低于六十分的同学。

"你不是才刚出院，真的没事吗？"

"没事，我就是此时此刻感觉特别真实。"

"啥玩意？"

"特别真实！"

"你们几个，考那么点分，怎么还有敢在上课的时候聊天？"课上到一半，辅导员终于忍不住批评了成绩不好却还十分开心的女同学，"说的就是你，你考了多少分，四十分？这个程度的题目，你至于吗？"辅导员恨铁不成钢。

他刚发言完毕，同病相怜的人们急忙向阮秋伶发来问候。

"你没事吧？别在意，老师就是……"

"没，我现在就是感觉……特别开心！"

"哈？"

"刚才被骂的时候，我感觉更加真实了，这就是活着的感觉！"

阮秋伶的感慨刚结束，身边一起被批评的同学们就集体远离了她："这个家伙太久没来脑子坏掉了。"

阮秋伶不是脑子坏掉了，她现在一想到陆远，就觉得人生不可思议，那种感觉有谁能明白？这么好的一个人，竟然活生生地出现在自己面前，还口口声声说要和自己结婚。排除"诈骗"，这样的事情，发生在生活中的概率是多么渺茫。

"一会儿下了泳池我就随便那么一游，没事，我懂的，我就不信这还能游进决赛，游成代表了？啊，你要来看我，这样不太好吧？"下泳池前接到江浩电话的阮秋伶有几分不耐烦，可看在今天早上"同舟共济"的分上，她还是耐着性子，语气温和地说，"我身上的伤，你早上不是看过了吗？我又没事，陆远都不过来，你过来干什么？我可请不起你这种治疗费用高得上天的人。行了行了，我先挂了。"

阮秋伶还是很有信心的，游个第一多少有点难度，游个倒数肯定没有问题。

　　前来加油的啦啦队助威方式也很虚伪，只可惜辅导员在，大家又不能表现得太明显。倒是她的正牌啦啦队员江舒俞，冷漠得就像是奥运冠军的特训教练。

　　"加油，阮秋伶，加油！嘿！"

　　就算是虚张声势，可这也太假了吧？埋在水里的人想抬头看，但是比赛时又不好意思直接停下来。万一被说是比赛态度不认真，就因小失大了。

　　"嘿！阮秋伶！嘿！"

　　太假了，这种加油助威还不如闭嘴。阮秋伶突然感觉头撞上了坚硬的物体，而岸边的助威声变成了丧气的"嘿"。

　　"到底是怎么了？"

　　阮秋伶从水里抬起头，这才发现，原本在看台上假装摇旗呐喊的江舒俞，都已经收拾行李走人了。

　　"恭喜你，阮秋伶同学。"辅导员迫不及待地握住了阮秋伶的手，"代表我们学院参加比赛的人，就是你了。"

　　"哈？"

　　阮秋伶一脸错愕，一条干毛巾被丢到了她的脸上。也是这个时候她才知道，论演技，学校里比她厉害的人，比比皆是。

　　"不是说好了随便游一游，第一轮就被淘汰吗？"江浩心里一惊，感觉自己的陪护任务突然无限延期。

　　"我随便了啊，谁知道其他人更随便！"阮秋伶都快哭出来了。

　　她是真的没想到，学校里那么多四肢健全的人一起预赛，到最后还是她这个随便游了两下的病人得了第一。

"好了，好了，知道了。所以你现在是为什么要打电话给我，是要我去现场开个疾病诊断书，助你一臂之力吗？"

"现在都游完了，你给我开什么疾病诊断管用，骨折吗？"

"嗯，脑骨骨折怎么样？很严重，损伤智力那种。"

"你才损伤了智力呢！"

就知道这家伙靠不住，阮秋伶挂了电话，不知道该怎么向霸道总裁解释自己今天晚上不准备回家吃晚饭的事情。他那么忙，就算她找他，也不一定能马上联络到他吧？而且，这么鸡毛蒜皮的事打扰他真的好吗？万一他顺便追问了自己这个学期的成绩，这不就是没事找事吗！

阮秋伶按在手机上的手指抖了抖，一条新消息很快就被接收了进来。

"阮秋伶！"

"啊？"阮秋伶吓得手一抖，差点把手机摔进水里。

"今天晚上的游泳池我帮你申请好了，好像也没有其他的班级申请，说不定你能享受包馆服务呢。"班干部兴冲冲地跑来通知。

这是一件令人开心的事情，至少班干部不需要再为让谁来参加比赛而操心了。

正常情况下，除了自家辅导员那种奇葩，也不会有人特意来申请体育馆的场地了吧。

阮秋伶想了想，也觉得这是个不错的机会。

不知道为什么，魂牵梦绕的东西被轻易放在自己面前的时候，那种想要得到的感觉，反而变得不那么强烈了，取而代之的，是一种可怕心理。

阮秋伶原本觉得霸道总裁就是该少说话，冷酷的男人才具有吸引力。可是现在想想，除了语言以外，她似乎也没有其他能更了解陆远的渠道。

不出所料，夜晚的体育馆果然是包场。

收拾好的阮秋伶站在泳池旁边，总有一种自己被遗弃的感觉。水很凉，泳池底下蓝色的瓷砖看起来很漂亮。周围很安静，只有远处偶尔传来的铃声，像梦境一样缥缈。不知道为什么，这样的情景，总让人莫名其妙地联想到美人鱼。

"不知道这里有没有美人鱼呢？"阮秋伶感到很放松，无意识地说了一句。

阮秋伶一头埋进水里，突然想到自己这么晚了还没回去，会不会有人担心自己？

"哎呀，碧蓝泳池的美人鱼吗？真是个不错的意象呢。"

"江……江浩？"阮秋伶吓了一跳，赶紧从水里冒了出来。

刚赶到的江浩和早上一本正经的套装不一样，他穿了套有些俏皮的休闲服："怎么了，就这么想见到我吗？一听声音就迫不及待地叫出了我的名字。"

"你可省省吧。倒是你，医院里的事情都忙完了？主动跑来这个地方，该不会是忘记了一会儿要来接我的人是沈明月小姐吧？"

"沈明月"这三个字果然有用。

即便他强装镇定，阮秋伶还是清晰地察觉到了岸上男人身体的轻微抖动。

"主动？你以为我愿意来啊。"江浩对阮秋伶搬救兵的事情颇为不满，"行了行了，你练完了叫我一声，我就是来检查一下，看我维修的产品有没有质量问题。"

江浩自顾自地坐在水池边上，饶有兴致地打量周边的事物。

"你们这个体育馆设计得很不科学啊。"

"哪里不科学了？"

"这种空间和走道，很不利于突发事件时医疗人员立刻就位。"

"哪会有那么多突发事件啊！"又一头埋进水里的阮秋伶还没游几下，突然想起了什么重要事情，重新浮上来，"哎，对了，江浩，你和陆远认识很久了吗？"

"久倒是不久，也就比青梅竹马差那么一点点。怎么了，你感兴趣？"

"没。"阮秋伶又进了水里。就算是感兴趣，她也不能明目张胆地说，她对某某有好感，想知道关于他的事情啊！

江浩和陆远不是一种人，江浩聪明又狡猾，面对越是躲闪的猎物，越愿意付出吸引其上钩的诱饵。

"他嘛，也不是什么好人。"江浩故意装出漫不经心的语气，"你说他聪明也可以，说他笨也没错。话说那个家伙高中毕业就辍学了，你知道吗？"

"什么？"刚摸到岸边的阮秋伶吓得差点呛了一口水。

"你连这些都不知道，就直接和他同居了？"

"请注意你的用词，江先生，是暂住。"阮秋伶虽然在聚会上玩得比较疯，可玩是玩，恋爱是恋爱，最基本的底线她还是要有的。

"好好好，暂住就暂住嘛。"江浩坐在岸边也不安分，习惯性地把左腿架到了右腿上，摆出了一副讲故事的姿态，"这个家伙顽劣得很，高中就不怎么爱读书，而且他这人又固执，一旦决定好的事情，谁说都不听。你可别看他现在风光，最开始跌在泥坑里的时候，可比你狼狈多了。"

阮秋伶听得出来这是个比喻，却想象不到具体是什么状况。

小说里的霸道总裁，不都是毕业于一串名字都叫不出来的国外大学，取得各种证书的吗？陆远这算什么？

看到阮秋伶愣住，江浩大概猜到了她的心思："现实又不是电视剧，不过现实倒是真的比电视剧有意思多了。这小子是做实业起家的,钱哪有那么好赚啊？风吹日晒是家常便饭，受伤更是习以为常，不然他现在怎么会使唤我使唤得那么得心应手！好了，时间也差不多了，你还要在水里泡到什么时候？"

"阮秋伶，你要不要吃消……夜？"

提着消夜快餐盒的江舒俞刚推开游泳馆的门，就看到泡在水池里的阮秋伶刚好伸手握住了岸上的男人："嗯……你们……"

"不……不是你……"

阮秋伶刚要解释，整个身子僵在半空中，脚底一滑，身体不受控制地倒向了旁边。

"小心！"

"完蛋了。"阮秋伶一紧张，在空中抓了几下，结果只是让摔下去的动作看起来更加夸张和滑稽而已。她侧着脸，眼睁睁地看着江舒俞的表情从惊愕变得令人匪夷所思。

"还好吧？"

一脸错愕的围观者这才回过神来，提着快餐盒赶紧跑过来。

"有我在，能有什么事？"

江浩从水里冒出头来，扬起嘴角，这才松开手，把阮秋伶从怀里松开。

江浩原话的意思是："有我这个医生在这里，不能让自己的病人出什么事。"

围观者却听出了其他的意思。

"哦，对……对不起哦。不打扰两位，吃的我放这里，我先走了哈。"特意来送消夜的江舒俞脸上滑过狡黠的微笑。

"喂，回来！不是！"

阮秋伶简直百口莫辩，这样的情况，即便她解释，又有谁会相信呢？

"我不回去了。"阮秋伶披着干毛巾，蜷缩在岸边，觉得身体热得极不寻常。

"怎么？不回去，难道准备留在这里当美人鱼？"

"要你管！"

江浩刚调侃完，浑身一抖，赶紧低头看短信，这才恢复正经，"就算你是美人鱼，你也要上岸见见王子啊，赶紧的，王子都催了。"

阮秋伶觉得好像有哪里不对，她明明做着霸道总裁的美梦，但当真正的总裁摆在她面前时，她又发自内心地抗拒。

阮秋伶进家门时，陆远正坐在餐桌前看平板电脑。要不是知道这朴素的实木餐桌价值几万元，头顶吊着的顶灯是货真价实的琉璃，加上平板电脑的主要功能是查看信息、接收报告和开会，她倒觉得场面挺温馨的。

"老板……"阮秋伶站在门口，半天不知道该怎么开口，"陆……陆总……"

"怎么？"听到声音，餐桌前的男人抬眼，放下了手里的电子产品，"叫我陆远就可以，像平时一样。"

"我平时就没叫过你陆远。"

"那你现在可以叫了。"陆远漫不经心道，"按照社会关系来看，你还可以叫我'亲爱的''宝贝'……"

"陆远。"阮秋伶及时阻止了陆远后半段一本正经的不正经台词，"对不起，陆总，我还是不怎么能接受您顶着这么一张脸，说这些……"

"叫我陆远。"

"陆远。"

阮秋伶一本正经地叫完陆远的名字，自己却扭捏起来："我在想，我们认识了多长时间……"

阮秋伶话里有话。

命运永远是公平的，陆远虽然在商场上做得风生水起，在感情方面还只是一张白纸："具体来说，已经超过五百个小时了。学校的事情怎么样了？"

"很糟。"阮秋伶见对方接住了自己丢出的话茬，并主动带出了话题，顿时放松下来。

"没有被选上？"

"就是被选上了才糟透了。"

阮秋伶花了十五分钟来形容自己学院的老师是多么令人深恶痛绝，最后像个好学生一样总结道："他们压根就没考虑到我的个人意愿，我其实压根不想参加这种比赛。"

"哦，那你十分清晰地向他们表达过你的个人意愿吗？"

"没。"

怎么可能表达！阮秋伶没敢说自己连带着请假，已经有几十天没去上课了，要是追究下来估计她还要被留下来多念一年大学。

陆远估计是猜到了什么，平和地看了看时间，起身去拿烹饪台上搭着的手套，然后在阮秋伶的碎碎念中从烤箱里端出了一盘油亮的羊排。绿色西芹点缀着酱色的肉，在灯光下显得诱人无比。

"先吃饭吧。"

"今天叫了外卖吗……"阮秋伶本来还想接着吐槽，却被飘来的香味所吸引，不得不暂停吐槽，吞了口口水。

"在等你回来的时间里，我新学的菜式。"完全不像个总裁的总裁大人放下铁盘，收拾东西时利索得像个家庭主妇，"这菜很简单的，不难。"

这难道是在另类地暗示我，我回来的时间太晚了？还是在说，不会做饭的我太笨？

看着被递到面前的刀叉，阮秋伶刚伸出的手顿在了半空中。

"没别的意思。"意识到自己可能传达了多余的话，陆远解释道。

"噢。"阮秋伶如释重负。

"尝尝吧。"

他这根本不是邀请，而是命令。

话已至此，阮秋伶只好服从命令，毕竟怎么说她都是寄人篱下。不过如果要她在回家嫁给债主还债和赖在总裁大人身边蹭饭之间做出选择，她还是下意识地选择后者。

其实陆远也很纳闷，他今天认真读了网络上总结的"能让女性对自己心动的一百条法则"，最终决定搞一次浪漫的晚餐，没想到却搞成了这样的效果。

再这样下去，合约期结束之后，阮秋伶怕是要舍弃自己赶紧跑路了。

想到这里，陆远不由得眉头紧锁。

糟糕，看陆远的表情好像很不开心啊，难道她真的做错了什么吗？她就那么让他不满意吗？再这样下去，别说协议交往了，怕合同期限还没到，她就先被总裁大人扫地出门了。

想到这里，阮秋伶的眉头直接皱到了一起。

气氛在两个愁眉苦脸的人之间，跌到了冰点。

"你之前一个人的时候，也经常自己做饭吗？"阮秋伶战战兢兢地品尝完美味，试图从当事人这里挖掘一些信息。

"嗯。"陆远不知道什么时候又摸出了平板电脑，似乎是因为气氛过于尴尬，只好工作片刻缓解一下，可是他脸上的表情依旧凝重。

难道是商场的行情又变化了，还是股票崩盘了？霸道总裁是不是不努力工作也会马上破产啊？

阮秋伶本来还想说点什么，又担心自己说话会分散对方的注意力，只好悄悄地把话咽进了肚子里。

实不相瞒，就阮秋伶的烹饪水平，充其量也就是能够把开水烧开，把方便面泡软。当"亲自下厨"这个词出现在她老人家的词典里时，几乎可以等同于"冒着生命危险，品尝味道微妙的菜肴"。

阮秋伶本来有很多话想对陆远说，可她真担心自己过于吵闹，会被扫地出门。

"我初中的时候成绩不好，出来干这个之前，本来是准备去烹饪学校的。"陆远的手指在电子屏幕上滑过几下，似乎也意识到自己不是在和部下对话，所谓的恋爱，总是一言不发肯定是谈不成的，"我最后没有去成，主要是因为去烹饪学校学习技术，费用比较昂贵。"

"你说的是真的吗？"阮秋伶的嘴角抽搐了一下，她环顾屋内的各类实木家具和摆设，这位总裁的脸蛋虽然还很年轻，内心却像住着一位七老八十的大爷。仔细观察的话，不难发现，陆远住处的摆设都有些复古，和现代华丽的欧式家具风格不同，他的大件摆设多是用红木或者檀木制成的。

"我很少会没有目的地欺骗别人。"陆远的视线没有从平板电脑上移开，他知道阮秋伶在看自己，如果此时自己扭头，恐怕要和她四目相对了。他很想这样做，可是他不敢。

阮秋伶也很想这样做，可是她也不敢。

阮秋伶怎么也想不到，自己会有像蜗牛一样，小心翼翼地用触角窥探世界的一天。

陆远伸手捏住手边的瓷杯，手指骨节分明的样子确实好看，就是皮肤没有经过仔细保养，粗糙了不少，看上去确实和那些白白净净的小少爷不一样。可是阮秋伶喜欢这样的手。

"那你骗人的话，都是有目的的咯？"阮秋伶的智商突然上线，反将一军。

　　陆远只是继续把瓷杯送到嘴边，房间里的气氛瞬间变得更加凝重。两人只好匆匆结束了"浪漫晚餐"，各回各的房间。

　　"完了。这恋爱算是谈不成了。等等，有目的，什么目的？难道……他看上本姑娘的美色了？"

　　阮秋伶回到自己房间，在床铺上摊成一个"大"字。还好，床边化妆台上的镜子及时提醒了她，自己根本不具备那种叫人沉迷的美色。

　　"等等，这又是什么时候多的镜子？"

　　透过门缝，阮秋伶听到陆远穿着拖鞋在客厅木质地板上走过的声音。他的脚步声在靠近客房时停顿了一下，但很快他又向前走，打开了另一扇门。

　　"担心我就担心我嘛。唉，我在说什么，陆远怎么可能担心我……我那么笨，什么都不会，甚至连话都说不好……他有什么理由担心我呢？"阮秋伶躺在床上打了个滚，才发现手机收到了一条未读信息。发件人是陆远，可邮件的格式分明是从江浩那里盗来的。

　　可能是为了礼貌，也可能陆远是不知道该怎么给理论上的"女朋友"发一条告知信息。

　　"尊敬的特殊病患，我代表本医院数百号工作人员（不含清洁阿姨）发来对你的想念。不知道你最近是否有什么特别的事情？如果我院能够帮上忙，由我（陆远本人）代为执行，比如：如何拧开某件新家具抽屉里的化妆水的盖子？"

　　"新家具的抽屉？"阮秋伶放下手机，视线落在刚刚搬来的化妆台上。虽然化妆台被涂上了白色的漆，但是这种用料一看就知道是某些品位还停留在上个世纪的人的喜好。看得出来它应该是特别定做的，否则一般商店卖这种东西，不得亏本？

　　化妆台下有六个整齐的小抽屉，都是精心设计的，每一个抽屉上都雕刻了不一样的花纹。设计小格子的人明显是女性之友，一般直男设计师是不会知道，女人到底需要多少放首饰的格子的。

　　"这倒是想得周到。"阮秋伶想着，总觉得还差了点什么。

　　哦，对了！自己是来谈恋爱的啊，为什么直线进步的只有家居设计水平！再这样下去，总裁到底什么时候才能被自己攻略？

· 第三章 ·
泳装和恋爱没有必然的冲突

　　"昨天晚上看到我和陆总一起订的家具，你有什么感觉？"

　　在经历过昨天尴尬的早餐，被热情霸道的女司机强行送到学校后，阮秋伶似乎已经放弃挣扎。她对出现在眼前，穿着夏威夷风情碎花格子衬衫的江浩，连一个吃惊的表情都没有。

　　"好是好，就总觉得还差了点什么。"

　　"哦？"江浩也不知道怎么想的，今天的打扮和医生气质扯不上任何关系，招摇得就怕别人注意不到他的样子，"那么加上这个呢？"

　　阮秋伶刚回头，怀里就冷不丁地多了一个纸质购物袋。

　　"你！"她刚要发作，却瞥到购物袋上几个熟悉的红色字母，突然变得安静了。

这不就是自己想了很久，但是一直没舍得买的那个贵妇品牌护肤品吗？里面是真的有护肤品，还是只有一个袋子？如果对方是为了逗自己，没必要专门弄个一模一样的袋子来吧？阮秋伶瞬间激动得不知道该如何组织语言。

"瞧瞧你那点志气，想知道是什么，直接打开看看不就行了？"招摇的江医生顿了顿，嘴角扬起一抹邪恶的微笑，"你最好快点看，我这的惊喜可不是只有这么一点。"

"看就看……"

阮秋伶原本想嘴硬的，直到她的视线落在贵妇护肤品精致的包装盒上。

"别误会，我才没那个义务买这些东西给你。你虽然入住了我们的 VIP 监护室，但是对一名医生来说，生命没有高低贵贱。"江浩满不在乎地坐在阮秋伶身边，顺手扯了扯领带，打开手机相机，自拍了一张，流畅地结束了整个动作。

"你干什么？"对于这样不开美颜的偷拍，女孩们总是不太乐意配合的。

"没，汇报工作。"

也许是过路的女性们的目光实在过于撩人，江浩发完邮件后，恢复了平日里正经的样子："我也不想这样啊，可是雇我的人用我的生命威胁我，大小姐，这比赛你参加就参加，输赢是一回事，能不能健健康康地回去又是一回事。"

"我又不是瓷娃娃。"阮秋伶翻了个白眼，她就是不爽这种被人看不起的感觉，"哪有那么多事？还有，我觉得陆远根本只是……"

阮秋伶后面半句话说得小声，江浩听清楚了，只是揣着明白装糊涂。两个人谈恋爱，最惨的莫过于夹在中间的朋友。

江浩要是知道到底是哪位神仙管这对小冤家的红线，他保证一个跨步走上去，直接把阮秋伶和陆远捆个结结实实！还试探！还监视！他们结婚的九块钱他报销了还不行吗？

虽然心里无限吐槽，但江浩只是自顾自地眯着眼："嘿呀，没想到我也有机会体验一下传说中的校园生活。"

什么嘛，一群怪人！只是白瞎了这张好脸。在这些细节上，阮秋伶还算是有原则，怪归怪，帅归帅。

"喂，庸医，你还想不想更深刻地体验一下传说中的校园生活啊？"阮秋伶灵机一动，一计不成，心中又生一计。

"哟？"江浩一挑眉，总觉得阮秋伶的话里藏着阴谋，"怎么，现在对我这么好？"

"是啊，看在你送我这个的分上。"阮秋伶站起身，狠狠地把购物纸袋甩在了肩后。

在这个时代，游戏里最坑的队友通常不是小学生，而是传说中的"女大学生"。比如阮秋伶，从小到大，她除了身高和体重以外，其余的喜好和兴趣，基本都没有发生变化，包括她简单的头脑和热衷于搞事的心。

"放心吧，陆总，您交代的任务，我怎么可能搞砸？您这样的大金主，于情、于理、于人民币，我都应该多多关照。是是是，您放心吧，工作我自己能够处理好，您的病人就是我的上帝，把她交给我，您就放心吧。"

江浩一开始也奇怪，凭自己和陆远这么多年的交情，就算是他陆远本人躺在手术台上，他们都不会寒暄。偏偏对阮秋伶的事，陆远交代得比他本人亲自躺手术台还要细致。

"嘿，庸医，你看看我的新泳装，好看吗？"

挂掉电话的江浩还没清静三秒，就被身后商场里的阮秋伶强势地夺走了视线。

"你叫我出来就为了这个？"江浩挑眉，仔细打量着眼前自我感觉良好的女孩。在江浩面前搔首弄姿的异性不在少数，但是像阮秋伶这样，十九岁的身体撑着九岁小女孩泳装的，还是第一个，"你这搭配，确实很有品位。"

"怎么，你有意见？"

也不知道阮秋伶到底是哪根筋出了问题，商场那么多的专柜，她偏偏挑了一款日式低龄的泳装。这学员制服的既视感，让胸围不那么宏伟的她显得更加悲凉。

"没，哪敢？"江浩强忍着笑意，憋出一个比愣在旁边的销售员还专业的表情，"就要这件了吗？其实这件挺好的，起码阻力小。"

"我觉得你话里有话。"

"没，哪敢啊。"江浩麻利地刷了卡，就像迟一秒结账衣服就会涨成天价似的，"这就行了吗？你要是不想再看看别的，我们就打车回去吧！"

"不叫沈小姐来接吗？"阮秋伶刚想伸手去提售货员小姐递过来的纸袋，就被面部表情狰狞的男子先一步挡在了前面。

"拜托，我好心好意又是帮着挑化妆品，又是倒贴泳装的，你不感激就算了，怎么还恩将仇报？"江浩激动地说。

阮秋伶知道江浩怕是在梦里听到"沈明月"三个字都能吓出一身冷汗，她只是想试试这个三字魔咒是不是时刻都那么好用。毕竟自己破绽百出，要是旁人都无懈可击，那实在太可怕了。好在，结果总是令人满意的。

"话说，那天沈小姐可是告诉我了关于你的秘密哦。"阮秋伶双手背在身后，快步向前跳了几步，又特意转过身拦住后面的人，"你就不好奇她到底说了什么？"

江浩似乎根本没准备想这个问题的答案，先是一愣，然后望了眼挡在前面的女孩，眼里压根没有紧张或者惊讶的表情，反而带着点笑意："阮小姐，你觉得我们认识多长时间了？"

　　"你们？"

　　"我和……沈明月小姐。"江浩低头瞥了眼手表，又伸手将阮秋伶护在身旁，避免横在商场主干道上的她被来往的人流蹭到。

　　"青梅竹马？"阮秋伶歪着头，也不知道眼前的江浩肚子里装了多少坏水。

　　"我只是想说……"江浩顿了顿，故意卖了个关子，"如果是她想说的，不可能只是什么秘密，她八成要把我这个人从里到外狠狠地剖析一遍，说不定还会一言不合就用行动表明。"

　　江浩说得云淡风轻。时间差不多时，一辆出租车刚好停在购物广场的侧门前。

　　江浩虽然嘴上不饶人，但是该做的事情，他还是做得很好。他重新检查了一遍阮秋伶的伤势，再次抱怨医疗资源分配不均，然后又认认真真地做了记录。

　　阮秋伶有时候也想不通，明明横竖都是要做好的事情，为什么他要用先抑后扬的手法。

　　"喂，江浩，我问你个问题啊。"

　　比赛开始的前一天，学校的游泳馆里还洋溢着欢快的气息。毕竟在这个体能测试都会有人猝死的时代，运动类项目很难引起大家的重视。

　　"怎么？是水的阻力太大，又骨折了吗？"坐在旁边的江浩不知道从哪里摸出了一件夏威夷风情花衬衫，搭配他脸上那副巨大的蛤蟆镜，使得他那本来还能看的颜值瞬间下滑了几个台阶。

"你有没有发现一件事情？"

隔壁督促练习的哨声响了起来，阮秋伶伸手确认好头顶的泳帽，一个坏点子又浮上心头。

"事情？要是您老人家发现的，八成不是什么好事情。"

"本来不是件坏事，不过放在你这里可就说不清了。"

"哦？"江浩直起身，眯着眼睛看了眼趴在岸边一脸坏笑的阮秋伶，差不多把对方要说的话猜透了。

"你说说看？"

"阮秋伶，你到底还练不练啊？"陪同练习的同学觉得莫名其妙地吃了一大口"狗粮"。

"好啦好啦，我说了，你可不要生气。"阮秋伶像条美人鱼似的往岸边靠了靠，示意江浩凑过来，"江浩，像你这样的人，是不是被很多女孩子甩过啊？没关系，你告诉我，我会替你保密的。"

阮秋伶哪壶不开提哪壶。

"你这个……"

一向嬉皮笑脸的医生从没有被人这样瞧不起过，而且这人还是自己亲手治过的女人。

别人可以说江浩不高，可以说江浩不帅，但要是说江浩经常追姑娘被甩，他本人是一万个不乐意的。

好在阮秋伶卡准了时间，岸边的人刚有动作，她就直接转身栽进了水里，游得比鱼还快。要是她游得不够快，以江浩的暴脾气，指不定能把拖鞋顺手抽出来。

"怎么样？这个速度，随随便便进个决赛应该没有问题吧？"再次回到岸边的阮秋伶靠着泳池壁的样子，活像是狡猾的情场老手。可是,从兼职计时员的表情上来看,情况并没有她想象中的那么乐观。

"我……你是想听真话，还是想听真话？"看了眼旁边情绪不明的夏威夷风格男人，计时的同学给了自己一个缓冲的时间。

"除了真话，我好像也没有别的选择啊。"阮秋伶浮在水面上，没有一点比赛即将开始的紧张感。她人生中最紧张的事情，差不多已经在前一个月内完整体验了一遍，闪婚、逃婚、车祸、遇见总裁……有了这些经历，如果还能被普通的小事情吓倒，她阮秋伶也算是白活了。

"你行不行啊阮同学？要是不行，我再帮你开个病假条，你干脆说比赛前摔断腿了，游不动了不就行了？"为了解除陌生人对自己的戒备，不正经的江医生主动靠近了泳池的终点，摘掉脸上的蛤蟆镜，还象征性地露出了一抹微笑。

"你……你是医生吗？"计时的女同学小心翼翼地搭话。

"是啊，别看我这样，我的医术还是挺好的。"受到了之前的挑衅，江浩此刻正急于证明自己的女人缘，"不过我还在学习，这次来，也是为了陪着某人才出……"

"喀喀。"泡在水里的阮秋伶及时地证明了自己的存在，并打断了两人的继续交谈。

"江医生，请你稍微靠边走一点好吗？泳池旁边危险，万一你整个人掉进去了，我都不知道是应该先捞你，还是先掏出手机拍个照发微博，毕竟你是那么优秀并且帅气的一位医生。"

"哦，没关系，你可以先拍个照再救我，反正能够出现在女士的相簿和社交平台上，我都会发自内心地感到荣幸。"江浩瞥了眼惴惴不安的计时员，不急不忙地把话题带回来，"再说选择要不要救我之前，还是先听听计时人员的参赛时长比较好。"

"没事，说吧，我不介意。"阮秋伶强装出一脸淡定的表情。

单论游泳而言，这些本来就是水乡人民的强项，何况她阮秋伶是什么人啊！辅导员为了自己的专业不至于一位参赛选手都没有，在比赛中颜面扫地，为阮秋伶灌输了很多褒扬话语，比如什么"×系新星""××专业唯一的希望"，她本人也确实被和谐泡沫般的形容词所打动。

"那我可就真说了。"计时员同学深吸了一口气，"按照以往的经验，这个成绩应该连预选赛都进不了……"

阮秋伶刚夸下海口，没想到打脸来得比传说中更早一些。

"早就说了不想参加的……"

回到更衣室的阮秋伶这才发现哪里不对，自己明明是要和霸道总裁共度余生的，怎么现在反而开始在意其他人了？

"难道，我阮秋伶本质上就是个嫌贫爱富的人？"仔细一想，原本搭着毛巾在房间里反思的阮秋伶不淡定了。

不过还好，现实根本没有给她足够反思人生的时间。

"如果一直这个状态持续下去，最好的打算就是入围初赛。"为了能够顺利迎接一周之后的游泳比赛，阮秋伶不得不开始临阵磨枪，向曾经获得过几届游泳比赛冠军的学姐求助。

"不过练习游泳本身也是有很多好处的，比如说对身材、健康……哎，对了，你问这个干什么？你到底是哪根神经不对，还是被辅导员那套说辞感动了，才同意参加比赛的？"

真相就是她被辅导员那套说辞感动了啊，现实根本就是那么简单，可是，"为了学院荣誉"之类的话阮秋伶根本说不出口。

阮秋伶沉默了几秒，终于想到一个自认为无法抗拒的说辞："呃……因为我最近，想被一个很重要的人注意。"

八卦，是一个不论什么时代都能顺利点燃别人的好奇心的办法。

"哦？"原本冷漠的学姐听完这话，眼睛里快速闪过一丝光芒，"这么说，你……"

"现在还是秘密。"阮秋伶双手合十，做了个拜托的手势，"所以特训的事情，可以拜托你吗？真的是一个非常非常重要的人，错过了这村，可就没有这店了！拜托拜托。"

　　"你把我当成什么人了？"老学姐话锋急转直下，突然摆出了一脸正直的表情，"我是那种会为了一点八卦新闻而屈服的人吗？我告诉我，我现在帮你，纯粹是为了咱们学院的成绩。哎，对了，你说的那个人，是咱们专业的吗？"

　　呵，女人。

　　特训开展得让人措手不及，老学姐说择日不如撞日，而且所谓的特训，就是要在别人不知道的情况下悄悄地努力才最有效果。

　　于是，在阔别几日之后，阮秋伶又向自家"房东"发去了申请延迟回家的短信。

　　"不好意思，我临时加了一台手术，今天晚上估计没办法接受你的'绑架'了。"给陆远的信息才刚发出去，阮秋伶就接到了江浩发来的求情信息，"不过今晚我不去陪你练习的事情，你可千万不要告诉陆远啊。"

　　"求我啊，求我我就考虑一下。"阮秋伶指尖一动，刚按下发送，却因为手机提示音吓得原地一抖。

　　"好的。"是陆远发来的。

　　重新换上泳装的阮秋伶有一点失落，陆远这个时候估计回到公寓重新研发菜谱了吧。明明他管理着那么庞大的企业，但每每阮秋伶想起他，脑海中总是先浮现出一个贤妻良母的形象。

　　好好的霸道总裁，怎么说废就废了？阮秋伶惋惜，果然只有言情小说里那些冷血残酷的霸道总裁才适合自己。

　　"唉，这个世道，就连霸道总裁也不正经。"阮秋伶摇头叹气，虽然在见到陆远的那段时间，她对小说里描写的纸醉金迷充满了向往，但是自打知道陆远喜欢做菜，而且手艺比绝大多数主妇还要略高一筹时，她就有了一种看破红尘的感觉。

"哦？既然是这样，不如你为自己的泳装和护肤品买个单，然后你去告诉陆远，咱们也算是两清。"江浩丝毫不退让。

阮秋伶只是看了一眼信息末尾附上的账单，整个人就温柔了很多。是的，想要算清这些数字后面到底跟着多少个零，还是比较简单的。

"算了，算了，兄弟，有缘再见吧。"准备开始特训的阮秋伶最终选择中断江浩对自己的勒索。毕竟以自己现在的经济实力，就算是被卖去黑煤矿打工，估计也得还上好一阵子。

"这边手臂的姿势再调整一下。"特训开始十分钟后，斗志昂扬的阮秋伶突然被训练员叫住，"阮秋伶，你看这样好不好，我这里有一个表和一个传感器。"

出身机械专业的学姐不愧为学霸，特训才开始五分钟，就提出了让人无法拒绝的简要发明："我这样设置一下，只要你游到岸边，撞上这堵墙，就能立刻报出你来回一圈的时间。怎么样，有没有科技和智能的感觉？如果你觉得还不够，我还能设置一下把这个数据上传到互联网，供你截图发朋友圈——"

"呃，很科技，很智能，但是学姐，你不是说……"

"嘿呀，其实我也很想要留下来陪你完成特训啊。"老学姐话音刚落，随身的小挎包已经不知道什么时候被背到了肩上，"但是人一旦到了某个年纪，就要明白，自己的日程表并不能完全由着自己安排，我接下来还有一个很重要的实验……"

老学姐的话才说一半，随身小挎包里的电话就适时地响了起来。

"哦，酒会？你怎么现在才说啊，还有隔壁专业几个很帅的学弟一起吗？好的好的，咱们什么交情，我马上到。"

"所以为了实验的数据，我现在必须先回实验室了。如果我结束得早，再带点消夜来看你，回见！"阮秋伶从未见过如此厚颜无耻之徒，接电话的时候根本连回避的动作都没有。

　　"学姐，你这根本就是觉得陪我一起游泳不如出去和帅哥撸串来得有意思吧？"

　　虽然自己也算得上"见色忘义"，但是没想到也有自食其果的一天。重新没入水里的阮秋伶满心不满，原本燃烧的斗志好像遭遇了燃料耗尽的难关。

　　她根本不明白自己这样做是为了什么。

　　"如果是想要嫁入豪门，早点答应陆远的求婚不就好了？"

　　阮秋伶的脑袋旁边好像突然多了两个小天使，黑色衣服的小天使一本正经地分析道："虽然说坐在宝马里哭，不如坐在自行车上笑。但是如果你一开始的目标就只是宝马的话，得到宝马就会乐得从梦里笑醒吧，根本不存在哭的情况。"

　　"对哦。"阮秋伶突然觉得，自己的脑子有那么一点不好使。

　　"不行啊。"可是白色衣服的小天使对同伴的发言完全不予认同，"阮秋伶，别忘了你一直以来想要的是什么，就算读遍天下霸道总裁的小说，渴望的也只是那样一份爱情吧！绝对不能因为其他的事情，而忘记自己的初心，如果你最后做出选择，一定得是因为爱情。"

　　"你废话太多了吧，爱情是什么？又不能吃！"

　　"是你太失礼了，爱才是这个世界上最美好的情感！"

　　"好啦好啦，你们两个不要再吵了！"埋头在水里狂游的阮秋伶只觉得脑子越来越乱，却根本没想起来泳池是有终点的，"你们两个就不能安静一点？不要影响我练习……"

　　阮秋伶一头撞在了泳池边缘处，眼前的景象变得格外模糊。今天要不是老学姐在泳池尽头装上了感应用的缓冲装置，怕是能在泳池里打捞到不得了的东西。

"你……没事吧？"

啊，最近的头晕不但自带眩晕特效，竟然连人物都能虚拟了吗？还是说，刚才那一下她已经撞死了，现在是神明大人亲自迎接？

阮秋伶泡在水里，看到岸边站了位似乎有些英俊的男子。具体的五官特征她看不清楚，衬衫和西裤的搭配没有违和感，但是随身的这件衣裳为什么看起来有点眼熟？

"你不上来吗，头疼不疼？"可能是周围没人的关系，岸边的人自然地半跪在岸边，好让自己的身体距离水面更近一点。

"我……我还行……"

阮秋伶整个人浮出水面，岸边的场景渐渐变得清晰，她感觉到了冷空气扑到脸上。

"哇，突然出来感觉好冷！"

阮秋伶习惯性地伸手擦了把脸，这才发现，自己想看又不敢多看的陆总裁的脸，此刻就出现在距离自己仅仅十厘米的位置："你……你怎么来了？"

"路过，顺……顺便看看你。"

毕竟是协议恋爱，两人就像是被迫相亲的一对陌生人，都不知道该怎么引起对方的好感。

对于阮秋伶的突然靠近，陆远明显没有充足的准备。两人就那样脸对脸地望了三十秒，陆远这才后知后觉地往后退了两步："给你带了衣服……和吃的。"

"哦。"阮秋伶愣在水里，看着立刻起身的陆远，一个爆炸性的想法突然涌上心头。他……他刚才该不会是，脸红了吧？

"还不准备上来吗？"

"哦，好，马上。"

阮秋伶感觉像是做梦一样，也可能是脑袋撞了泳池后，有些后遗症。她此时看陆远的样子，竟然像是自带一层滤镜。

"最近的比赛，形式都已经这么先进了吗？"陆远注意到了阮秋伶头上刚长的包，余光又确认了一遍放在岸边的计时器，"这样的话，参赛确实要多配几个随行医生才行。"

"不是，不是，你误会了。"阮秋伶接过陆远刚才递过来的衣服，捂着自己头顶的包，竟然觉得有股热流一直往脸上涌，"本来是人工计时的，但是人工出现了一点问题，所以改用高科技了。"

"不过高科技还是有一些弊端的。"阮秋伶捂着头顶的包，跟在陆远身后走到泳池旁的休息区，"对了，对了，那个啊，今天晚上的特训属于加班了，所以我就请医生不要来了。"

"嗯。"

阮秋伶慌忙为江浩开脱，可是陆远的注意力根本就不在她的话题上。

陆远坐在休息椅上后，把带来的外卖盒递给阮秋伶，自己又熟练地解开另一个外卖盒子，一个浑圆憨厚的水煮蛋出现在阮秋伶的视线里。

阮秋伶小心翼翼地用余光瞥着陆远，端着外卖盒子往嘴里猛扒了几口饭。

但是，这个饭真的太好吃了，这简直是神赐啊！心不在焉的阮秋伶几秒之后将自己的全部注意力投入到了快餐盒中的炒饭上："这个饭是在哪里买的？超级好吃，而且放料很足！"

"是我做的。"

"什么？"阮秋伶差点没被自己含在嘴里的一口炒饭给噎死，"既然你都已经回家了，为什么还会顺路路过我这里？"

"饭做得太多了。"陆远头都没抬，仔细地剥好鸡蛋，又从随身的口袋里摸出条手帕，"不要动。"

包住鸡蛋的手帕就这样被按在了阮秋伶的脑袋上。

嘴里还含着个虾仁的阮秋伶，不知道为什么，顺着在自己脑袋上来回轻轻滚动的鸡蛋，目光就那么落到了对面男人的脸上。

"好吃吗？"

"嗯。"阮秋伶小心翼翼地咽了一口饭。

陆远是那种乍一眼看去只是不错，但越细看越有味道的人。他的五官非常立体，高鼻梁和高眉骨，显得目光格外深邃。可他整张脸最漂亮的地方还是眼睛，他不常笑，可笑起来眼睛里透着亮光的样子，还是容易让人联想到闪亮的宝石。

果然，要抓住一个人的心，首先要抓住她的胃。

阮秋伶感觉自己的心像被填满的胃一样，暖暖地加速冲刺起来。

"不好意思啊，阮秋伶，原本答应你要陪你练习的，可是……"游泳馆的门突然被打开，老学姐带着快餐盒风风火火地闯了进来，然后看到坐在休息椅上的一对璧人时，瞬间僵成了一座雕像，"这……这是……"

不愧是老学姐，这么多年征战沙场，应变能力也确实不是吹的。尤其是在看清面前男性的脸部轮廓的瞬间，眼睛里闪过的简直不是光，而是……流星雨："哇，不错哦，你很能干呀！"

"学姐，你这个音量说话，他是能够听清的。"阮秋伶礼貌地提醒飞速凑到自己耳边说话的老学姐。

她想要伸手接过按在自己头顶的鸡蛋，让陆远不那么尴尬，却又不舍得放下手里端着的海鲜炒饭。

好在，陆远似乎并不为此感到为难。他颇为自然地翻出另外两个盒子："你再尝尝别的，没关系，鸡蛋我帮你拿着就行了。

"来，同学你也一起尝尝我的手艺吧。"

"哎呀，那怎么好意思。"老学姐不愧是颜控中的极品，嘴上还在寒暄，身体已经诚实地凑到了休息椅上。初次见面，凑到陆远那边肯定是不行的，但她又实在想要靠近帅哥一点，所以最好的策略，就是和自家小学妹凑得越近越好。

阮秋伶从未感觉同校同性前辈如此热情，她整个人被挤在了中间，虽然极力保持平衡，但是身后凑上来的人差点把她挤到了陆远的胸口上。

"你是阮秋伶的朋友吗？看起来不像是我们学校的学生，之前从来没有见过你。"

"是的。"陆远保持着谦和的姿态，根本没有总裁的样子，"路过，就顺便带了点东西过来。"

"那……你是从事什么工作的呢？是模特吗？"见到对方并不排斥，学姐的八卦之魂燃烧得更加猛烈了，"你觉得我们学校这边怎么样，风景还不错吧？也有很多美丽可爱的小姑娘……"

"很抱歉，我来时没有注意。"陆远笑了笑，除了记者发布会，这样被持续追问的状况他还是第一次遇到。

"喀喀。"夹在中间的阮秋伶及时地提醒老学姐自己的存在，毕竟今晚的主要目的是游泳特训，虽然她没有取得明确的成果，头上还磕了一个大包，但是再怎么也不能变成交友大会吧？

好在老学姐也及时察觉到了阮秋伶发出的信号，老老实实地往回坐了坐，突然嘴角浮现出一丝若隐若现的微笑。还没安分三秒的人找了个机会，悄悄附在阮秋伶耳边。

学姐轻声问："你……是在吃醋吗？"

阮秋伶差点没被自己嘴里的东西噎死！她一下子从座位上爬起来，站得笔直。

"我，吃醋，怎么可能？"

糟了。站起来之后，阮秋伶才反应过来，害羞的信号传递到大脑，最终以面部血管扩张的形式呈现在了脸上。她小心翼翼地用目光瞥了眼正看着自己的人，恨不得立刻找个石头缝钻进去。

"醋的话……我没有带，携带不是很方便，下次我会注意的。"陆远思考了几秒，竟然一本正经地给出了解决方案。

不，不是那种醋啊。阮秋伶刚想解释，却因为嘴里塞了几口饭，只发出含混不清的声音。

"抱歉，是我没有考虑周全。"陆远误以为阮秋伶此刻的行径是在强调对食醋的喜爱，完全没注意到旁边憋笑的老学姐此刻是什么表情。

传说中的"霸道总裁爱上我"，不应该是更加激烈的吗？不是应该"女人，从今往后你就是我的"之类的吗？为什么"邪魅""酷炫"这些词，和眼前这个男人一分钱关系都没有？

阮秋伶此刻的心情，用沮丧和遗憾来说，都是不够准确的。

练习终于在老学姐全程含笑和慈爱的眼神中收尾，阮秋伶辛苦地爬上车，感觉自己的身体已经是一潭死水了。

"沈小姐，又辛苦你加班了。"

"哪的话，陆总的事情，怎么能叫加班？"

后座是没有安全带的，前排的两人还在寒暄，车子启动的那一秒，原本计划趴在后座休息的阮秋伶才明白现状。这辆车，竟然是沈明月女士在驾驶！

"等……"可惜，阮秋伶的第二个"等"字还没出口，车就已经一个加速冲了出去。车是好车，提速也确实够快，所以后排的乘客滚得也够远。

"哎呀，不好意思，我的车速是不是太快了？不好意思，现在有点晚，我有点心急。"

"没。"阮秋伶颤颤巍巍地爬起来重新坐好。与此同时，副驾上的男人小心翼翼地往后瞥了一眼。

一夜算得上风平浪静。

和陆远在游泳池一顿晚餐以后，两人的关系似乎拉近了一些。

阮秋伶洗过澡趴在床上时已经是凌晨，她感觉全身酸痛，落地窗俯视的街道只剩下零星的几盏路灯，远处来往的车辆偶尔发出一两声鸣笛。

陆远因为工作原因，很少在凌晨以前入睡。阮秋伶经常带着满脑子恶作剧的计划，但还没等到恶作剧对象入睡，自己就先见了周公。

"等等，今天不就是个机会吗？"想法一在阮秋伶脑海里浮现，原本还昏昏欲睡的她突然振奋起来。她伸手在随身小包里摸了好久，终于摸出一支中性笔，"哼哼，今天本小姐就要一雪前耻！"

陆远的房间在中部，从阮秋伶现在所在的位置出发，出门，路过走廊，向里走十几步就能到。

阮秋伶蹑手蹑脚地推开了门，走廊里小灯照在深色木地板上的光很微弱，明明只有十几步的距离瞬间就变成漫长的征途。

"穿鞋的话，声音太响了。"她想了想，终于还是光脚迈出了第一步。

陆远的房间里很安静，卧室的门好像是虚掩着的。

阮秋伶小心翼翼地将房门推开一条小缝，借着微弱的灯光，却只看见了铺放整齐的床。

"人呢，不是应该在这里的吗？"阮秋伶匆匆向前，将虚掩着的门全部推开，整个房间一览无余。

这说是卧室，却更像个私人书房。窗前放着一张红木书桌，靠里面的两个巨大书架也是从上到下被塞得满满当当的。她要找的那人正安静地斜靠着摇椅睡着了。

"警惕性也太差了吧。"直到阮秋伶来到陆远面前，才发现自己怕走路声音太响会吵醒对方的顾虑完全多余。因为，她进房间时不小心被散落的书本绊倒，摔了个四脚朝天，也没见他移动一下！

"疼疼疼……这些书放在这种地方是想做什么？"阮秋伶不甘心地从地上爬起来，回头看了一眼绊倒自己的《经济学》，总感觉又心虚了一点。这不就是自己那个烦人的经济学老师推荐了好多遍的大块头著作吗？送化妆品就算了，这种还是不要送比较好……

她的担心在翻开书本的第一页时烟消云散，因为那本书扉页上用漂亮的字体写着"陆远"。

"什么啊，原来是他自己的书。"不知道为什么，阮秋伶突然松了一口气。

躺椅靠背已经被放低，陆远撑着头，这个姿势看上去好像他正在思考着什么一样。

真是，明明是在自己家，想睡为什么不回床上睡？

陆远睡得很死，阮秋伶小心地从地上爬起来，拍拍膝盖，到了他身边。

阮秋伶不知道在哪看到过，在动物的世界里，雄性的颜色一般更为鲜艳漂亮，以此来吸引雌性。唯独人类是相反的，绝大多数男性，远远不如女性来得养眼，尤其是在国内。虽然带着点"直女"的偏见，阮秋伶还是苛刻又仔细地重新审视了下她面前这张脸。

陆远差不多就是那种24K纯直男，根据多年的美妆经验，阮秋伶轻易判断出，这位仁兄的皮肤日常受到的保养应该为零。可这漂亮的长睫毛，简直就是让人嫉妒。实木桌子前的台灯发出微弱的光，因为离对方现在躺着的位置实在太远，阮秋伶又往前凑近了一点。

几个小时前在泳池旁的场景突然浮现在阮秋伶的脑海里，她后知后觉地红了脸。

"不行不行，好看归好看，我一定要好好把握机会，治治这小子。"阮秋伶拿起中性笔，决定充分发挥自己在幼儿园积累的绘画功底。

然而，她的笔尖却在即将触及目标时遭遇了滑铁卢。

"这……是在做什么？"

就在阮秋伶开小差的时候，面前的男人不知道受到什么召唤睁开了眼睛，两人几乎是脸贴脸的距离。除掉两人之间阮秋伶即将涂到男人脸上的中性笔以外，画面确实足够唯美。

"我……你还有脸说，你自己在做什么？"阮秋伶充分发挥了臭不要脸的精神，先发制人，把刚刚醒来的陆远镇住了。

"我……"陆远直起身，看了看不属于这房间的阮秋伶和她手里的笔，突然笑出声来。

"有什么好笑的？"

"没什么。"陆远看着阮秋伶的脸，努力憋着笑。

顺着陆远视线的方向，阮秋伶迟疑地摸了摸自己的脸，却在手指上看到一条黑色的线。

原来刚才那一跤，给她这个偷鸡不成的家伙上了个"彩妆"。

"我……我这是……最新的美妆教程。"

"哦，最近潮流的风向还真是……返璞归真。"不知道是不是光线的关系，阮秋伶觉得陆远在笑，和平时公事公办的笑不同，看起来甚至有些……温柔？

"我……我只是想来告诉你，今晚的天空……非常漂亮。"

"天空？"陆远愣了愣，望向窗外，"人为什么要把时间浪费在这么一成不变的东西上呢？"

"才没有一成不变呢！"阮秋伶虽然没什么大本事，但是论拖延症和浪费时间，她简直能进军奥运会，"你看这片云，虽然暗，但一直在动。不光是云，整个天空都是这样的，这世界上根本没有永远静止的东西，就像……"

阮秋伶收回目光，重新落在了男人的脸上。

"我回去休息了！"

"啪！"的一声，灯被重新按亮。阮秋伶用手背挡着脸，找了借口飞快回到自己的房间。

"阮秋伶，就你这个速度，除非其他的所有参赛选手集体弃权，不然，我觉得你连初赛晋级都难，更别说进决赛了。"

特训的最主要作用，大概就是在比赛开始前，给所有人一个机会。毕竟不努力一次，就不知道自己是怎么失败的。

阮秋伶小心翼翼地从水里钻出来，不好意思抬头看岸边正在记分的江浩和学妹，她像条咸鱼一样僵硬着身子爬上了岸。

"喂，阮女士，就算成绩不尽如人意，也不用太紧张嘛。"江浩凑过来，一脸坏笑，"你想，万一刚好在比赛前一天，所有人都因为吃食堂拉肚子而弃权，最后只剩下你直接进入决赛呢？就算大家不弃权，你也不一定会遇到比你更强的对手嘛。即便是失败，也总能赢个一两场，不至于颜面全部扫地……"

"嗯，你说得好有道理。等等，你说谁会颜面扫地？"搭着毛巾的阮秋伶，终于听出了江浩话里的意思。

"哎呀！你不是说你技术特别厉害，是全院的希望什么的吗？这些难道不是你亲口说的吗？不是你发邮件给陆远，求他支持你，拜托他支持你来比赛？"在阮秋伶的怒视下，江浩修改了自己的措辞。

"才不是，我没有说过，我才没那么无聊呢！"

"哦？我想也是。"江浩慢悠悠地回到岸边的观众席上，"我还以为你是想凸显自己的重要性。"

"是谁？"阮秋伶就算再头脑简单，也领悟到了江浩的意思。

谁那么无聊？没事总宣扬那些无聊的东西，难道辅导员为了让她顺利参加比赛，煞费苦心到这个程度了吗？

"啧啧啧。"

江浩一脸"知道内情但是不说"的表情确实让阮秋伶火大，可是现在，她还没有反驳的底气。

"不过你也别太难过，你看，其他参赛选手的名单我都已经帮你要来了。你进入决赛的机会也不是完全为零的。"江浩从口袋里摸出笔记本，煞有介事地翻了翻，开始宣读自己的结论，"呃，你看这些大一的参赛选手，这个难度就比较大了，大一新生无论是体能，还是综合能力水平基本位于整个大学的巅峰，尤其是这位大一全科第一的大姐头。而大四的参赛选手们，哎呀，实在是太惨了，特别是这位前游泳比赛冠军，一看她就是饱受着找工作和催婚的折磨，爆发力不可小觑。"

"照你这样说我是比上不足，比下也不足，所以进入决赛的可能性在哪里呢？"阮秋伶觉得他根本没有认真地帮助她。

"这你就不知道了吧？胜率就在这里。"江浩把笔记本的高度降低到阮秋伶的胸口位置，阮秋伶顺势探头望去，江浩正好用手指在一团几乎认不出的痕迹上来回比画。

"噗——"本来还剑拔弩张的场景突然轻松起来，阮秋伶脱口就是一句，"你写的这是字吗？"

"你这人怎么这样？"意识到暴露自己的缺点后，江浩第一时间装出了淡定和无辜的表情，"我好心好意帮你，你居然还这样对我。"

"我怎么对你了？"

"你居然嘲笑我这么潇洒的字体。"

"我可没说你的字体。"阮秋伶被阴了几次以后，在某些方面的能力直线提高。

"你！"江浩做梦也没想到，自己被反咬一口的日子来得这么早，"算了，算了，我大人不记小人过，你得胜的概率就在这里，课程最少、自由发挥时间最长的大三。"

江浩切回正题："你们的抽签模式纰漏大得吓人，综合来说，只要是小组比赛的前三名，还是有机会进入决赛的。哦，对，你们金融专业的女生，听起来就给人柔弱的印象。你放心，你就算是英勇落败，也绝对不会有人嘲笑你的。"

阮秋伶嘴角一阵抽搐："大哥你这话，分明就是准备嘲笑我。"

阮秋伶本着抽签还有分配到不太强的队伍，也许可以侥幸进入决赛的心情，坚持到比赛前一天。

"抽签的结果怎么样？"

阮秋伶刚回到泳池，强大的啦啦队和特训团就围了上来。可惜阮秋伶一脸看破红尘的表情，让人难以揣测。

"抽了吗？"

"嗯。"

"抽到了？"

"嗯。"阮秋伶说着，站到人群中间，缓缓举起了手里的字条。众人还没看清楚上面的字，就开始欢呼起来。

彩带礼花被拉响，飞扬的彩色纸条落了众人一身。陪游江舒俞和特训学姐相拥而泣："能抽到最弱的队伍太好了，不枉我们昨天通宵帮你上了一炷香。你看，我就说心诚则灵，求佛多少是有……"

"随机组队，我抽到同台竞技的几位，刚好都是大四和大一的。"

"但是，就算是以概率取胜的小组，也不一定每一位成员都恰好是你绝对没法战胜的对手嘛。"看热闹不怕事大的江医生随即补了一刀。

"闭嘴！"作为护卫队的女性队员们差点没用目光杀死江浩。

可是，不知道为什么，身为当事者的阮秋伶一点都不生气，这实在太不正常了！

"抽到的是……"阮秋伶往前走，话音未落，身子一斜，不可自制地往旁边倒去。

"哎，你怎么……"

众人七手八脚地赶紧接住自家的重量级参赛选手，却听她气若游丝地冒出一句："抽到的是，大一的全科第一大姐头，和大四一学期相亲四十三人的前游泳比赛冠军。"

"完了，这下是彻底没希望了。"

护卫队们心灰意懒的速度超乎想象，并且心手同步，瞬间忘记了自己手里还抬着阮秋伶。

"哎，你们没希望是没希望，有必要这么应景地把我丢到地上吗？"阮秋伶原本还处于看破红尘的状态，现在被她们一摔，反而精神起来。

"比赛都没希望了，还要什么参赛选手啊。"江浩第一时间发声为自己"报仇雪恨"，却让阮秋伶体表感知的温度瞬间下降了三度。

她有点"树倒猢狲散"的感觉。不过严格来说，阮秋伶这棵"瘸腿树"还没有倒。

"这么晚还出去？"伴随着商业街即将收摊的小贩的一声问候，行色匆匆的阮秋伶下意识地把脑袋往里缩了缩。

难道就这样结束了？远处钟楼传来十一点的钟声，阮秋伶吸了吸鼻子，闻到游泳池消毒水的味道。

她也不知道自己到底为什么要来这里，体育馆算得上是大学校园里最没人气的地方，尤其是夜里，连成双成对的小情侣都懒得看一眼。

手机的屏幕显示已经超过了十一点，可是收件箱里还是空空如也。"我才没有在等谁的邮件。"阮秋伶拿不准主意的时候，总是喜欢小声暗示自己。

"哦，这么巧吗？"

阮秋伶背后响起好听的男声，她猛地一激灵，期待的那张脸不由自主地浮现出来。可是，直觉又在第一时间让阮秋伶清醒地认识到，出现的人并不是他。

但这种时候，又会是谁？

光透过体育馆上巨大的玻璃窗落在蓝色水面上，阮秋伶感觉眼睛很酸，只能看到一个模糊不清的影子。

"不好意思，吓到你了？我遇到烦心事的时候，总喜欢在有水的地方走走。"

那人的声音很清朗，散心的借口确实有些缺乏说服力。可他的接近，也并未让人感觉到恶意。

"我可以坐在这吗？不好意思，我刚才靠近这边，还以为自己发现了一条迷途的美人鱼。"

"嗯……"

来人笑起来的样子很好看，脸部的轮廓并不分明，甚至看起来有些稚气。他像是观看体育赛事一样自然，也没有把这场意外的相遇当成什么尴尬的事，就是这样阳光的感觉，让奉承都令人舒畅，无法拒绝。

"怎么了吗，美人鱼小姐？"

阮秋伶走神了几秒，就算是心情低落到这个地步，也没忘记第一时间端详帅哥。可是对方明显是宽容得过了头，被陌生人盯着看了几秒都没有抗拒。

　　"啊，对……对不起。"好在阮秋伶羞耻心尚存。

　　"你遇到什么事情了吗？"

　　能在这种地方遇到人已是奇迹，而且遇到的还是一个全身上下自带光环的阳光少年，更何况，对方还主动对自己嘘寒问暖。

　　"都到这种地步了，想成功确实很难。不过你已经努力了对吧？只要已经尽力，我相信没有人会怪罪你的。"

　　"那可就不一定了。"阮秋伶虽然把烦心事全说了出来，但她脸上的愁云没有那么容易散开，"成年人不是只看结果和利弊吗？说什么已经努力，没有做到就是没有做到，再解释都像借口。"

　　"那你也不能这样想呀，你看，你已经这么认真地准备了，怎么能在结果公布之前就灭自己威风呢？如果命运眷顾你了呢？逃避可是解决不了任何问题的哦。何况像你这么优秀的人，尤其是在对待这类比赛都认真的样子，真的非常可爱。"认真倾听的少年歪着头笑了笑，倒出来的"心灵鸡汤"的分量恰好可以消除阮秋伶心上的伤痛。

　　明明他们连彼此的名字都不知道，对方对待陌生人竟然可以温柔成这样，这要不是神迹都有点说不过去了。阮秋伶心灵的雪山在那一瞬经历了春暖花开，差点引起山体滑坡。

　　"没想到啊，我阮秋伶也有今天。"

　　"哪一天？"面前的少年还是一脸阳光开朗的样子，丝毫没有被阮秋伶的负面情绪影响。

　　"不说了，谢谢你的开导。"阮秋伶想起自己家里常年游走在厨房的霸道总裁，还是努力地把向对方要联系方式的想法遏制住了，

"借你吉言，若是明天有好结果，下次相见，定当报答。"阮秋伶站起来，突然觉得心胸开阔，兴致一来，竟然拱手做了个礼。

"噗——"

没想到对方也配合地调侃一句："如何报答？"

"这……"阮秋伶顿时被反问，愣在了原地。

"好啦，这么晚了，快回去吧。"见阮秋伶还在思考，对方首先打破僵局，"要是还有缘相见，你又顺利完成了比赛的话，再请我吃东西吧。对了，我姓任。"

嗯，那我们还挺投缘的，我也"任性"。

爱拈花惹草的阮秋伶差点脱口而出这句话，看到漂亮异性，就喜欢贫两下的毛病根本没改过来。

像阮秋伶这样的女子，解决焦虑最有效的方法其实是找个帅哥聊天。如果一个解决不了，就找一群。

阮秋伶刚刚积累的一点压力和悲伤，在从体育馆回来后就烟消云散了。今晚，她一夜美梦，闹钟都没把她叫醒。

"阮秋伶，你还在这里干什么？！"

窗外传来进行曲的广播声，阮秋伶一个激灵从床上蹿起来："现在几点了？"

"你不是要提前去做准备吗，怎么和我们一起睡到现在？"

"哇，你们不是我的后援团吗？居然和我一起睡到现在。"

心照不宣的后援们根本就是认定了她参赛会被淘汰的事实，这会儿被她批评，大家面面相觑，都没好意思出声。

"不说了，不说了，我得赶紧起来。"

阮秋伶跌跌撞撞地从床上跳起来，套上衣服就往外冲，结果跑到食堂才想起来带错了泳衣。

"到底是谁给我的勇气！这下惨了，不知道还能不能赶上预赛……"人在自责的时候总是喜欢为自己立 flag（目标），阮秋伶边跑边想，"只要这次能顺利进入决赛，以后我保证做个三好青年，再有什么帅哥也不搭理了。"

可惜，"天意弄人"。

"阮秋伶，你还来干什么？"

"我？"气喘吁吁的阮秋伶没想到迟到的报应来得这么快，她刚跑到会场，就在休息室里被逮了个正着，"对不起，我本来是准备……"

"你还准备什么？"戴着牌子的学生会成员一脸疑惑，"你已经可以不用……"

"不！对不起，请再给我一个机会！"

糟了，她再不做点什么就真的结束了！阮秋伶怕是一辈子都没这么殷勤和迅速，根本没有给对方把话说完的时间，差点当众就把泳衣穿好。

"哇，等等，你误会了！"

"我知道，我没有，但是规定的时间是迟到十五分钟，我绝对还在……"

围观群众不知道什么时候聚集过来，看到阮秋伶被维护秩序的工作人员紧紧地抱住腰。两人围绕着泳池开启了漫长的拉锯战，不明情况的群众不知道拉开哪边比较合适。

"什么情况？"

赶来维护秩序的老师一脸茫然，阮秋伶的泳装还挂在身上，只是脚底一滑差点"扑通"一声跪在人群前面。

"老师，我想去游泳！"

没有电光石火的交锋，只是一瞬，不知道哪个煽情广告片附体，阮秋伶差点哭了出来。

"那你……你游呗。"维持秩序的老师虽然见多识广，但也是第一次遇到这样的情况。

"我……我真的可以吗？"阮秋伶眼角竟然还闪烁着泪光。

"可以是可以，但是，你是十二号选手阮秋伶吧？你已经晋级复赛了啊。"

阮秋伶刚准备向着泳池奔跑，才迈出第一步就差点狠狠地摔进水里。

"什么？"

维持秩序的学生会成员面露难色："刚才的广播，你没听到吗？十一到二十号的好几位选手，因病退赛，另外几位突然请了事假……所以，你已经晋级了！"

"啊？"

阮秋伶摸着冰凉的瓷砖，简直不知道该从哪里开始吐槽。

"退赛也有退得这么整齐的吗，而且刚好就剩下我晋级了？"

"不瞒你说，好在你这段时间经常在外面吃，这里太惨了。"气喘吁吁的江舒俞终于找到机会，扑上去拽住了愣在原地的阮秋伶，压低声音小心凑到她的耳边道，"你还没听说吗？我们食堂这段时间开发的黑暗料理，把不少学生硬生生地……"

"喀喀。"

"嘿嘿，没事，没事，我什么也没说。"江舒俞一个激灵，赶紧按住了幸运到直接晋级的阮秋伶，"哎呀，这冻得人浑身冰凉的，咱们赶紧一起回休息室暖和一下。"

本着家丑不外扬的理念，阮秋伶被江舒俞用类似绑架的姿势一路拖了回去。

"哇，你再捂一阵子，我就再也呼吸不到新鲜空气了。"

巨大的浴巾盖住了刚刚坐好的阮秋伶，某个看热闹不嫌事大的家伙不知道从什么地方冒了出来："哎哟，没想到啊，有些人虽然自己水平不行，但是运气实在是不错。"

"哼，运气也是实力的一部分，难道你没……"阮秋伶拉下浴巾，包住自己，突然压低声音，换了一个语调，"那个，谢谢你哦，虽然医生去下毒挺不光彩的，但是没想到你居然能够为我做到这个份上……"

"我呸，你说谁下毒呢！"

江浩忙里偷闲跑来探班，没想到寒暄的话还没说几句，就先被人安上了个"下毒歹人"的名号："就你们学校那食品安全水平，还有下毒一说？这种天气，还能心血来潮卖凉菜，没被投诉也算是奇迹了。"

江浩没好气地放下手里的纸袋，眼珠子一转，竟然摆出了一副梨花带雨的姿态："没想到我辛辛苦苦熬夜做了那么多台手术，刚结束就跑来慰问你，老天爷竟然就是这样对待我的……"

"这……我……"

阮秋伶这人，吃软不吃硬。这样的情况她是一点办法都没有的，但凡能找到一点解决的方案，也不能任由江浩为所欲为。

"好了，好了，刚才是我不对。你不要这样，这段时间一直仰仗你对我的照顾，我还没有……"

"真……真的？那好，我不难受了，嘿嘿。"

阮秋伶真后悔，自己刚刚竟然有那么一瞬间的心软！

"怎么了，进复赛的事情有没有及时向你家总裁大人禀报？"江浩眯着眼睛，不怀好意地凑过来，"哎哟，我的阮大小姐，你害什么羞啊？这种令人愉快的消息，就算是让陆远在一个亿买卖的大场面上收到，他也一定会十分愉快的。"

阮秋伶听完前半句话，刚兴致勃勃地准备掏出手机，再听完后半句，又把刚摸出来的手机塞回了包包里。

"怎么？"

"不是。"阮秋伶总觉得他话里有话，"我怎么觉得你就是在提醒我不要打扰陆远呢？"

"我可没说这种话。"

一个熟悉的声音从阮秋伶身后响起。

"陆……陆远？你怎么会在这里？我明明……"阮秋伶万万没想到陆远会在这时出现在这里，日理万机的陆总这时候不是有更应该去的地方吗？比如什么重大会议的现场，什么深奥晦涩的访谈之类的……

"我不该来？"见阮秋伶一脸惊愕，陆远挑了挑眉，示意江浩暂时离开。

"没，您哪有不该来的，只是……"阮秋伶说不出口，她原本只是想随便应付一下学校的事情，接着自己赶紧脚底抹油溜之大吉。可偏偏陆远现在出现在这里！西装革履的商业精英仿佛自带光环，瞬间就连带着自己一起成为人群的焦点。这还怎么溜走啊？

就在阮秋伶脑子里思考着"怎样优雅又不尴尬地转身"以及"如何巧妙地带着身后某位总裁溜之大吉"，不远处一位戴着红袖章的工作人员就心急火燎地冲了过来。

"你就是阮秋伶吧？来，这是你的决赛号码牌。"工作人员根本就没给阮秋伶拒绝的机会，"你今天没有面试吧？"

"没……没有。"

"有没有约会？"

"也……也没有。"

"家里没有什么经济活动吧？"

"那个，请问发生了什么事吗？"

"没有，一点小事。"工作人员急得满头大汗，似乎是终于听到了自己满意的答案，才稍微松了一口气，"拿去，记住你的决赛号码牌就行了。"

　　"可是我还没有参加复赛呢……"

　　阮秋伶话还没问完，负责比赛的工作人员就消失在人群中。那感觉就像再晚走一秒，他刚刚交代的事情就会有变故。

　　"阮秋伶！"这边的疑惑还没解答，身边还有一个一直被晾在一边的陆总裁，那边江舒俞就一路小跑着冲了过来，"你……你接到通知了没有？"

　　"通知？什么通知？"

　　"就是，刚刚进复赛的选手，竟然又大面积退赛了。"江舒俞好不容易站稳，把气喘匀才接着说，"退赛理由五花八门，竟然还有说自己家养的老母猪生病急着回家的。"

　　阮秋伶算是明白了刚才冲来的工作人员问的话的意思，可是，这未免也太巧了吧？这种理由根本没有说服力啊！

　　"最近的事情来得蹊跷，你一定要小心，这段时间还是别在食堂吃了。要不，我们寝室一起到外面租一口锅，你自己亲手……"

　　陆远适时地咳嗽了一声。

　　江舒俞这才发现，室友身边不知道什么时候多了一位西装革履的英俊男士。

　　"这位……"

　　江舒俞的问句刚说出口，嘴里立刻就被塞进了什么东西。

　　"哈哈，没有，"阮秋伶捂着江舒俞的嘴，干笑几声，望着陆远往后退了半步，"江舒俞，我记得咱们寝室炉子上还有一锅红烧肉，你要不还是先回寝室吧？"

　　寝室里根本不可能有那种东西吧？想说她是电灯泡多少也找个

委婉的理由啊！

江舒俞默默地翻了个白眼，但还是识趣地转了个身。

"好好好，那我就先回去看看。"

"恭喜你进入决赛了。"陆远望着阮秋伶笑了笑，"好好加油。"

她还能加什么油？

阮秋伶的脸因为假笑渐渐僵硬，此刻的她竟然无比后悔，刚才找借口时没跟着江舒俞一起回寝室。

单单一个比赛就足够让她应付不来，可陆远比二十个比赛还难搞定。到底是什么样的机缘巧合，才能让她先被迫参赛，再被迫参加决赛？

阮秋伶的社会经验虽然不够，但是这事她还是能够猜出来的。

一定是有谁做了什么！但是，这种无足轻重的校内比赛，又有谁会费尽苦心，做这种吃力不讨好的事？

"美人鱼小姐？"

阮秋伶恍惚了一下，但是眼前突然出现的明艳漂亮的脸蛋，并没有给她太多思考和回忆的时间。

"啊，任学长！"

"真的，任平生！"

"就是那个传说中的学霸？"

阮秋伶身旁叽叽喳喳的交谈声，已经揭露了来人的身份。

阮秋伶也不至于对学校的风云人物完全不了解，可这位任平生明明是高自己一个年级的学长，怎么会出现在这里？

"嘿，美人鱼小姐，真巧啊，又在这里见面了！你怎么了，难道你已经忘记我了吗？"

任平生明亮的眼眸瞬间暗了下来，对上路人们杀人般的眼神，阮秋伶不禁感到浑身一颤。

"任……任平生……"阮秋伶僵硬地念出"任平生"三个字，竟然就像施了魔法一般，唤醒了王子眼里的星星。

"太好啦，你还记得我！不对，你居然知道我的名字，我实在太高兴了。"

眼睛里自带着小星星的任平生还没来得及凑上来，就被面无表情的陆远拦住了。

"喂，男女授受不亲，这位先生，麻烦你不要动手动脚。"陆远一挑眉，手臂顺势向后，护住了还愣在原地的阮秋伶。

"不好意思，我只是和我的同学打个招呼。"任平生并不怯懦，直直地看着陆远，脸上的笑容一分未变，片刻后，目光轻蔑地越过挡在前面的陆远，落到了阮秋伶的身上。

"美人鱼小姐，真巧啊。"

这分明就是挑衅。

"再说了，她是你的谁？我和她打招呼，还要经过你的同意？"任平生步步逼近。

陆远也根本没打算退缩，两位男士目光交汇处，似乎连空气中都燃起了火花。

"她是我的未……"

"啊啊啊，陆远，我们走！"阮秋伶下意识地去捂陆远的嘴，只是因为身高差距，刚一出手，整个人就跌进了陆远怀里。

阮秋伶穿着泳装，只感觉自己一脚踩空，就撞到了暖暖的东西，脸恰好贴在了陆远的脖颈处。

而陆远上一秒还剑拔弩张，下一秒整个人却温和起来。他不知道自己为什么会变成这样，和人对峙的情况在商谈会上也不止一次两次了。可偏偏就是这次，他感觉手脚瞬间变得不知所措，脑子也一下全乱了。

"哇，这是什么情况……"

两位帅哥针锋相对的场景立刻吸引了一群好事之徒，阮秋伶猛然惊醒，她再这样趴在帅哥怀里一动不动，明天的校内头条妥妥就是自己了。

"我们走！"阮秋伶一个激灵，拽着陆远扭头就跑。

"等……"好事群众遗憾地发出声音。

"等什么？你们狗粮还没吃饱吗？"江浩不知道什么时候折了回来，可能是准备给总裁大人加油打气，没想到只被秀了一脸恩爱。

阮秋伶拉着陆远小跑了一段路，明明已经极力保持冷静，心跳却越来越快。陆远也觉得有话要对阮秋伶说，于是反过来拽着阮秋伶往外走。

"这个人，离他远点。"陆远倒是表现得云淡风轻。乍一看经历过大风大浪的陆总已经缓过神来，要是认真测一下心率，他应该也不比阮秋伶的慢多少。

"我们只是有一面之缘！你在想什么呢？喂！走慢一点……等等！"

陆远懒得理会阮秋伶，他凭借着男人的直觉感受到了危险——刚才那个什么"任学长"绝对想打这个傻妞的主意。虽然自己和阮秋伶只能算得上协议情侣，可情侣就是情侣，再怎么样，他陆总头上是不能有青青草原的。

可能是刚才的气势太足，陆远一路拽着阮秋伶从体育馆走出来，竟然没有一个人伸手阻拦。

"等等，陆远！你这个人实在是太霸道了！我要和谁交往是我的事，就算你给我打钱，也不能随便限制我人身自由！"

两人走到体育馆旁的林荫道上，陆远这才松手，脸上的表情又恢复到素不相识前的冷漠："你想让我等什么？"

"我……我也不是那个意思。"阮秋伶被陆远吓了一跳。她还是第一次看见陆远这么吓人的表情，虽然说陆远原本就没什么表情，但今天这样，还是把她吓到了，"再说，就算要带我出来……至少要等我把衣服穿好吧。"

找不到借口的阮秋伶低着头，下意识地摸了摸自己泳装外面薄薄的外套。还没等她缓过神来，一件带着温度的男士外衣就直接盖在了她身上。

"穿上吧，万一你病了，还是得我请人来治。"

"你不治也行啊，就是个感冒。反正我病了也不要你给我煲粥。"阮秋伶撇嘴，小心翼翼地拉了拉外套，"你今天为什么会来我学校？"

"我？"陆远漫不经心地回头瞥了阮秋伶一眼，伸手在她的脑门前狠狠弹了一下，"我要来验收合约内容，还需要经过你同意？"

阮秋伶彻底没招了，只能低下头，装出小鸟依人的样子，试图用撒娇缓解尴尬："好嘛。"

陆远仍然面无表情，一副软硬不吃的样子，压根没打算给阮秋伶台阶下。

可是，阮秋伶也压根不是需要走下台阶的主，此刻，她的目光只聚焦在没穿外套的陆远身上。陆远的西服盖在阮秋伶身上，上身只剩下一件衬衫。而衬衫这么个好东西，虽然单薄，却能微微透出漂亮的身体曲线。

阮秋伶从男色中回过神，赶紧巴结自家金主，"陆总，您继续说！"

"秘书来了，有什么事情回家再说。"陆远虽然不爽阮秋伶被训话时走神，却对她盯着自己发呆的举动并不反感。

"好嘞，我送送您！"而阮秋伶，典型的得了便宜还卖乖。男色第一，其他都可以抛在脑后。

"不用。"专车一个漂亮的甩尾停在校门口，陆远自行打开了车门，还不忘回头嘱咐一声，"你最好记住我说的话。"

"好好好。"阮秋伶目送车子绝尘而去，刚才内心经历的惊涛骇浪早已被男色自动磨平。

"刚才陆远说的是什么来着？"

陆远刚回到办公室，喝水时就不自觉地呛了一口。

"陆总，没事吧？"新秘书嘘寒问暖。

"没事，下午招标会的材料准备好了吗？"

"准备好了，您要不要亲自过目？"新来的秘书手忙脚乱，就差直接在总裁面前摔倒了。可就在她身体撞向桌角的那一瞬，某个外力及时挡在前面，帮她保持了平衡。

"当心。"

新秘书稍稍低头，发现拦在前面的是总裁的胳膊，而且是身体前部朝着自己。

"我……我没事，谢谢总裁！"新秘书脸上飘起两朵红云，心跳个不停，陆远这样一朵高岭之花，想染指的姑娘不计其数，今天要是被自己得手了，那可不仅仅是光耀门楣的事，"总裁，还有什么事情需要我去做的吗？"

"没有，没事的话，方便去档案科帮我一个忙吗？"

坐在桌前的陆远象征性地抬了抬头，脸部轮廓在侧光下显得格外立体。

"好……好的！"新秘书离开时带着欣喜。

陆远脸上的表情依旧没有变化，年纪轻轻就坐上这个位置的人，断然是不可能被一点小事扰乱心绪的。

"人事部吗？对，是我，陆远。"陆远顿了顿道，"新来的秘书调到档案科吧，最好换一个收集能力强的给我。"

"总裁，女秘书可以吗？"

"无所谓，我没有性别歧视。"

陆远是个不太理解"感情"的人，所以他既不明白"喜欢"，也不清楚"讨厌"，对于"爱""不爱"这种高深莫测的字眼，更是难以理解。他能够很精确地判断"是否需要"，按照利益最大化的标准来安排工作，这才是他一直以来的风范。

可是，今天他一直找不到让自己心神不宁的理由。

天快要暗下来了，从招标会场出来，陆远头一次花了十五秒凝视夕阳。他突然想到某个幼稚鬼，偏偏要把时间花在看太阳、看星星这些根本没有意义的事情上。

"陆总，今天……"下属小心翼翼地开口。

陆远回过头，凝望着远方，皱在眉心的横纹突然散开："只是突然觉得黄昏很漂亮。"

"哈？陆总，天气这个东西，就算是我们有能力，也没办法将它控制在自己的手……"

"你在想什么呢？"陆远看了眼日程表，又恢复成没有表情的臭脸，"不要浪费时间了，我们走吧。"

·第四章·
冤家易结超难解

"那个啊，庸医，我问你个事。"

专车贴着马路边沿，一个急转弯。阮秋伶明显看到副驾驶座上的人身体依次左右倾斜了一遍。

"你这是问人的态……不是，那个，阮小姐，有什么事情是我知道，而您现在想知道的吗？"江浩强颜欢笑的表情非常搞笑，不过看在这句话的分上，汽车被开回了正常的道路，"那个，谢谢沈明月大小姐高抬贵方向盘。"

阮秋伶也不知道最近的事情怎么都像是被安排好了一样，她一出校门，车就已经停在门口了。是陆远吗？如果是他，为什么一直没有联系她，却知道自己离校的时间呢？就算是小说，霸道总裁也要遵循一定的法则吧？

"我想请问,你知道沈明月小姐一直在门口等我吗?"阮秋伶心里琢磨了半天,最后还是决定亲口问清楚。

　　"本大帅哥虽然上知天文,下知地理,但是你们两位之间的交情,没有必要特意来讽刺我这个外人吧?"江浩笑得嘴角僵硬,小声从牙缝里挤出另外一句,"如果早知道明月在外面等你,我还会来吗?"

　　"哦?听江大医生的意思,我这辆保时捷还没有资格承载你的伟大咯?"

　　"没……没……您听错了。沈老师,我看您最近气色红润,要不要改天来医院坐坐……"前座的两人一唱一和,倒是非常有默契的样子。

　　不愧是多年的冤家!阮秋伶虽然一脑子糨糊,但多少还是察觉到了哪里不对。

　　"实不相瞒,不是陆总让我来的。"沈明月开车的动作依旧潇洒,她面不改色地完成了几次超车,对身后叫嚣的喇叭声无动于衷,"只是有个长得挺可爱的小男生,跑过来告诉我比赛具体什么时候结束,说我可能会想知道。"

　　"长得可爱的小男生?"阮秋伶的脑子里瞬间闪过好几个画面。

　　"可爱?你可不要对沈老师的可爱有太简单的理解。"江浩拉紧胸前的安全带,"上一次她嘴里吐出这个词,还是形容夹竹桃天蛾幼虫……"

　　"不行!沈小姐,麻烦立刻送我回去!"阮秋伶在后座支起了身子。

　　理想中能在毕业后回到学校,尤其是能在某个月明星稀的夜晚,徘徊在可以眺望女生宿舍的地方,这对绝大多数男人来说,绝对是一件美差。当然，江浩除外。

"她今晚……不回来？"

夜里十一点，学校的操场上，江浩终于爆发了出来："陆老板，你们小两口闹别扭，能不能直接当面解决，不要再为难我这个传声筒了好吗？"

江浩实在是受不了这个委屈，自从阮秋伶入院以后，他不但一整个月科室业绩不达标，现在干脆连上班的资格都快被取消了。当年他学医好歹还有个拯救苍生的志向，结果现在快成私人保姆了。

"你要是想她，担心她的安危，就应该直接出现在她面前，现在在这算个什么事？"冷风吹过，江医生委屈地拽紧了上衣，"就算我有那么一点赚外快的私心，你也没必要雇我站在距离女寝室这么远的地方，还让我关注她的宿舍有没有熄灯吧？这种事情难道不是雇个普通侦探就能完成吗？！总裁大人，你的头脑好像不如以前好了。"

操场上的风声很大，可能是因为场地空旷。

江浩等了好一会儿，才听到电话那头慢悠悠地飘来一句："整个市里所有的侦探我都已经……"

"找过了，没有合你心意的？没有能完成远程监视一个普通女大学生安危的？"

"不是，那些侦探，都是男的。"陆远淡定地给出了理由。

江浩气不打一处来："男的又怎么了，男的就不能当侦探吗，男的有哪里不好？陆远，我告诉你，你这是性别歧视……"

"不知道为什么，我一想到她身边会出现其他的男性，就非常不爽。"

举着电话的江浩僵在了原地，也不知道怎么接下陆远的话。但就是这么个直爽的理由，让他觉得，内心至少有两个地方受到了伤害。

"老板？"

"嗯？"

"不想她身边出现其他男性，这是一种病。"江浩一本正经地说。

"什么病？"

"相思病。啊，不是，陆总，你听我说完，陆远！这家伙……"

挂了电话，在操场踱步的江浩只觉得身体越发冷了。

这个白痴总裁，特意打电话过来装傻，还非得喂他这个单身狗一嘴"狗粮"。

江浩狠狠地在手机屏幕上点了几下，手指僵在拨出键上好久，又叹了口气，退到了选择界面。

恋爱是一件很麻烦的事。这就是江浩到现在还没和任何一位女性成功保持恋爱关系超过三个月的主要原因。他是不想被卷入这场纷争中的，又无奈自己还有把柄在别人手里。

江浩叹一口气，又重新拨通了另一个号码。

"你好，打扰了，我想问假条……还能不能再批一天啊？"

"江老师，上周您说让我们帮您做个假资料，我们只做了一个阑尾炎的，一周已经是比较合理的时间了。要是院长又心血来潮下来查……"

"啧啧，"江浩故作镇定，"规矩是死的，人是活的。"

"可是主任，上一次开会，还是您亲自强调没有规矩不成方圆。况且我们一个骨科科室，开出阑尾炎的假条，本来就是不合理的，我怕要是再请假……"电话那边的人悄悄压低了声音，"您上一次特别关照的那位小姐，现在还在我们兄弟医院的……"

"别说了。"

江浩的声音突然沉了下来，他脸上的表情前所未有地严肃。孰轻孰重，他还是分得清的。

第二天早上下了一点雨，阮秋伶醒来的时候，阳光重新落在了树枝上。

"好久没有过这么愉快的清晨了。"一个懒腰以后，阮秋伶这才摸出床头正在充电的手机，"这个灯闪烁的样子，该不会又有消息吧？"

自打被农用小车送进了医院，阮秋伶每每看到自己这部价值不菲的新手机后，都有一种在课堂上被老师点名的紧张感。她眯起一只眼，皱着眉，做足了心理准备才将其解锁，却没有被消息轰炸。

"哎呀，今天这吹的是什么风？"阮秋伶自言自语，伸手滑掉了收到的唯一一条消息——天气预报。完事之后，她又反复在陆远两个字上点了几下。

如果是信号不好，显示出来的应该不是这样吧？

"阮秋伶，你发什么呆，还要不要去食堂？"虽然好久不见，但是只要一提起食堂，整个宿舍的人好像又紧紧联系在了一起。

"这可是个好机会啊！"一提到吃饭，阮秋伶的脑海里又电光石火一般闪过陆远温润的男性身影。可想想自己的"黑暗料理"，阮秋伶突然热血起来，"不行，下一次绝对不能再出现那种情况了！"

"上一次食堂的凉菜出了问题，在这个节骨眼上，我们必须开一次火了！那个……"阮秋伶悄悄地压低了声音，"上一次买的那口锅，没有被宿管阿姨收走吧？"

阮秋伶的口才并不具备多少说服力，可食堂上一次出问题的情况还历历在目。大学食堂，最有特色的一点就是，烹饪水平一直是个谜。无论是谁，只要度过第一年的懵懂期，被冠上"学姐"的称号，多多少少还是对"维生（维持生命）"表现出了一点宽容。这要是放在平时，阮秋伶是无论如何也不能说服根正苗红的江舒俞做"使用违规电器"的事，但今天和以往可不一样。

"你才回来多久？除了不想去上课，满脑子就想着被宿管阿姨查房。你就不能好好读书，做好学生的本分吗？"江舒俞条件反射地拒绝了阮秋伶的提议。

"可现在和以往不一样嘛。"阮秋伶铁了心要给自己一个展示厨艺的机会，"而且你看，违规电器我们都买了，难道就藏在房间观赏吗？我今天还顺道买了条活鱼哦！"

这理论，强硬得就像在超级市场买了卷厕纸，然后抽中了玛莎拉蒂的十元代金券，就非得全款提个车回家一样。不过，江舒俞竟然认同了阮秋伶"购买玛莎拉蒂"的想法。

"既然你真的这么想做，那你就做呗，只是别说和我有关系。"江舒俞在十秒之内，退到了安全距离外。

而阮秋伶也是在电跳闸以后，才认识到自己的错误。

"是谁在用违规电器？"

宿管阿姨的脚步声响起，整个寝室如临大敌。

阮秋伶买了条活鱼，准备给室友们露上一手，没想到操作失误，电居然跳闸了。阮秋伶慌慌张张地藏好了"违规电器"，却还没来得及把那条半熟的鱼藏起来。鱼身还沾着点血，宿管阿姨顺着腥味就查到了门前。

"这是什么？"宿管阿姨审视了一圈，目光最终落在了盘子里半熟的鱼身上。

"这是……一条鱼。"作为主要"犯罪嫌疑人"的阮秋伶哆嗦地答了话，宿舍成员们的头一个比一个低。

"我知道。"宿管阿姨嘴角扬起了一抹庆祝胜利的微笑，"我是想知道，这里为什么会有一条鱼？是不是你们……"

"不是，阿姨，是这样的，"眼看着真相就要大白，阮秋伶急中生智，编出了一个连傻子都能拆穿的谎，"这条鱼是特意从街上买来的，你看，这不是马上要准备游泳比赛了吗？我这也是准备为院争光。"

空气中弥漫着鱼的腥味，宿管阿姨今天竟然又给了阮秋伶一次力挽狂澜的机会："是吗？我可不知道这世界上会有店家公然出售一条带血的鲫鱼 。"她顿了顿，加重了语气，"还是说，你们从头到尾都在欺骗我？"

"当然没有！因为这……这是一条特制的鲫鱼！"阮秋伶也不知道自己是怎么编出这段蠢话的，"根据研究调查显示，全熟不利于食物营养的保存，所以牛排才会有三分熟、七分熟的选项。同理，为了能够更好地保持鱼类营养，补充体力和蛋白质，做到为院争光，这条鲫鱼也是我们特别向外校餐厅定制的！"

这种话要是有人会信，简直就是奇迹了好吗？

察觉到自己措辞里的漏洞，阮秋伶一个箭步冲上去，护住桌上那盘半熟的鱼，一咬牙，一闭眼，就是一叉子。

那个画面，美得叫人难以直视。

十指不沾阳春水的少女们也是那个时候才知道，原来鱼类的头部和颈部，在烹饪前也需要进行特殊处理，否则，会鲜血四溅。

宿管阿姨在女生宿舍楼工作了近十年，查获的违规电器堆起来有一个小山丘那么高，还是第一次见到这种场面。

"好……好吧，下次注意。"虽然不甘心，但是宿管阿姨也只能作罢。

"秋伶，你没事吧？"阿姨刚转身出门，"共犯"们就赶紧把嘴里还含着带血鱼肉的"主要嫌疑犯"从桌子边扶了起来。

"没……没事……"阮秋伶心里那个悔啊！刚才为了突出效果，半块带血的鱼肉已经被她吞进了肚子里。不行，这种事情要是被人知道了，她还怎么收服霸道总裁？

"你真的没事吗？我听说淡水鱼有很多细菌和寄生虫，以防万一，我们最好还是去医院一趟吧。"

"医院？我现在去医院比回家还熟。"

阮秋伶赶紧把嘴里还剩半口的鱼肉吐了出来。比起寄生虫，她更担心，如果今天的事情传出去，她的面子还怎么保得住。为了掩护使用违规电器的行为就生吞鱼肉这种蠢事，一旦传出去……

"不过，等等，连鱼肉都能生吞，这不就是霸道总裁最爱的傻白甜女主类型的第一个特点吗？"

阮秋伶原本低到谷底的心情，豁然开朗。

"也不知道陆远这段时间在做什么，虽然说他不算是个真正的霸道总裁，不过……不行不行，我为什么要想他？"

根据多年的霸道总裁小说阅读经验，阮秋伶对"霸道总裁"的定义有了一套自己的标准。根据这套标准，即便是在本市呼风唤雨、一言不合就让别人破产的陆远，也还没有到达及格的边缘。

阮秋伶用清水漱口，清掉了嘴里的鱼味后，强行命令自己不许想的男人，又以绝对优势占据了她的大脑。

说到食物她就会想到陆远，这缜密的逻辑，清晰的思路，根本叫人无法抗拒啊！

阮秋伶左思右想，吃完江舒俞带来的正常食堂餐点后，终于拨通了江浩的电话："喂，庸医，哦，不是受伤了，也不是要还你住院费，我就是想问一下，你知不知道陆远最近在做些什么？"

才刚回到医院恢复正常工作的单身狗江浩，再一次远程受到了几百点伤害："拜托，我现在正在工作呢，你们两口子到底有完没完？谈恋爱就直接给对方打电话好吗？我又不是话筒！"

"这不是准备拜托你，才给你打电话的嘛！"阮秋伶气不打一处来，"好啊，那我再也不给你打电话了，反正等到结算医疗费的时候，我就要用这段证据，来告你欺负弱势群体！"

"明显我才是弱势群体好吗？"江浩语重心长地说，"小阮啊，我给你说，谈恋爱这种事情呢，一定要亲力亲为，才有效果。你看你一天天不是干这个就是干那个，陆总裁呢，他在你身边时，你偏偏要躲开他。现在可好，外面想一跤跌进他怀里的女人排队都能从天安门排到河北了，你才反应过来后悔呢？"

"谁……谁后悔了？"阮秋伶就算是真的在想陆远，也绝对不能在这种时候承认啊！

"我只是最近厨艺有所进步，想约他找个时间互相切磋一下。"

"哦，那可真是太好了。"

阮秋伶秉承着"言多必失"的原则，在对方还没有把完整证据抖出来前，果断终止了对话。

"这个家伙，亏我还把他当朋友，没想到……哼，我阮秋伶和他江浩这个梁子就算是结下了，以后我就算生病再疼，也绝对不会找他咨询！"

说大话总是要承担后果的。阮秋伶的狠话还没放出三秒，腹部就突然传来了一阵绞痛。

"我的天，为什么我说我马上出门会捡到钱，就没有这么灵验呢？"第四次从厕所出来，阮秋伶的愿望已经从"精忠报院"，变成了"苟活于世"。

"你没事吧，秋伶？都让你不要吃那条鱼了，那根本没熟。"江舒俞关切地凑了过来。

胳膊还没伸直，奄奄一息并且试图站直的阮秋伶就已经从一边歪到了另一边。

"我……我没事……"

“当……当真？”

“嗯……可能不太真。”

“喂，秋伶，你要去哪里？”

“放开我，让我回厕……所……”

这场闹剧整整持续了几个小时，经历了几乎脱水进校医室的危险后，阮秋伶才拖着发软的双腿老老实实坐在了凳子上。

完了，现在闹成这样，她别说参加比赛了，到明早能不能恢复正常行走都是个问题。

阮秋伶不知道自己到底是惹恼了哪一路神仙，凭什么就自己的生活那么具有戏剧性呢？

手机不合时宜地响了起来。

“该不会是那个家伙吧？”按照电视剧的套路，霸道总裁总是能在女主角需要的时候及时出现。虽然阮秋伶连同智商在内，没有一点值得命运女神垂青，可是做人总要有梦想吧！

很可惜，命运这次并没有随阮秋伶的心。

“你好呀，美人鱼小姐……”电话那头爽朗的声音，瞬间驱散了阮秋伶心头的阴霾。

“任学长？”阮秋伶甚至有点紧张，“你怎么会有我的电话？”

“哇，这难道不是美人鱼小姐你亲自给我的吗？”

“我？”阮秋伶仔细思考了三秒，虽然和美男互换联系方式不失为人生一大快事，但是她也没有厚颜无耻到将自己的私人号码给才见过几次面的男性的程度吧？

“是胸卡哦！”任平生爽朗的声音带着笑意，“美人鱼小姐的胸卡，正好被我捡到了呢。”

“胸卡！那个我不是应该放在书包里吗？”为了验证对方言语的真实性，阮秋伶连忙翻开了书包的外侧口袋，里面果然空空荡荡的。

"难道是我拿什么东西的时候不小心弄丢了吗？但是，没可能啊……"

不等阮秋伶思考，任平生又抛出了一个邀请："东西当然是要物归原主啦，不过既然我和美人鱼小姐这么有缘，能不能恳请您今晚到学校外商业街的第一家餐厅与我共进晚餐呢？"

"这是……约会吗？"

"约会"两个字本能地瞬间滑过阮秋伶的脑海。可是，如果和他约会的话，岂不是违背了自己和陆……

"不要担心，这不是约会哦。"

任平生像是能看穿阮秋伶所有的小心思，语气轻快，一点强人所难的意思都没有，却让人无法拒绝："我知道美人鱼小姐不是那么轻浮的女生，我绝对没有那种想法，只是有这样一个小小的心愿。"

这句话要是从其他二十岁的男生嘴里说出来，阮秋伶怕是会直接冲上前去，飞起一脚赏那人一个回旋踢。可……可他是任平生啊！这话一旦配上那张闪闪发亮的笑脸，就变得令人无法拒绝了。

"好……好吧。"阮秋伶思考再三，还是难以抗拒自己的本性。她对自己的魅力有足够的自信。

难道说自从摔进排污池，她就彻底变成了人见人爱的魅力女性吗？哼，这样想想她还真是棒透了！

阮秋伶本来还想打探陆远的情报，可一通电话之后，差点把自己日思夜想的霸道总裁抛到九霄云外。

对自己的实力没有充分的认知，几乎是所有人类的通病。正常人或多或少会高估和低估自己，区间范围一般是在百分之三十左右。只有她阮秋伶，明明只有百分之一的实力，硬是能感觉出百分之九十九的好感来。

一次来自魅力异性的邀约简直就是青春期包治百病的良药，原本还奄奄一息的少女在那通电话后如获新生。

"你们快看，我这条裙子配这个鞋，好看吗？"

江舒俞她们刚从被宿管阿姨查房和清洗卫生间的阴霾中走出来，一时半会儿理解不了宿舍里受伤最严重的队友，这又是被谁打了鸡血。

"你……你这是要去约会吗？"江舒俞小心翼翼地问，"和上次学姐说的那个给你送饭的男人？"

"约……约会？才不是呢！"还在兴致勃勃试穿裙子的阮秋伶一想到陆远的脸，差点跳起来。

"不是和他？"江舒俞依旧明察秋毫，"难道你还背着他包养了小白脸？"

看着阮秋伶回校以后的改变和躺在宿舍角落里的高级护肤品盒子，不明真相的江舒俞果断脑补了陆远用情至深却因为没有经济实力，最终在和其他男性的追求较量中略输一筹的情形。

"秋伶，这些话本不该由我们来说，可是，对男人最重要的是用心。"江舒俞严肃且用力地拍了拍阮秋伶的肩膀，"如果你真的不喜欢对方，还是早点和他说清楚比较好。在旁人看来，穷小子的爱心便当，不一定就比霸道总裁的宝马差呀！"

"你到底在说什么啊……"阮秋伶简直哭笑不得。穷小子的爱心便当是怎么回事？她阮秋伶虽然喜欢看帅哥，可还没有吃过陆大总裁之外的男人送的爱心便当，"可别随便诬陷我哦！"

不承认约会，但是精心打扮；不承认便当，还反复强调诬陷，她这分明是做贼心虚！

在阮秋伶出门前，江舒俞安安静静地脑补了四十八集现代都市三角恋剧情：女主角始乱终弃，抛弃了深情但是做饭好吃的穷男友，扑向了富可敌国的花花公子的怀抱，最后才发现自己竟然只是花花公子众多女伴中的一个……

"绝对不能让这种悲剧发生！"

在阮秋伶离开宿舍后，好心的江舒俞立刻紧急召开了女生小团体私密座谈会。

"美人鱼小姐！"

离开宿舍的阮秋伶春风得意。

"我在这！"阮秋伶隔着老远就看到人群里热情挥手的男子，仔细揣摩了三秒钟，发出了疑问，淑女到底应不应该挥手回礼？

她还没想通，就先发现自己这身攒了半年没舍得穿的新衣服，已经严重"缩水"，别说挥手，她现在能不能抬起手来都是个问题。

这也太耽误事了吧？她现在回去换的话，肯定是来不及了。

"你等很久啦？"

"也……也没有特别久。"

阮秋伶心里那个恨啊，也不知道自己到底是怎么想的，换了新衣服也不知道左右看一下再出门，虽然它穿起来确实很好看。

"美人鱼小姐？"

"嗯？"

"这家店的慕斯蛋糕特别好吃哦，你一定要试试。"

任平生微微一笑，阮秋伶顿时感觉整个餐厅明亮了一些。

"美人鱼小姐，谢谢你今晚赴约……"

"我的名字，叫作阮秋伶。"后知后觉的阮秋伶也终于有了一点脸红的感觉。

"我知道呀。"任平生微微一笑，一脸阳光和天真无邪，搭配上原本就精致的五官，简直叫人无法抗拒，"可是我觉得'美人鱼小姐'

对你来说更贴切呢。"

那一瞬间，阮秋伶的脑子里仿佛有无数的航天器同时脱离地心引力，美滋滋的感觉就像是被灌下了一整瓶果酒，甜味刚到味蕾，就有了种头晕的感觉。这难道就是帅哥的魅力吗？阮秋伶仔细权衡，希望自己能努力保持一丝清醒，但她确实高估了自己抵制诱惑的能力。

"这是我们餐厅的主打菜，刚刚才到货的海产，非常新鲜，请务必试试。"侍者非常自信地稍稍弯着腰，揭开了银色的盖子。

侍者送来的食物非常不讨巧，被送进阮秋伶碟子里的海蟹连壳都没敲碎。要是按照正常的吃法，未免有些不雅。

此时的阮秋伶进退两难。

"美人鱼小姐，我能给你变一个魔术哦。"似乎察觉到了阮秋伶的异常，任平生竟然一本正经地从上衣口袋里掏出了一条白色的手绢，"这是个秘密魔术，所以请美人鱼小姐闭上眼睛，绝对不可以偷看哦。"

她都看不见了，就算突然出现什么也不能叫作魔术吧。虽然心里这样想，但阮秋伶还是快乐地答应了："好呀！"

"绝对不可以偷看哦！"

"绝对不看！"

阮秋伶透过手指缝，看见坐在对面的任平生把他的盘子与自己的交换了，而后从桌底下拿出一个漂亮的礼盒。

"好啦，魔法为漂亮的女孩子带来了礼物呢！"

任平生绝口不提盘子的事，可阮秋伶用余光偷偷瞄过去，发现自己的盘子里食物都已经变成了处理好的样子。这样直接吃起来，就不会吃相难看了。接过礼盒的阮秋伶暗自感慨了一下。

"美人鱼小姐，你怎么了？让我来猜猜，是不是最近遇到了什么难题？不过，也许能够帮忙的人就在你身边哦。"

可是，除了吃饭和几个小时前的肚子疼以外，阮秋伶并没有遇到任何难题。

与生俱来的警惕提醒了阮秋伶不要轻信他人，但她在遇到这样一张漂亮的异性脸蛋时，只剩下一个念想："管他呢！长得好看就是真理啊！"

"谢……谢谢，不过我……"

"让我来猜猜看好吗？"任平生微笑着打断了阮秋伶的客套话。餐桌上的蜡烛已经燃去了一半，这场宴席也是时候进入主题了，"如果拜托我的话，胜利女神一定会在距离美人鱼小姐更近的地方呢，无论用什么方法，守护女士的笑容，才是我的责任。"

任平生的话说得含蓄，还是把妹那一套酸词，但是阮秋伶这种二愣子，多少还是听出了他话里的意思。

"学长是在说游泳比赛的事情吗？"阮秋伶小心翼翼地问。

任平生不答话，只是微笑。他的笑脸好像永远这样，只有一个固定的姿势和表情，除此之外，什么都不会出现。

阮秋伶不由自主地打了一个寒战。这哪是什么约会啊？这分明是场鸿门宴。

"这件事情，我还得再考虑考虑。"阮秋伶匆忙咽下了食物，等到甜点被放上餐桌，终于提出了离席的意思，"谢谢您今晚的招待，但是我还有别的事情，必须提前回去了。"

"是吗？好可惜。不过美人鱼小姐一旦有什么需要我帮忙的，只要一个电话，无论是什么事，我都会竭尽所能。"任平生也站起身，向她告别，"很高兴能和你一起共进晚餐，这是我的荣幸。"

一个得体的亲吻，眼看着就要落在阮秋伶的手背上。

"哎呀，我突然想起来，炉子上还有一锅红烧肉！"阮秋伶冷不丁地抽回手。

虽然她并不反感和这样的帅哥推心置腹，但是被任平生握住手背的那一瞬间，她的脑子里突然涌进大批有关于某个不称职总裁的画面。

"我……我先走了。"

阮秋伶几乎是一路小跑着离开了餐厅。

"我……我这是怎么了……"

她本来无比期待今晚的晚餐，一切发展，也都像小说故事里那样。高级的餐厅、美味的食物、浪漫的气氛，这一切都是她想要的，可是在她心目中，这些东西仿佛又应该属于另外一个人。

阮秋伶打开手机，消息提示栏里，还是只有明晃晃的天气预报。

"所以说那些霸道总裁小说，根本就……全是骗子！"

阮秋伶恶狠狠地将手机在空中划出一个弧度，又在最低点处狠狠握紧。

这样没有消息才是正确的情况啊。要是身为总裁，一天到晚都在关心女孩，怎么能处理好公司的事务？陆远这个时候，应该还在开会吧，或者陪合作伙伴们吃饭？他会去什么样的餐厅呢，不过他还是喜欢自己做饭吧？

阮秋伶回到学校时，天空已经彻底暗了下去，草地上有草香味，操场上有些喘着粗气跑步的学生，不远处的音乐社团正在练习下一次的登台演出。

阮秋伶这才发现，自己刚才被握住的那只手，竟然抖个不停。

她头一次有了一种不甘和被冒犯的感觉。她虽然不是什么优秀学生，可也是属于这样的校园生活的。只是现在，她站在操场外面时，突然感觉自己和这一切格格不入了。

"陆远这个笨蛋总裁！有时间自己做饭，也不知道问问我现在到底怎么样了，还口口声声说要娶我，笨蛋，不可理喻！"

"阮秋……"

"我去睡觉了！"回到宿舍的阮秋伶，根本没有给其他同学关心她的机会。她猛地扎进了被褥里，突然感觉身心疲惫。

"明天……还有比赛呢。"察觉到阮秋伶心情不好，江舒俞小心翼翼地说道，可是没有得到任何回应。

难道是约会被帅哥怎么样了吗？会不会是那种"拿着这五百万立刻和我儿子分手"的桥段？面对着一言不发的阮秋伶，综合了前几次猜测信息的江舒俞，脑补的内容越来越狗血。

可生活就是这样，不管别人愿不愿意，该来的还是会来的。

"下一场比赛，选手们请注意，请立刻到指定地点集合。"

"秋伶，咱们班就全看你了，一定要为班级争光啊！"

"行吧，我尽量不要丢人丢太多。"仔细研究了对手成绩的阮秋伶，早早地预测了自己和奖杯的距离。胜负还没开场前就已经知道结果了，反而搞得整个场面有一点悲情，"我去了，不必想念我，如果我没有再回来……"

"你可别这样啊。"江舒俞见状，立刻神神秘秘地在她耳边说，"那边观众席上，可是有个诚心诚意的人在期待你的表现呢。"

期待？难道江浩这家伙今天又偷偷溜出来了？她好不想再看见那家伙的脸……

阮秋伶下意识地看向观众席，心"咯噔"一下，开始加速跳动。

他怎么会在那里？

观众席上的男人那熟悉的脸庞和气场，都与周围环境格格不入，虽然是穿着随处可见的休闲衫，总还是透着那么一丝不协调。他似乎更适合出现在高档的办公桌前，而不是学校好长时间没修缮的水泥观众席上。

"你怎么会在这里？"阮秋伶冲着观众席就是一顿比画，可是某人一脸波澜不惊，根本没有想要回答的意思。

"这位同学，热身已经结束了，请准备比赛。"

评委席上扯着嗓子的体育老师毫不客气，根本就没等阮秋伶准备就绪，直接吹响了决赛的口哨。

"扑通！"阮秋伶落水的姿势，丑得前无古人，后无来者。

对，不是跃入水，而是，落入水中。

观众席上的亲友团甚至愣了一秒才想起来给她摇旗呐喊。

"加油啊秋伶，别忘记咱们刻苦练习时付出的汗水！"泳池旁边的学姐摇旗助威。

阮秋伶真不知道她有什么脸面说出这样一句用来激励运动员的话。那晚练习，她明明就丢下自己一个人去吃消夜了啊！

"加油秋伶，你一定可以的，可千万不能辜负咱们赛前的加餐啊！"江舒俞原本想诱导她想到"爱的力量"之类的词汇，却只让阮秋伶想起了那条孤单地惨死在自家违规电器里的淡水鱼。

"绝对不可能赢的。"

明明是几十秒的赛程，阮秋伶却感觉像过了一个世纪。无氧运动产生的乳酸集中聚集到了小腿肌肉上，阮秋伶感觉自己的体温越来越低，大脑突然变得一片空白。

"同学，你没事吧？"伴随着比赛的结束，泳池传来一声响亮的撞击声。

"你别想不开啊，就算是倒数第一，也没必要在游泳池寻短见吧？"亲友团们像是捞鱼似的把额头撞了个大包的阮秋伶从泳池里捞了出来。

阮秋伶身子发抖，被包上了白毛巾。她脑子不是很清晰，余光却一直没离开过坐在观众席上一动不动的陆远。

　　"没事吧？"陆远走到她面前。

　　"没，我怎么可能有事？"她抱着毛巾还想再挽回一下颜面，"这次只是小小的失误，我本来就没有想要得冠军。"

　　"哦？"陆远云淡风轻地应了一声，又等着眼前的少女继续说。

　　颁奖典礼向来是和倒数第一没有什么关系的。阮秋伶的比赛结束了，但是其他的考验才刚刚开始。她顺着陆远的脚步往外走，绕过沸腾的观众席，从游泳馆后门走了出来。

　　"你怎么会知道这边还有一道后门？"阮秋伶对于陆远对自己学校的熟悉度感到惊奇，上一次他好像也是轻而易举就找到了自己。

　　"嗯，这边的图书馆非常安静，我几年前经常会到这里来。"

　　"哦。"阮秋伶恍然大悟，没想到陆远虽然学历不高，但还有这么热爱学习的经历。

　　阮秋伶往外走了几步，就被迎面吹来的风冻得全身一抖。

　　"这个给你。"陆远将随身的手袋交给了她，"沈小姐准备了一些东西，也许你用得到。"

　　是女士外套，而且看起来价格不菲的样子，更重要的是，竟然连标签都还没剪掉。但是，以沈明月女士的性格……

　　阮秋伶瞬间脑补了那几乎能把人甩出去的车技，再看了下手里淑女款式的外套，这根本就不是一个风格啊！说是沈小姐顺手准备的，不如说是在陆远的引导下，一起在服装店购买的。

　　"你都不问我最近在学校发生了什么事吗？"穿了外套，阮秋伶突然有点心虚。毕竟自己已经被面前的男人提过结婚的要求，却还在二十个小时前和陌生男性共进晚餐。

　　"不问。如果有什么是我应该知道的，你会主动告诉我。"陆远的回答不温不火，叫人难以揣测他到底知道多少信息，"里面有粥，尝尝。"

"其实，在学校的时候，有个高年级的学长，就是你上次来学校看我的时候见到的那位，行为有点奇怪。"阮秋伶思索了不到三十秒，还是决定坦白从宽。

"哦？"陆远的表现过于平静，他转过身，定定地看着阮秋伶。

"当然，我没有忘记你之前说过的话，只是我很不确定。"一向骄傲的女孩突然失去了底气，音量越来越低，甚至有些咬字不清，"我不确定，你之前说过要和我结婚的话……到底是真还是假。"

饭盒温热的触感提醒着阮秋伶现实的真实性。可是这些日子突如其来的体验，又让她在接受现实前，多了一丝踌躇和疑虑。

小说情节里，一无所有的女孩总是能够突然被霸道总裁缠上，从此身价暴涨，跃上枝头变凤凰。可是现实就是现实，不管她多颜控，多渴望一份故事里的感情，可那些发生在她身上的事情，她所需要背负的东西，永远在提醒她：一无所有的她，是不可能拥有小说里的奇遇的。

"之前你帮我还债的事情，我都知道了。"阮秋伶低着头，不知道该如何去面对眼前的男人。她也弄不清，是该以互助对象的身份继续交谈，还是该以其他形式交流，"我很感激你，也并没有因为自己受伤，就认为你所做的一切理所当然。"

"哦？能听到阮小姐说这些话，我才真是受宠若惊。"陆远的嘴角悄悄地上扬，"我很欣赏你对自身的认知，众所周知，认识自己是认识世界的第一步。"

陆远的眼睛非常漂亮，就算是在天色不亮的时候，依旧像是闪闪发光的宝石。

"不过请阮小姐放心。我陆某人虽然位微言轻，但不会出尔反尔的。"

"那你……说的都是真的？"阮秋伶的心脏猛烈地跳个不停，"不不不，总裁大人，您大可以再考虑一下，我……"

"大丈夫一言既出，驷马难追。阮秋伶小姐，也许你并没有感受到我对你的感情，但是请你放心，我想要与你结为法律夫妻的意向并没有改变。"

这算是告白吗，但是她怎么觉得听起来怪怪的？阮秋伶一皱眉头："陆先生，您也许不明白，我很感激您，但是感激这种感情，距离我想和您结婚，还有一段很长的距离。"

"陆某冒犯了，但是阮小姐，既然只是距离结婚有一段距离，那么也就意味着我们的感情是可以发展到结婚的，对吧？"

阮秋伶没想到，自己发出的第一张好人卡，就以这样的形式安静地还给了自己。虽然她也没想到，第一张好人卡会发给一位货真价实的总裁。

"我很抱歉，阮秋伶小姐，之前向您提起结婚的事情，是我冒犯了。但是，我希望您能够慎重考虑一下，成为我法律上的妻子，并不是一件坏事。"

"抱歉，我还是没办法接受这样的求婚。"

"我并不是在求婚，"陆远说得不卑不亢，"我只是在为自己向你求婚争取时间和机会，所以我希望你能够原谅我之前的唐突和冒犯，也希望你给我三个月的时间。"

阮秋伶虽然一度因为欠债，差点成为某个陌生男人的妻子，但也绝对是有女大学生的基本尊严的！

"这件事我不……"

"上一次欠款的一百万元，利息大约是每个月四万元。"

"好的，陆远先生，我非常同意您的决定！"阮秋伶瞬间和眼前的男人达成了共识，"这样吧，我们先正式以小时工的身份相处，在此期间，我会协助你完成一些家务，三个月结束之后，我们再来慎重考虑结婚这件事情，您看怎么样？"

阮秋伶好不容易接受同居，却是以"小时工"的身份进行。退一步来说，陆远根本就不缺什么小时工，只要能和他相处，不知道有多少高学历的美女愿意为他洗手做羹汤。再退一步说，她会做的家务，不一定比陆远多。

"我很高兴你能够同意。"陆远礼貌地笑了笑，像是早就预料到事情的结局一样，轻巧地递过来两张卡片，"一张是公寓的房卡，另一张是我的信用卡，随便刷倒还不至于，至少能够满足阮小姐的日常开销，或者作为您小时工的费用。"

听这口气，应该数额也不多吧。阮秋伶刚松了一口气，陆远又平和地补上一句："卡的额度是每个月二十万。"

"什么？"刚才还挺着腰杆绝不屈服的阮秋伶一个不稳，差点闪了腰。

"二十万？"她用夸张的表情，尽可能地展现了自己的内心想法。

"以结婚为前提的交往，首先要表现出绝对的真诚，不对吗？还是说，我得到的信息是错误的，正常女性的月消费额应该在二十万以上……"

"等等，关于正常女性月消费额的信息，你是从哪里得到的？"

"请教了江医生和沈小姐。"

不知道为什么，听到这两个名字时，阮秋伶偷偷松了一口气。这两个名字似乎总是和她意想不到的结果联系在一起。别说随便刷，就算是每个月给她一万块钱，她都能把自己包装成三线小城市的贵妇了。

阮秋伶原本是忐忑的，大概是礼物的价值超过了她能够正常接受的忐忑程度，她反而放心了。反正人是会变的，三个月之后，谁知道陆远又是什么想法呢？

"好的，那我就恭敬不如从命了。"

阮秋伶刚接过两张卡片，身后熟悉的哀号声就响了起来。

"陆远你这个浑蛋！我学医是为了拯救天下苍生，不是为了三天两头从医院跑出来给你们小两口当私人奴仆的！"江浩踉跄着靠近几步，看清目标并不形单影只，而是成双入对以后，经典的坏笑又偷偷爬上了他的脸庞，"哎呀，我当什么事情叫我叫这么急，怎么了，我是不是打扰到你们两个了？"

他若感觉打扰到了，难道不会悄悄地走吗？这个浑蛋摆明就是一副看好戏的表情。

"哦，那还真是巧了。"陆远不卑不亢，向前一步，靠阮秋伶更近一些，"你确实打扰到我们了。"

面对这样的坦率，能言善辩的江医生嘴里像是被塞了一块石头。

阮秋伶依稀记得江浩嘴里含着一个"你"字的发音，到最后还是没说出一句完整并且有攻击力的话。

"这难道就是传说中的霸道总裁？"阮秋伶第一时间想起了她看过的几千本言情小说。可惜，现实生活中的男人总是帅不过三秒。

"我给她带了粥，没什么事情的话，你可以稍等一下吗？"

谁会在这种时候提起粥啊，正常人不是应该再接再厉再耍一个帅吗？！

阮秋伶发现自己果然对陆远希望太大，不禁感慨起来，好歹他只说了带粥，没说是自己亲手煲的粥。

啊，这个总裁到底是怎么回事？明明是车祸巧遇突然求婚的经典剧情，但是为什么他就是不按照套路走呢？

·第五章·

总裁也有持家的一面

"你又和那次给你送饭的男孩联系了吗？"江舒俞凑过来一张八卦的脸，"我就跟你说了，男人还是要找温柔踏实的比较好，你看看他多居家啊，虽然有点穷，但是……"

"阮秋伶……"楼下传来一道爽朗带着笑音的男声打断了江舒俞老母亲般的叨絮。

"该不会是他吧？"阮秋伶心里一惊，生出了种不祥的预感。

果然。楼下那张熟悉的帅脸。不幸中的大幸，他没叫她"美人鱼小姐"。

"帮个忙，你帮我说一声我不在！"阮秋伶当即扑进了被子里，顺势把自己裹成一团藏了起来。

"啧啧啧，终于也要上演这样的戏码了。"

在旁边默默啃了几分钟手指甲的江舒俞，再一次展现了自己的编剧才能："秋伶啊，不是我说你，你这段时间变得太多了。前一秒还在和送粥的男人你侬我侬，下一秒就和高富帅藕断丝连，不过还好，你亲爱的江舒俞什么大风大浪没见过？"

"等等，你胡说什么呢？不是你想的那样……"

"不，作为一位即将为你提供帮助的人，我有权利了解所有的真相。"

"事情真相就是……唉，我两百字以内解释不清楚！我……"要不是有一床被子垫着，阮秋伶都想当场拿脑袋砸宿舍床板。

无奈，前有狼后有虎，她要是不尽快做出决定，恐怕围观群众会越来越多。

"阮秋伶……你在吗？"

"好好好，你说什么就是什么。反正就算我现在说，之前那个给我送粥的人是我老板，现在这个请我吃过饭的男人我根本不熟悉，我就只和他吃过一次饭，你也不会相信的。"阮秋伶一脸委屈巴巴的表情，"是他们先来找我的，和我根本就没有关系。"

"怎么的，你是最近言情小说看多了，把脑子烧坏了吗？你到底给自己脑补了多少不要脸的'霸道总裁爱上你'？"江舒俞不紧不慢，塑料姐妹花情差点崩塌。

"哎哟，我的亲娘啊，现在你就先帮我应付，之后我保证负荆请罪，要是说不清楚，你哪怕逼我写一本小说来解释，我都活该。总之，你先帮帮忙吧。"阮秋伶双手合十，从被子里露出头来，做了一个拜托的手势。

"阮……"

"喊什么喊，阮秋伶不在宿舍！"

对方第三声还没喊完，江舒俞已经气定神闲地摆出了副包租婆姿态，侧靠在阳台上看着下面一脸笑意的男人。

"哎，这不就是高年级那个很有名的学长吗？好像说是叫什么……任平生来着。"

虽然已经做过了心理准备，但江舒俞不由得赞叹了一下："我平均一年要听这小子的上百个八卦，没想到阮秋伶这家伙还挺有能耐，竟然连他也搞定了，厉害了我的秋伶，竟然为我实现了有生之年和八卦靠这么近的梦想！"

"不好意思，请问，你知道她去哪了吗？"任平生不卑不亢，脸上的笑意丝毫没有受到影响。

江舒俞这才看清楚楼下那张得体的脸："哎哟，这个小子，仔细一看还有点帅！"

"千万不要被他的外表迷惑啦！"

江舒俞刚看清楚个大概，阮秋伶立刻从被子里探出头，并发出警告。

"啧啧啧，我自有分寸。"江舒俞露出了老鸨般的笑脸，让阮秋伶猛然一惊，后背发凉。

她到底想干什么？

"这样吧，你有什么事情，最好和她电话联系，不然……和我联系也可以。"江舒俞气定神闲地说。

"你怎么可以做这种事情？"躲在后方的阮秋伶心急如焚。

"这有什么不可以的？放心吧，我不抢你的小男友。"江舒俞抛来一个眼神，"我刚刚查了一下，咱们学校八卦公众号上有人悬赏他的联系方式呢！"

不愧是江舒俞，随时随地都能向金钱低头。

阮秋伶暗自后悔，自己到底是惹怒了多少路神仙，才能在一年之内，把所有可能遇到的奇葩都沾惹齐全？早知道她就该少看几本霸道总裁小说，这样的话起码不会被陆……

"不好意思，谢谢你，我会私下再和她联络的。如果你看到阮小姐，请帮我转告一声我来找过她的事情。"任平生一套公关词汇说得无懈可击，完美地无视了江舒俞提出的不合理要求。

"好的，没有问题。"江舒俞脸上撑着笑意，满口答应下来。话虽如此，作为八卦小天后的她却总感觉这个家伙，好像有哪里不对。

楼下的围观群众散开，过了好长时间，闷在被子里的阮秋伶才吐出一口气。

"哎，这个家伙，终于走了。"阮秋伶满肚子委屈，自己这次比赛惨败的情绪还没来得及收好，桃色新闻就接二连三地砸了过来。

任平生刚走不到一会儿，左邻右舍的八卦爱好者们就闻风而来。

"哎，阮秋伶，你认识刚才来的那个男生吗？"

"那个是不是比我们高一级的任平生？听说他可是个标准的富二代呢！"

"是吗？富二代，是家里有企业的那种？"

挤进来的八卦群众你一言我一语，完全没把当事人放在眼里。

可阮秋伶哪在乎什么富二代，她只有"霸道总裁爱上我"这一个主线任务。

"哎，阮秋伶，你倒是说句话啊。"试图挖掘一些新料的好奇群众立刻抛出了问题，"你和任平生关系很铁吗？他……"

"什么嘛，富二代而已。"阮秋伶为了避免节外生枝，决定把某些念头及时地扼杀在摇篮里，"我这个人只对霸道总裁感兴趣，至于什么富二代，根本看都不会多看一眼。"

为了增强说服力，阮秋伶努力抛出了一个富太太们钩心斗角时专属的白眼。

可这句话并没有如预料中为她和这场八卦撇清关系，反而带来了一个更为强劲的爆料。

"任平生是任氏集团的独生子，他以后不就是霸道总裁吗？"

"任氏集团……"阮秋伶愣了一秒，脑子里无数的画面飞快地连接在了一起，"任氏集团，是不是就是网络上流传的那个和陆远的公司很不对付的那个？"

"陆远，你还认识那个陆远吗？"八卦爱好者们及时捕捉到了重点，"那么请问你和之前送消夜的帅哥是什么关系呢？"

"你们为什么会知道有人给我送消夜？"

"那看来传言说的都是真的哦。"江舒俞冷不丁冒出一句，阮秋伶突然感觉自己遭到了算计。

"秋伶，有件事情，我还是建议你再去查查。"

热爱八卦的围观群众终于散去，刚才还一脸包租婆表情的江舒俞瞬间变得严肃起来："其实你那次拉肚子，我就有点怀疑，我询问了几位医学专业的朋友，得到的答案是：生鱼在几分熟的情况下，能够让你拉肚子拉到怀疑人生的概率，比买彩票中头奖还低。"

江舒俞不知道从哪里掏出了一沓类似报告的东西，表情严肃地递到了阮秋伶手上。

"我偷偷把你那次没来得及处理掉的部分鱼肉留了样本，委托医学系的学姐帮忙，发现里面的亚硝酸盐和大肠杆菌都已经严重超标了。"

"难道……"阮秋伶眉头一紧，"超市卖鱼的阿姨终于对我经常徘徊在三文鱼摊位却不买的行为痛下杀手了吗？"

"我有时候真的很怀疑，你到底是怎么通过高考，和我考上同一所大学的。"江舒俞一脸恨铁不成钢的表情，"说得更明白一点吧，我怀疑这是有人故意所为，而这个人，很可能对你还比较熟悉。你忘记了吗？宿管阿姨查房那天,我们只是刚刚开始行动就被发现了,如果不是有人很熟悉你的行踪和性格,又怎么能恰到好处地让你吃下鱼呢？"

　　江舒俞仿佛福尔摩斯附身,整个推理过程无懈可击。

　　"你的意思是说,有人在故意监……"

　　阮秋伶话刚出口,就被"嘘"的一个拖音喝住。江舒俞装出一脸懒散地走到阳台,把宿舍的床帘拉上,这才小心翼翼地示意阮秋伶压低声音继续。

　　"你啊,就没发现最近夜里操场上的反光物体增多了吗？"

　　"反光物体？"阮秋伶一脸困惑。

　　"我怀疑,当然,这只是我的怀疑,"江舒俞的声音又被压低了一个档位,"有人在监视女寝室。"

　　"那……那不是犯法的吗？"

　　"严格意义上来说,不触犯刑法,但是根据传统的道德约束,还是可以激发出不满的。"

　　"我说啊……江舒俞,你要是在考试时给我传小字条,有这三分之一的积极性,我的经济学成绩起码会再好看一点……"

　　因为八卦激发出真正才能的江舒俞不屑一顾:"得了吧,就大学本科那么点知识量,你加班加点几天也能及格吧,还传什么小字条,这可是大学啊。"

　　"那咱们暂时放下八卦,你能先把你考试为什么能拿九十分的秘诀告诉我吗？"还没有意识到自身危机的阮秋伶话锋一转道。

　　"多简单啊,九十分,"江舒俞一边说,一边打开手机开始上校园网收集信息,"故意做错十分的题就可以了,反正你要是评奖学金,拿到八十分也足够了。不要去得什么满分,枪打出头鸟。"

　　听完江舒俞的"高分秘诀",阮秋伶恨不得扇自己一个大耳光。

为什么她们在同一个宿舍，吃同样的食堂，上同样的课，差距就这么大呢？

"舒俞，我觉得你的这个经验对我不是很适用。毕竟比起怎么故意错十分，故意对十分对我来说更难一点。"阮秋伶用几秒的时间思考了一下整个事件，心思又回到了食物中毒的问题上。虽然觉得自己顶多也就是被一两个情敌记恨，但她还是希望高智商的江舒俞伸出援手，"至于食物中毒的那件事情，可以再帮我调查一下吗？"

"可以是可以，不过我这个人嘛，你也很明白，想得到什么，就要先学会付出。"江舒俞温婉一笑，阮秋伶猛然打了一个寒战。不好，她有种不祥的预感。

"一条消息一百元，我支持各种支付方式，包括所有的二维码。"江舒俞头都没抬，视线始终没有离开过手机屏幕，好像吃定了阮秋伶会因为经济问题而知难而退，"怎么样？我的情报你是知道的，现在是信息时代，但是有用的信息可不是……"

"成交！"

"什么？"江舒俞做梦也没想到，这两个字会干脆利落地从一穷二白的阮秋伶嘴里蹦出来，"你再说一遍，我去洗洗耳朵，看最近是不是听力下滑了……"

"我说，成交。"阮秋伶一脸严肃的表情，"希望你能够找到几条有用的情报，至于钱，我尊重你的劳动成果。"

"这里面绝对有猫腻！"江舒俞原本还对阮秋伶傍上金主的事情半信半疑，听到这一句，面色突然一沉，"阮秋伶，你入学第一天就和我说过，你虽然爱玩，成绩一般，还喜欢拈花惹草，但不是那种随便的女人。"

"我还说过那种话？"

"嗯，你这人虽然缺点多，但你对自己的认知还是比较透彻的。"

江舒俞平淡的几句话，瞬间对阮秋伶造成了万箭穿心的效果。

没，你弄错了，为了金钱我连未婚夫都已经有过两个了。

和江舒俞的交易才告一段落，阮秋伶的手机屏幕就亮了，很久不见，却总能给人意外惊喜的总裁给她发来了问候。

"今晚回家吗？"

"回家？"阮秋伶正准备在浴室里冲个凉冷静冷静，但还是顶着毛巾腾出手按了几下屏幕，"虽然有人答应帮忙还欠债，但是我家那个老爹……"

她第二句话还没发出去，陆远又发来了第二条信息："是回我们的家。"

浴室里突然安静下来，只听得见水声。

"谢谢你提醒我，今天还没有完成打工的任务。"阮秋伶觉得自己应该不卑不亢，她就怕自己误解了陆远的任何一句话，自作多情陷入困境不能自拔。

可屏幕那边的人就像是有读心术一样，新的消息很快又发了过来："嗯，打工的任务，和作为以结婚为前提交往对象的权利。"

"这算什么啊……"阮秋伶突然觉得脸部的血液循环加快，身体里涌起的一股热流和浇在身上的冷洗澡水形成鲜明的对比。这又不是小学生谈恋爱，她为什么光是看个文字信息就这么兴奋？

"阮秋伶，你没事吧？"

"没，我挺好的！"

"哦，我听到你在里面好久没有动静，只听得到水声，还以为你怎么了。"

被江舒俞一语惊醒的阮秋伶恨不得拿脑袋把浴室门撞破。

"一点小事而已，阮秋伶，冷静下来，冷静。就陆远那种木头脑袋，他想表达的一定只是字面的意思……"阮秋伶一个深呼吸，又小心翼翼地掏出手机重新审视了一遍屏幕上的文字。几秒之后，江舒俞再一次听到了宿舍的异响。

"啊……"

"阮秋伶，你到底怎么了？"

江舒俞一个箭步，直接冲到了浴室门口，却听见里面突然传来女生用温柔且字正腔圆的官方措辞描述道："啊，我亲爱的，什么事情都没有发生，就是一不小心，弄伤了我珍贵的移动电话。"

"你这人到底什么毛病。"江舒俞一脸嫌弃地看了眼紧闭的浴室门，"洗个澡不要大惊小怪的，你还真把生活当电视剧演呢？"

"好的，我亲爱的江舒俞。"

"咦，真恶心！"江舒俞揣着一身的鸡皮疙瘩警告她，"给我把'亲爱的'三个字去掉！"

"好的。"

阮秋伶字正腔圆的官方语调，活生生地把活人逼着退开了几米。

知道江舒俞已经不在门外，阮秋伶差点克制不住自己在浴室里跳起来。

"天哪，这竟然是真的！"以阮秋伶高考语文一百多分的阅读能力解读过两遍后，那两条语言平实的短信简直堪比速效救心丸，让她上一秒还死气沉沉的灵魂，瞬间得以点亮。

"如果他是真心实意地要娶我该怎么办呢？

"我是不是要开始面对哪些源源不绝想勾引霸道总裁的女人了，我可以吗？要不干脆转型当个贤内助，反正我的大学专业刚好也是可以帮到他一点……"

短短的几秒，阮秋伶就差把自己和陆远未来儿子叫什么名字都脑补出来了。

陷入爱河的女人仿佛有种超能力，能够将任何没有边际的事情变得可实现。而这种超能力的作用，就是无论她们私下想过多少，面对自己想象中的人，说起话来还滴水不漏。

"好的，我了解了。"阮秋伶做了三次深呼吸，这才下定决心回复了陆远的短信。

别看这只有短短六个字，不比高考的阅读理解简单。首先是"好的"这两个字，明确了自己答应前往的答案，并且微妙地将自己的责任和义务建立在承诺对方的前提上。而后面四个字，通常用于职业内交流，运用在这个地方时，很好地掩盖了某些人内心的波澜。

其实"总裁夫人"这个称呼，对现在的阮秋伶来说，似乎还太早了。

和小说里一掷千金的总裁们截然不同的是，对于重要的事件，小小一个纰漏，就可以让陆远奋斗至今的努力全部白费。

"陆总，这一季度的新产品，设计部已经准备好了。请您过目。"

秘书小姐一路小跑地追上陆远的步伐，陆远按下了蓝牙耳机通话钮，一边回应，一边接过秘书递过来的文件。

"接下来还有什么安排？"

"下午三点约了旗下几个大卖场的店长，他们会汇报上一批公司新产品的预销售情况。公司这一季的新产品也会优先在那几个卖场预售，时间大概为一个小时。"

"接下来呢？"

"接下来还有一个和台湾合作商的会面，昨天已经派人接机，并下榻在公司指定的酒店。他们这次想和我们合作的业务，我昨天把材料给您了，一会儿还会再给您一份简要的材料。"

秘书小姐穿着高跟鞋想跟上成年男性的快步还是有些吃力，清脆的响声落在走廊的大理石地面上颇有节奏感。

"接下来还有……"

"秘书女士，"陆远看完材料，礼貌地打断了秘书小姐的话，"大概的情况我已经了解了，接下来和日本商户的谈话已经取消了，不要让相关的同事熬夜加班了。"

"好，好的。"

"还有一件事。"陆远回到自己的办公桌前，总裁办公室独门独户的地理优势，让他这一个话锋转折和侧身，显得颇为暧昧。

"您……您请说。"就连一向说话流利的职业秘书也不由得紧张起来。

"公司的瓷砖比较滑，平时走快步时最好小心一点。我们没有硬性规定女员工上班时必须穿高跟鞋，而且从人体力学的角度来说，高跟鞋的设计也是十分不科学的，会提高患静脉曲张的概率，也会加大脊椎承受的压力。"陆远的表情突然变得柔和，"只要是在顺利完成工作的前提下，我并不在意你是否必须是踮着脚跟上我。"

接下来开会要用到的谈话材料早就已经提前预习过。陆远点头确认过时间，示意秘书不用继续跟过来。

"好……好的……"反倒是秘书小姐有点手忙脚乱。

秘书小姐也是刚从事秘书行业两年。她不是科班出身，毕业后从酒店服务员开始，到国企、私企的各种秘书，也算得上踏踏实实。

根据她过往的职业生涯，提出各种不同要求的总裁不计其数，让她固定穿着，或者在工作时间之外陪同娱乐的也不在话下。她实在是讨厌对人们点头哈腰时的自己，但是又不得不这样，像现在这样的情况，她反而是第一次遇到。

"您……您慢走……"望着总裁远去的身影，她不知道该说些什么。直到反应过来，才发现自己竟然正做着服务员最常做的姿势。

陆远绝对不是个让人讨厌的家伙，相反，他似乎不太适合当个资本家。

"大概情况我了解，辛苦你们了，接下来要推出的新产品，还希望各位能够多多配合。"

"陆总，您这是说的什么话，我们……这不是应该的吗？"

来开会的店长们年纪比陆远大一些："我们给您做事，心里开心。"

"各位不用刻意奉承我，上一季度的新产品预售情况，公司确实非常满意，这和大家的努力都是分不开的。"陆远不卑不亢，"公司承诺过给大家的福利，也一定会信守，这点请大家放心。"他没有给店长们"羞涩"地提起金钱的机会，就直接把手里的底牌递了出去。

"好的，谢谢陆总。"

"也希望各位在今后的工作中能够继续努力，如果有什么事情想要和我沟通，随时欢迎。就算是关于其他公司的事情，也没关系。"陆远依旧笑着。

"陆总，您这说的是什么话……"几位店长已经听出了陆远话里的意思。

连续几次新产品的成功推出，触动了任氏集团旗下部分公司的利益。任氏家大业大，只要他们愿意，收购区域范围内的任何一家新公司，都不过是上菜市场买棵菜的事。

这对陆远来说并不是什么大事，无论是哪个行业，就算创业成功，都要面对这样的风险。

可好巧不巧的是，偏偏任氏的独生子接手了集团和陆远公司业务重叠的部分。

对于白手起家的CEO（首席执行官）们来说，富二代简直就是这个世界上最让人无可奈何的生物。明明不甘心，却要小心提防。

这边，阮秋伶已经快人一步，以一副外出明星防狗仔的姿态潜入了陆远的公寓。

"果然，这个家伙还没回来！"

明明已经是晚上八点了，房间里空无一人。

阮秋伶长叹一口气："早知道没有人，路上就不想那些迟到要怎么解释的话了。"

"啪"的一声，阮秋伶打开灯，才发现客厅的窗户开得老大，穿堂风把茶几上成沓的资料吹了个天女散花。

看来即使是陆远，也不是什么事情都能做得无懈可击的嘛。

阮秋伶卷起袖子，摆出了一个清扫阿姨的姿势。不过，这样她才能有机会发挥作用，加油！

可惜，事实证明，人要学会量力而行。

半小时后，陆远家客厅的凌乱方式，从天女散花的艺术感，变成了二战后的满目疮痍。

房门被拧开得恰到好处，推开门的男人愣住了。

"陆远，你听我解释……"穿着围裙的阮秋伶努力地将自己代入帮佣的角色，但是整个任务还没开始就直接结束了，"是这样的，我怀疑你家的家具被人施加了魔法或者咒语……"

"哈？"这大概是陆远活到现在，听过的最蠢的"辩解理由"了。

"我已经努力工作了！但是……但是你看，这些东西只是从平摊在地上，变成了堆积在地上，这不是咒语还能是什么？我觉得，我们可以邀请电视台来采访一下，说不定还能因为这种灵异现象一炮而红。"阮秋伶一脸正直，说这些话时都不带停顿的，说明她是胡扯的惯犯。

陆远白手起家，十年的工作经历中，听过无数种敷衍和推辞的借口，但是没有一种像现在这样……可爱。

终于受不了的陆远缓缓伸手，摘掉了阮秋伶鼻子上黏着的碎屑，"我明白了。"

"你……你相信我的话了吗？等等……"阮秋伶没想到事情进展得这么顺利，思考了陆远的行动能力，立刻开始手忙脚乱地在乱成一堆的文件里搜寻着什么，"请电视台来采访前先给我一点时间，我换一身衣服……"

"嗯，好的，你可以先去换衣服。"

说完，他径直向厨房的方向走了过去。

以阮秋伶对陆远的了解，这个家伙向来言出必行。她一个侧身飞速地闪进了陆远给自己安排的房间，想着要在记者来之前弥补点什么。

"天哪，我当时到底是为什么要撒谎？还说得头头是道的……"

回到房间的阮秋伶恨不得把自己捶晕过去，这样起码不用再面对这个忙碌又无情的世界。可是，她想了三十秒，也没想到能立刻晕倒但又不疼的方法。

"陆远应该也看出我是在说谎吧……"

十五分钟后，阮秋伶小心翼翼地推开了一条门缝，传说中的记者大军并没有出现，她反而闻到一股熟悉的饭香。谎言被揭穿的愧疚还没来得及舒缓，饥饿已经瞬间占领了她的意识。

"饿了吗？"陆远一脸平和，顺势摆好手里的餐具，示意她入座。

现在的情形，和阮秋伶最初来陆远家设想的情景天差地别。但饥肠辘辘的人在美味的食物面前，实在是太无助、太渺小。

"你……你不是工作很忙吗？"阮秋伶矜持了不到半分钟，就像过儿童节的孩子一样，欢欢喜喜地迈上了餐桌。

"嗯？"陆远不解。

"既然工作很忙的话，你为什么还会自己下厨呢？"阮秋伶把饭菜塞得满嘴都是，"通常来说，老板们不是都有专属厨师或者……嗝……"

陆远笑笑，将手边的水杯递了过去，突然反问道："你知道对于我来说，吃饭意味着什么吗？"

"啊？家庭，团聚？"阮秋伶上一次遇到这个问题，好像还是在初中的语文课堂上。没想到这种时刻竟然会突然插入一堂政治课。要知道，她问刚才的那个问题纯属好奇。

不过很可惜，阮秋伶猜得不对，陆远不是那种有一堆大道理的人。

"意味着放松。"陆远似乎有很多话想说，但最终只是浅浅地笑，"对我来说，这更像是种解脱。"

饭，能让人联想到的，更多是阖家团聚之类的欢乐词汇，为什么陆远会说是解脱呢？

阮秋伶小心翼翼地吞下嘴里的食物，并用余光在陆远的脸上扫了几次，她好像确实没有听过他提起家人。

他，有家人吗？

陆远没什么胃口，西式摆盘里装饰画一样的食物分量，没有减少多少。自己吃不是他的主要目的，相比自己吃，他更乐于将美味分享给同桌吃饭的人。

"怎么样？"

突然问她怎么样……

阮秋伶这回不敢乱说话了，仔细思考了几秒，才认真回答："还不错，不过比我做的要差那么一点。"

"哦？"陆远脸上的笑意更浓了，不过他没有反驳，当然，也没认同。

"是真的！我做起饭来，你是没有见过……"阮秋伶死要面子。

"希望我能有吃到的运气。"

手机提示音不合时宜地响起，陆远脸上的笑意瞬间消散，取而代之的是往常那种严肃冷漠的表情："什么事？"

"陆总，我刚刚接到消息，任氏也会在我们新品发布会的同一时刻发布他们的年度新品。"

"好的，我明白了。"陆远注意到阮秋伶好奇的目光，示意秘书小姐暂时安静，然后快步走向了自己的书房。

这分明是在避嫌。虽然这样的行为无可厚非，可阮秋伶还是有种不被信任的感觉。

"任氏？难道就是……"阮秋伶立刻联想到了某张阳光灿烂的脸，他前不久才出现在八卦党们津津乐道的故事里。

"难道真的像她们所说的……不行，我得赶紧再确认一次。"阮秋伶当然不是那种挥挥手就能在几分钟内得到别人的全部资料的角色，好在信息时代名人们的资料都比较透明。她打开搜索框，输入"任平生"三个字，点确认。网页上飞快弹出的个人简介和资料说明上贴着的，分明就是那张每天喊着"美人鱼小姐"的脸。

"竟然是真的……"阮秋伶举着手机的手不由自主地颤抖起来，"为什么是他？他接近我是有意而为的吗？"

更让阮秋伶没法移开视线的，是相关搜索里推荐的"任氏集团新品发布会"最新消息。

"任氏集团新品发布叫板国民老公陆远，陆老公或陷入信任危机。"

"任氏集团新品发布受国内多家媒体看好，或压制同类企业的发展。"

"任氏新品发布，难道是和这个男人有关？"

　　不要脸的自媒体标题起得一个比一个劲爆，阮秋伶粗略地扫了一遍，才了解到，在任氏集团斥资进入市场之前，市场占有比例最高的是陆远的公司，其中能够维持陆远公司高人气和神话传说的秘诀，就是公司每两年一次的新品发布会。

　　阮秋伶立刻感觉到了某种熟悉的套路，联想到最近任平生对于自己的热情，她眉头一皱，感觉事情并不简单。

　　以陆远公司的市场占有率来说，任氏集团分部必须有个更劲爆的事件，来增加自己的曝光率，才不至于一败涂地。

　　而按照言情小说的发展，此时应该女主角闪亮登场，搅乱发布会，顺便被强行宣布和总裁大人的婚约。不过，她伸手摸了摸自己刚才滴在胸前的油渍，奉劝自己最好还是尊重现实。

　　生活毕竟不是故事，没有那么多冲突和转折，也没有那么多机缘巧合。任氏这场发布会刚好与陆远公司在同一档期，如果这不是巧合，就一定是有人故意安排的。任氏想做一个大新闻，可就当前市场的风向，他们该怎么保障这次发布会的曝光率呢？

　　算了，算了！她还是先刷碗吧！反正这种事也轮不到自己考虑，公司的老大是陆远，又不是她阮秋伶。阮秋伶站起身，决定为挽回自己的名声再努力一次，不能再被陆远当成一无是处的寄生虫了。

　　"阮秋伶……"

　　"嗯？"

　　阮秋伶转过身，才发现陆远正斜靠在书房的门口："你只要做你擅长的事就好了。"

　　"没事，我很擅长做家务的！"不服输的某人端起叠在一起的瓷碟，想加快手里的速度，不给对方劝阻的余地。可事实证明，平衡感不好的人，最好还是放弃一边端盘子，一边秀技术的想法。

"啪"的一声，撞击之后接连好几声，最后连成了"哗啦啦"的一连串响声。

陆远并不惊慌，这一连串的小插曲甚至没改变他的面部表情："没关系，放在那里吧。"

陆远站直身体，向前走几步，然后将茶几上的资料收拾走，又回头瞥了眼惊慌失措地跪坐在地板上的"钟点工"，温和地说："离碎片远一点，不要弄伤自己。"

"好……好的。"

阮秋伶没想到，现实生活里也会出现一个盘子滑走，她伸手去扶，结果一整摞盘子失去重心掉在地上的情况。一分钟前她还自信满满地扶着叠得和自己差不多高的瓷器制品，现在却只剩下手心里紧紧攥着的唯一一个。

难道这就是传说中的，一无是处吗？

阮秋伶深受打击。

作为资深霸道总裁类小说读者的阮秋伶曾经思考过一个问题：为什么青年才俊的总裁们，总会恰好爱上一无是处的女主角？

她很快又推翻了自己的假设，因为她发现，绝大多数小说的女主并非一无是处，而是多少在事业或家庭上都能对总裁们有所帮助。

那陆远要和自己结婚，又有什么必备的原因和条件吗，难道自己是传说中豪门流落到人间的私生女？

阮秋伶一想到自己老爹欠下的外债，以及自己被迫和债主结婚的蠢事，如果她真有豪门血统，陆远难道是自己的……亲哥哥？

不不不，她才不可能有这种哥哥！

想了想陆远那面瘫脸，阮秋伶飞快地否定了自己的第一条猜想。

再难道，自己其实是世界顶尖的天才，未来能够在事业上给予陆总裁很大的帮助，最后两人携手创造辉煌？考虑到自己金融专业的几门主课都差点挂科，阮秋伶同样飞快地否认了这条想法。

糟了。确认过自己是真的一无是处以后，阮秋伶竟然产生了某种焦虑感。

"这样的我，陆远到底为什么喜欢，难道陆远是个瞎子吗？他那么有钱,万一有一天治好眼疾,不就是我卷铺盖滚蛋的日子了吗？"

可是，阮秋伶还没意识到，如果平时大大咧咧的女孩突然变得心思缜密，多半是爱情降临的表象。在她还没意识到的某个时刻,"陆远"这个词，已经成了足以影响她情绪的咒语。

·第六章·

穷人暴富也还是在气质上输了一截

"陆先生，您好，上次您委托的食物样本检测出来了。"

陆远挑了挑眉，示意面前的人继续说。

"和预想的一样，确实是食物大肠杆菌超标。对于这种情况，我们认为是人为因素。不过……"

"不过什么？"

"我还需要更多的资料，来做进一步的确认。"

陆远眉头紧锁："好吧。我给你三天时间，足够吗？"

"这……"

陆远抬抬手，还没等面前的人提出异议，他就单方面终止了谈话："辛苦你了，尽快吧。"

陆远不傻，就算工作再忙，身边人遭遇了什么，他还是能感知一二的。可惜由于前段时间他对江浩的过度压迫，导致江医生最近几乎已经处于人间蒸发的状态。

"大肠杆菌吗？确实是很高明的手法。"陆远心里已经有了人选，可他必须掌握更加确凿的证据。

"接下来应该怎么做呢？"陆远小声言语，唇边竟然染上了一抹不显眼的悲伤。桌子旁第一个上锁的抽屉，资料又增加了一张，里面满满当当都是某个女大学生的个人信息。

阮秋伶像国内绝大多数在及格线徘徊的大学生一样，一觉睡醒时，已经接近午餐时刻了。十几二十岁的大好年华，绝大多数被浪费在睡觉上。

"又到周四了，伟大的大学生活，又迎来了没课的一天！"阮秋伶根本不准备上进，想到当前的安逸，她甚至还准备在床单上继续打几个滚。

不对！她第一个懒腰还没伸完，又想到了正事。

阮秋伶蹑手蹑脚地从卧室转移到客厅，确认了几遍，才肯定房间里空无一人。确定了陆远不在后，阮秋伶甩掉鞋子，顺势倒在沙发上打了个滚。

"陆远这个家伙，就是麻烦，一天到晚就知道工作工作的，偶尔不工作的时候，爱好竟然是做饭，这根本就不是总裁该做的事情！"阮秋伶叉着腰，在沙发上坐直。她想继续追加几句对陆远的评价，才发现自己除了多吃了几口他做的饭，对于他本人的了解，她其实就和外面叫着"陆远老公"的粉丝们差不多。

是啊，这样的自己，到底有什么闪光点让人心动呢？

阮秋伶松了口气，手边突然摸到了个类似纸张的东西，就在沙发的间隙里。

"没想到陆远这个人表面一丝不苟，偶尔还是会弄丢东西，不过真可惜，不是把钱夹在沙发里弄丢了……"

阮秋伶小心翼翼地扯出白纸的一个角，这才发现，自己手里握着的东西，竟然足以掌握陆远公司下半年的命运。

正是陆远公司即将发布的新品资料。

什么霸道总裁？哼，她就把这藏起来，等着他来找，然后再突然掏出来吓他一跳。

阮秋伶心生一计，这样刚好报了陆远经常看自己笑话的仇。

可是阮秋伶没有发现，信息时代，能够获取别人动态的方式远远不限制于本人亲自监视。白色的摄像头就安装在华丽灯饰旁边，此时，透过摄像头，发生过的一切已经被转码储存。

陆远并不傻，偶尔还高明得可怕。

收获了重要道具的阮秋伶心情大好，反正现在闲着也是闲着，不如上街体验一下生活？她摸了摸包包里的银行卡，心里生出一种富裕的错觉。

以前出门逛街，看到喜欢的衣服饰品总会有囊中羞涩的情况，可是，现在不一样了！

"欢迎光临！"

阮秋伶昂首挺胸地迈进了一家专卖店，腰板挺得比大学军训时还要直。

"小姐，这是我们店里这个季度的新款，您要不要看看？"销售员的眼睛扫视着客人，礼貌地开始推荐。

"好是好，可是这个款式我不是很喜欢，而且像这种布料，会不会洗几次就破了？你看这边的标签。"阮秋伶装作行家仔细地观察后，用手指着衣服上的一排清洗标志提出了疑问，"不可手洗，不可干洗，不可机洗，那么这个衣服到底应该怎么洗呢？"

"小姐，我们这个品牌的衣服，基本没有考虑过清洗的问题。"

"什么意思？"阮秋伶愣在原地。

销售员的脸部表情还是和阮秋伶刚进门时一样，不过肢体动作已经透露出她想要尽快结束这次工作的态度："有能力购买我们品牌服装的女士，一般不会考虑服装的多次清洗和使用。"

"你们店是正品吗？我还是第一次听说有衣服是买了不能洗的。"

销售员并没有回答，而是保持着礼貌的微笑，在下一位客人推门时选择了暂时离开阮秋伶。

虽然对品牌耳熟能详，可就算老爹没有负债，按照自己以前的家底，阮秋伶也是消费不起这种商品的。她扫兴地翻了翻商品标签，后面一连串的零还是给予了她不小的震撼。可是现在她的口袋里也不是没有钱啊！

不行，我不能再这么胆小了，我要像个名媛一样优雅！

阮秋伶暗下决心，即使销售员不理不睬，也要买上一件喜欢的衣服，从此迈出她向上流社会前进的第一步。

"这边的货架，和我没买过的新品，有什么是可以向我推荐的吗？"商店的新客人有种熟练的感觉，她几乎没在意服饰的标签，只是单纯凭喜好选择。

"有的，小姐。"刚才还只是职业微笑的销售员瞬间变了神色，整个人都殷勤起来，举着刚才向阮秋伶推销过的那件衣服，凑到了新客人面前，"小姐，还有这款新品，全店只有一件，您要不要看看？"

"好是好，可是这个款式我不是很喜欢，而且像这种布料……这种低级的布料，就不要拿到我面前了。"她皱着眉，像是躲避脏东西一样，嫌弃地看了销售员一眼。

"不好意思，那您看看，这里有没有您喜欢的。"明明遭受了侮辱，销售员却像没事发生一样，反而黏得更紧了。

"什么人啊？真不懂礼貌。"阮秋伶瞥了一眼，见新客人朝着自己所在的方向走来，瞬间收回了目光，佯装打量起自己眼前的衣服。

虽然贵，但是这个品牌的设计还是让人眼睛一亮。阮秋伶抱着随便看看的心情，竟然从衣架上取下来一套华美的小礼服。这件衣服真的很漂亮，虽然不是今年流行的款式，但是别致的设计，让它显得格外独特。

"不好意思，请问试衣间在什么地方？"阮秋伶如获至宝般捧着衣服，转身却对上了一张冷冰冰的脸。

"小姐，不好意思，我们今天不提供试穿服务，试衣间已经被占用了。"

"不试穿我怎么判断这件衣服是否合适？把一件不合适的衣服买回去，压在箱底，是对衣服的不尊重。"

阮秋伶话才说完，销售小姐差点笑了出来："女士，您可真有意思。不过您要是只看看，我还是建议您到几条街外的服装批发市场，那边的款式可能更适合您。"

这不是明摆着看不起人吗？阮秋伶刚才还替被羞辱的销售小姐打抱不平，现在才看清，这个服装店歧视链最底端的正是自己。

"你……"

"这件衣服倒是不错。"

阮秋伶话还没说完，手里的衣服就被销售小姐直接抢了过去。销售小姐毕恭毕敬地将抢过来的衣服举到那位客人面前："小姐，您可真有眼光，这件衣服，我们店里也只有一件。"

"不好意思，"阮秋伶忍让再三，终于忍不住了，"这件衣服是我先看到的。"

"所以呢？"另一位客人满脸笑意，安静平和的表情，配上唯我独尊的语气，让人倍感讨厌，"你和我一样很有眼光，感谢你替我把这件衣服挑出来。"

"来，拿去。"她稍稍抬起右手，两只手指夹着一张金色的卡片，销售小姐的眼睛瞬间亮了起来。

"好的，小姐！"

"喂，这明明是……"

不等阮秋伶再发话，销售小姐就熟练地将衣服打包好，递到了客人的手上："小姐，已经给您装好了。还有什么需要的吗？"

客人傲慢地扫视衣架，目光落在阮秋伶身上，眼神又多了一丝轻蔑："算了吧，我对什么人都能进的店铺里销售的衣服，没什么太大的信心。"

销售小姐脸上仍挂着职业微笑，阮秋伶却感觉脚底像长了一千根针。

要买吗？如果用陆远给她的这张卡，她随便买个三五件肯定不成问题，可……

阮秋伶定在原地，另一名客人也不多说，高跟鞋踩在地板上发出清脆的声音，仿佛连离开时的优雅姿态，都在讽刺她这位试图伪装名媛的贫民窟女孩。

贫穷算是一种罪行吗？应该是吧。

阮秋伶悻悻地离开服装店，再没有心情去体验其他五光十色的生活。她坐在咖啡店里，看着窗外来来往往的人流，心里极不是滋味。

"嘿！这么巧啊，美人鱼小姐，我们又见面了！"熟悉的声音再度响起，这种轻快的语调，刚好安抚了低落少女的心。

"任学长……"阮秋伶刚要开心，又想起了眼前人畜无害的男人，其实是任氏集团的继承人，孤单感在胸口肆无忌惮地生出，"真巧，怎么会在这里遇到你？"

阮秋伶说完后半句话，整个人就像一只泄了气的皮球。

任平生察觉到阮秋伶冷漠的语气，却一点也没有受打击的样子，而是自然地坐在了离她较近的位置。

"不巧啊，我是看到你才过来的。"任平生笑了笑，挥手示意侍者再端来些东西。

"看到我，什么时候？"阮秋伶振作了一秒。

"嗯……从你选那件漂亮衣服的时候开始吧。"任平生哪壶不开提哪壶，"哈哈，别这样，看你现在的样子，你觉不觉得你自己有点……可爱？"

阮秋伶无论如何也想不到，自己这副深受打击的样子，怎么会和可爱联系在一起？可偏偏是这样没有根据的话，最容易打动女孩子的心。虽然虚伪，但是受用。

"来，这个送给你，是惊喜哦！"任平生将随身的手袋从桌子下面提上来。

阮秋伶轻轻地扫过纸袋上的品牌标志，只觉得眼前豁然开朗。

"你是怎么弄到这个的？"

"怎么弄？为什么要弄呢，正大光明地买下来不就可以了吗？"

"刚才我进的那家店，难道是你家开的吗？"有了陆远送手机时的教训，阮秋伶小心翼翼地试探。

"不是。"

"那刚才的销售小姐，私藏了另外一件？"

"也不是。"

任平生笑得非常好看，用银勺子搅拌着咖啡杯："我直接找到刚才买下这件衣服的女性，出了五倍的价格，就从她那里买到了这件衣服！特别简单呢！"

五倍的价格！要不是阮秋伶这几天已经经受了太多风浪，这会儿咖啡就要喷在帅气的富二代脸上了。

"可是这件衣服根本不值那么高的价格啊！"阮秋伶按捺住自己内心的冲动，尽量用简洁平实的语言将最真实的想法表达出来。

"价值，具体应该怎么衡量呢？"任平生不说话了，垂着眼睑，目光落到自己搅拌咖啡的勺子上，"如果按照布匹的成本或者服装的实用性质，这件衣服和所谓的地摊货并没有本质区别。"

"可是奢侈品就是昂贵的呀，设计和灵感，应该才是这件衣服的价值所在吧。"阮秋伶按照自己的理解做出了解释。

任平生只是笑着摇摇头："美人鱼小姐，你说的因素，只是它价格高昂的一个原因。"

阮秋伶定定地望向任平生，下午的光线很美，年轻的男人握着咖啡杯的样子，就像一幅油画。

"这件衣服价格高昂的原因，其实远在天边，近在眼前。"他的声音越来越低，目光温柔地落在阮秋伶的脸上，"因为你呀，阮秋伶，因为你的关注和喜爱，才使得它身价倍增。而我很幸运，只是花了五倍的价格，就使你的目光也落在了我的身上。"

四目相对的一瞬，阮秋伶的心跳猛然加速到了每秒一百三。

这……这不可能！他……他该不会对她……

阮秋伶也不知道自己到底是中了什么魔法，就连搅拌咖啡的小勺子都握不稳了。

可任平生什么也没再说，只是礼貌性地笑了笑，好像刚才的一番情深意切，只是昙花一现。

"我很抱歉，"任平生垂着眼，"对你说了这些很不负责任的话，如果可以的话，能把它作为我们之间的小秘密吗？作为报答，我这边也有一些东西，你可能会感兴趣……"

"东西？"阮秋伶看着任平生从手袋里抽出两张纸。

"恕我冒昧，上一次约会，我就感觉到阮小姐身体似乎不佳，于是擅自打听了你的事……"

"你都打听到了什么？"阮秋伶强装镇定地喝一口咖啡，手抖的频率却将自己的情绪暴露给了对方。

"嗯，如果我说，差不多全部呢？"

"全……全部？"

"嗯……"任平生将资料递给她，"也不完全是你的问题啦。其实我在调查你的时候，也发现了一些小秘密，也许你会感兴趣呢。"

"小秘密？"阮秋伶接过资料，才发现是两张实验室的检验报告，内容是关于鱼肉样本细菌指标的，送检人写着一个阮秋伶从没有听过的女性名字。

"这是……"

"我这样说，阮小姐您可能不太好理解，但是根据研究犯罪心理课题来看，在罪行实施成功后又回到罪案现场，观察自己的整个计划，能够极大地为犯罪分子带来心灵上的快感。"

"可……可就算是被人故意设计，为什么对方要针对我这样一个普通的女学生呢？还这样大费周章……"阮秋伶在第一时间提出了猜测。如果真的是罪犯回到犯罪现场观察，自己的人生轨迹和叫这个名字的女性根本毫无交集，她为什么要平白无故地陷害自己呢？

任平生表情有点严肃，手指落在了那个名字上面："阮小姐可能还不知道吧，我认识一个人，刚好也叫这个名字。"

任平生点出手机里的新闻消息，今日头条配图是一张陆远在产品发布会的现场照，而跟在陆远身后还有一位女性："这位是陆远先生的秘书小姐，我和她有过一面之缘，巧合的是，她刚好就是这份检查报告的委托人。"

"什么？"阮秋伶只觉得"轰隆"一声，整个脑子瞬间被塞满了数量庞大的信息。如果陷害自己的是陆远的秘书，那对方为什么要这样做呢？难道是因为争风吃醋，还是因为别的什么？

"也许你不愿意接受，但是作为同学和朋友，我不得不对你提出一个猜想，像她这么敬业的秘书，如果不是遵照老板的吩咐，又怎么会……"

"你到底想说什么？"

一片黑压压的云刚好挡住了下午正在势头上的太阳。

"我想说的很简单。阮小姐，或者几个月后，将成为陆夫人，这对于我来说，是极其遗憾的事情。不仅仅是遗憾无法和你肆无忌惮地相见，也遗憾你最终不过是资本家计划中的一环。"任平生的眼睛闪闪发亮，透着一股生意人独有的精明，"阮小姐，你也许听说过很多关于我的事情，我是一个女权主义者，一向反对男性将婚姻作为交易，剥夺女性选择和决定的权利。"

阮秋伶的思维根本没跟上任平生的话题，她目光呆滞地从咖啡杯转移到了他的脸上。

"你的人生明明可以自己做主，你想要什么、能够成为什么、和谁谈一场恋爱，这些都是属于你自己的权利。就算对方是一家大公司的总裁，你也没必要对他卑躬屈膝。"

"卑躬屈膝？"阮秋伶迟钝地想了想，在公寓的时候，分明是陆远跪坐着收拾地板的次数多一点。

可是，作为一名经验丰富的谈判专家，任平生最擅长的是在诱导之后不给对方留出充分思考的时间，这样才能达到他的目的。

"怎么样？和我做个交易吧。"铺垫结束，任平生抛出自己按捺已久的话题，一脸志在必得的表情。他先是阐述事实，随后用看似正确的大道理进行诱导，最后在对方迷茫时抛出一个完美的解决方案。他虽然不是个出色的商人，但善于揣测人的心理。

"什么交易？"阮秋伶的手指不自觉地互相揉搓着。她觉得任平生刚才那番话好像是对的，但是自己的情况好像又和那些在爱情中失去自我的可怜女人有些不同。

"这件事情对于你来说很简单。"任平生凑得更近了一点，压低声音，语气里带着点慵懒和魅惑，"我想要陆远书桌抽屉里有蓝色封条的信封，那是他为了抢占市场，从我这边拿走的重要资料。你帮我拿回来，好吗？"

恶性竞争、洗脑、剥夺女性权利，阮秋伶使劲想了半天，把任平生评价陆远的话概括了一下，即使她自己也不确定，这些冠冕堂皇的词到底意味着什么。

"我凭什么要帮你？"

"阮小姐，面对共同的目标，我认为我们有足够的理由结为同盟。"任平生不卑不亢地说，既没有挑唆，也没有刻意威胁，语气正直得可怕，"不仅是因为这个，阮小姐，在此之前难道你就没有好奇过，为什么陆先生每次都能刚好出现在你需要的时候吗？"

又被猜中了。

"你到底还知道多少？"

"知道？没有，我只是有些照片，可能你会感兴趣。"

任平生的眼睛闪闪发亮，狡黠得就像一只猫咪。他不慌不忙地掏出一沓风景照，略带遗憾地表示，"我原本只是想要记录些校园风情，没想到好像拍到了阮小姐的熟人。之前碍于情面，我一直没办法，也没机会说出来，今天正巧阮小姐有时间……"

那一沓照片，对焦有些巧妙，正好能够看清楚鬼鬼祟祟躲在操场偷拍的男人，正是某私立医院风光无限的科室主任——江浩。

秘书、江浩，还有一堆莫名其妙的巧合。如果这不是刻意安排，那实在无法解释。

阮秋伶不知道怎么的，接过照片的手抖得更厉害了。她强装镇定，转念一想，如果陆远真的在监视自己，那么自己现在和任平生的谈话，应该也是危险的。

　　"阮小姐是在担心，我们会不会正在被监视吧？"任平生就像会读心术一样，"这点阮小姐放心好了，经过我刚才的观察，目前为止，我们的隐私应该还是受到保护的。这不仅是对于你，也是对于我自己。毕竟，我和陆先生也是商业对手，这也是我需要你的帮助的原因。"

　　"你准备怎么做，你想要我怎么做？"阮秋伶连珠炮般追问，分明是自乱阵脚了。

　　"很简单，我只是想事先了解一下陆远的撒手锏。作为商业竞争对手，这很好理解吧？知道陆远的公司要推出什么新产品，我们这边才好应对。这样既可以防止我们公司败于这场商业竞争，又不会对陆远造成太大的影响。何况，只要你不说，我不说，谁知道这件事情和你有关呢？"

　　阮秋伶越是慌乱，任平生就越是心平气和。下午茶的时候，商业街上的人并不多，阮秋伶皱着眉头，不知道自己下一步到底应该怎么做。

　　"阮小姐，我的联系方式你还有吧？希望稍后我能收到你的答复。"

　　任平生后退一步，给了阮秋伶充足的考虑时间。这和陆远突如其来的"结婚请求"相比，更突出了任平生对当事人的尊重。不得不承认，意识到这一点，只会让阮秋伶陷入更加迷茫的处境。她收拾好手提袋开始往回走，但她像是失去了灵魂的布偶，每走一步都不知道是对还是错。

　　其实，人只要过了某个时间点，生命就不再是考卷上单纯的选择和判断题。余下的日子更像是主观性的简答，没人知道什么才是满分答案，也找不到参考，能够对照着让生命变得更好。所有的一切，从那时开始，就完全只能依赖自己。

离开谈话现场的阮秋伶，仿佛被抽空了灵魂的幽灵。

"任总，刚才董事会打电话来说……"

任平生回到车上，一脸招牌式的微笑仿佛被人按下了暂停键，性感火辣的秘书小姐立刻凑了上来。相较之下，座位角落里怯懦地缩着的女人，反而显得有些底气不足。

任平生的视线从座位上扫过，脸上露出了一丝不屑神色："她在这儿做什么？"

"任总，这是刚才请的演员，她一直不走，说有重要的事情想见见您，我怕她四处走动露馅，就让她先留在车上了。"秘书小姐显然老练很多，这边才轻言细语地解释完，转眼又换了个语调，"劳务费一会儿会打到你的卡上，没什么事的话，最近都不要乱走，明白吗？"

"知道，知道，您放心。"几小时前还在某知名服装店里趾高气扬的女子，此刻对秘书竟然有些巴结的态度，"以后还有什么是我可以帮忙的，您请尽管吩咐，这是我的联系方式。"

秘书小姐对于女子积极套近乎的态度十分不满，却无奈当着领导的面不便发作，只好伸手将她双手捧着送上的卡片抽走："再有什么需要的，我会通知你的经纪人。刚才我已经叫过司机了，一会儿会有人负责送你回去。"

话说到这个份上，她再纠缠也显得无趣了。女子见状，只好讪讪地缩回手，下车，然后眼巴巴望着发亮的轿车绝尘而去。

要爬上任平生的车，也不是人人都行。

从小到大这样的人见识得多了，任平生早已习以为常。可车后座里的气压越来越低，自从他上了车，就没再说过一句话。

"刚才的演员不识抬举，任总别往心里去。"秘书小姐察觉到任平生不太对劲，赶紧打了个圆场。她身材很好，很懂得怎么最大限度地发挥女人自身的魅力。

"嗯。"可惜任平生一副爱理不理的表情。

"产品部门这周交的文件，您要亲自过目吗？"秘书小姐只好抛出工作这块挡箭牌。虽然说这份文件在这种时候拿出来无疑是火上浇油。

"产品研发部门三个月就做出来这么点效果？"任平生毫无悬念地愤怒起来。

"任总，研发这种事情，三个月来说实在是太短了，何况公司提出的要求……"

"我不听借口。"任平生目不斜视地直盯着前方，把手里的文件甩回了秘书小姐手里，"我要看的只有成果，不管过程什么样，你只需要告诉我行或者不行。"

这种情况下，说不行，绝对马上就被开除了吧？

秘书小姐仅用了几秒钟，就察觉到了任平生话里的陷阱。她对这个空降的"小总裁"本身就没什么好感，只是凭着职业操守和总裁钦点的光环，不想自己的工作出任何差错："好的，任总，我一会儿再和产品研发部沟通，三天之内，给您一个准确的答案。"

"今晚。"任平生闭着眼睛，眉头紧紧地锁在一起，"我今晚就要答案。"

"那……那个女人的事……"

"她的事情用不着你管。"任平生的语调突然变低，"还有，不许再在我面前用'女人'这种代词称呼她。"

天色渐渐变暗，阮秋伶忘记自己是怎么回到公寓的了。

明明，和他说的不一样……

阮秋伶变得清醒了一点，开始客观地回忆自己和陆远的相遇、发展，以及现在。可等她清醒过来，脑海中反而出现更大的疑虑，她一直想不明白，为什么陆远会突然要和自己结婚？

阴谋，还是说他看中了她的才华？

阮秋伶谨慎地思考了三秒，就果断地否定了自己假设的后一种可能。就连收拾房间都输给陆远的她，没什么能让人一眼就发现的才华吧？

可她一没身材，二没学历，虽然是经济专业，但是专业课一直以来一塌糊涂，就算要辅佐商业巨鳄，怎么都轮不到自己吧？

阮秋伶越想越觉得不对劲，甚至开始怀疑自己。如果所有的假设都不成立，那就只有一个理由可以说明陆远求婚的原因了。

阮秋伶皱着眉头，把手机里所有的总裁小说整理归类，脑海里竟然凭空冒出了"爱情"两个字。

爱情，这几乎是所有总裁小说里提到最多，也是最难以理解的词。霸道多金的男主角，总是能轻而易举地甩出"我爱你"这种话，可从没有人真正解答过，爱情到底是个什么东西。

阮秋伶进了房间，按下电源的开关，但不知道为什么，电没有通。她像个泄了气的皮球瘫软在沙发上。总不可能是因为爱情吧？阮秋伶第一次陷入了这样的困境，似乎无论再翻阅多少自己曾经奉为恋爱圣经的小说，也找不到答案。

爱到底是什么，有什么表现呢，在什么情况下才能产生呢？

迷茫的阮秋伶在沙发上翻了个身，指尖从手机屏幕左边滑到右边，又若无其事地落在了手机联系人中陆远的名字上。

自己是从什么时候开始注意他的呢？

阮秋伶想不出来，只是明明记得最开始，自己根本就不相信，世界上居然还有陆远这样的男人。

手机突然响了，打断人思绪的，往往都是令人不快的消息。

江舒俞——阮秋伶看清楚来电显示的人名，手指下意识地就往挂断的按钮滑过去。

八成没有什么好事，不接，不接！

阮秋伶明明准备挂断电话，却因害死人的习惯动作点了接通。

"喂，阮秋伶吗？我特意来提醒你，下周要交的职业规划作业，你做完了没有？"电话那边传来了江舒俞的声音。

"作业？我觉得'作业'这种小儿科的词汇，就应该直接从大学课程中剔除。"阮秋伶义正词严地说，"中国式的教育，不就只是在机械地制造做作业的机器吗？只会解题的人是不会被这个社会所需要的！"

"嗯，没错啊，所以大学的作业一般不是解题……等等，你大几了，该不会一次作业都没有自己交过吧？"

被说中了。

为了避免江舒俞继续揭穿自己的老底，阮秋伶赶紧放下伤春悲秋，开始就事论事地说："作业是吧？对了对了，多谢你提醒我，方便的话能再告诉我一下是什么作业吗？最近学校的事情太多，我有点记不清楚了……"

"学校的事情太多？"远在女生宿舍的江舒俞抬头看一眼阮秋伶都快被蜘蛛结网的单人床，继续一脸平静地说完剩下的内容，"很简单，就是一份关于自己未来职业规划的说明书，你要是愿意的话直接做一份简历也行。下周二之前交给学委，这次会影响学分的，你最好慎重一点。"

"唉，什么职业规划啊……"阮秋伶挂掉电话，整个人都僵硬起来。仔细想想，自己活到现在最大的计划就是嫁给霸道总裁，从此走上锦衣玉食的人生巅峰啊。可要是把嫁给总裁这种真心话写到报告里，下个学期她绝对要重修吧？

在掂量毕业证书和眼前的苟且后，阮秋伶还是决定，坚定地做个说谎的大人。

陆远的公寓位置很高，尤其是不开灯的时候，总让人感觉自己距离星空很近。阮秋伶躺在沙发上翻了个身，抬起手，自言自语道："可惜这里不是玻璃的天花板，不然就可以直接看到星星了……"

"啪！"

沉迷想象的阮秋伶还在沙发上辗转反侧，房间突然亮了起来。

"为什么不开灯？"陆远今天的西装上都是折痕，一副狼狈的样子。他一边用左手食指拉松领带，一边看向了房门敞开的书房。

"啊，啊，是因为我突然发现房间的灯光太亮了，想要节约用电。"阮秋伶仓促地从沙发上爬起来，毕竟她还给自己揽了一个小时工的工作。上班时间在雇主的沙发上打滚，多不成体统啊！

"嗯……节约用电，听起来不错，起码比记者采访要好一点。"陆远说得风轻云淡，阮秋伶却感觉脸上一阵红一阵白。

他知道自己在说谎。

阮秋伶不再说话，看着陆远从容地放下公文包，站在书房不远处犹豫了一秒，还是大步拐向了厨房。

陆远的冰箱里每次都会被塞得满满当当的。阮秋伶一开始也怀疑，这世界上是不是真的有魔法，直到被江浩提醒，才知道世界上还有种每周来雇主的房子里清理一次的阿姨。果然，有钱才是这个世界上最厉害的魔法。

闻着厨房里传来的香味，阮秋伶暗自下了决心。

"喂，陆远，我可以请教你一个问题吗？"

"阿姨每个星期都会过来，为冰箱增添新鲜的食材……"

"不是做饭的事情啦！"

"嗯？"陆远放下手里的筷子，眼神温柔地落到阮秋伶身上，等待着她说完后面的话。

"是关于我自己的事情，我……"阮秋伶有些不好意思，"你二十岁的时候，在做些什么呢？"

"想听实话吗？"陆远垂着眼。

"嗯！"阮秋伶内心打着小算盘。

"我二十岁的时候，在工地搬砖。"

"什么？"阮秋伶正脑补陆远刚成为业务员，西装革履的样子，没想到陆远倒好，一瞬间强行扭转了阮秋伶脑海里画面的画风，"搬……搬砖？"

"嗯。"陆远脸上带着笑意，"准确地说，是二十岁的每个晚上，我都在工地搬砖。我说的是真的，那时候我跟随的前辈从事建筑行业，我白天的时候作为工程师辅助他工作，晚上的时候就和工人们住在一起。"

"那一定很辛苦吧？"阮秋伶小心翼翼地问，她可不准备套出总裁大人的悲惨往事。

"辛苦？并没有。"陆远拧着特制的叉子，打开了餐盘上法国蜗牛的壳，"那是我二十岁时最快乐的时光，每天晚上忙完工作，可以脏兮兮地抬起头，看看天。"

"我有些……没法理解你了。"

"嗯？"

"你不是总裁吗？总裁的二十岁，怎么可能是这样的？"

"那总裁的二十岁应该是什么样子呢？"陆远并没有生气，反而饶有兴致地放下手中的餐具，"你能告诉我吗？"

"这……明明你才是当事人啊。"

既然被问到，阮秋伶也不好推托，刚好她对于"总裁的成长历程"，也算是颇有研究。

"正常来说，一个霸道总裁，在他年轻的时候，肯定就已经表现出了不同于寻常人的特质！"

陆远没有说话，只是微笑着等阮秋伶继续为自己科普"正常总裁的成长历程"。

"这样说吧，十几岁时就小有名气，到了二十岁，顺理成章地继承父母或者亲戚的一笔巨额财产，用作第一次创业的资金，而这样的创业肯定会一次成功的。直到二十五岁之前，他所有的人生历程都是一帆风顺的，这就算是总裁的初步成长了！"阮秋伶综合自己看过的若干本总裁小说，对这些套路简直如数家珍。

"听起来很不错，才华确实是值得炫耀的资本。"

"是吧？"谈到霸道总裁的话题，阮秋伶总是忍不住眉飞色舞，即便坐在她面前的就是活生生的总裁。

"但是一帆风顺的人生经历，肯定没办法给总裁大人磨炼，这样的总裁很难有霸道的属性。"

"为什么一定要霸道呢？"陆远好奇地问。

"霸道才是总裁的点睛之笔！"阮秋伶一副深谙其道的样子，"不霸道的总裁根本就没有被写进故事里流传千古的价值！好啦，不要打断我！到了二十五岁，总裁就差不多要开始经历挫折了。首先可以经历一个事业上的打击，比如公司突然发生危机，或者女主角突然出现在他的生活里。"

陆远一脸宠溺地笑着，看着餐桌对面神采飞扬的女孩，伸手为她打开了一瓶橙汁。

"总裁的故事就是从这里开始，才进入了精彩的部分。"阮秋伶一本正经地说，资深教师般自信，"他应该要有个突然和女孩结婚的借口，不过这一般都是阴谋！"

"啪！"陆远收拾盘子的手突然抖了抖。

"你没事吧？啊，不是，我不是在说你对我有阴谋……"阮秋伶急忙解释，"是因为那些小说作者都喜欢这样设定，其实我也觉得这样挺无趣的，世界上哪有那么多阴谋……"

"没事，只是手没拿稳。"陆远飞快地跳过了这个话题，"然后呢，总裁要和女主角结婚吗？"

"当然没有那么容易啊！"阮秋伶见陆远示意自己继续说，心里虽然在意他刚才的反应，无奈还是兴趣占领了意识的高地。难得找到一个和自己志同道合，愿意听自己说总裁小说的家伙，她哪能错过这个机会。就算对方是真正的总裁，也完全没办法阻止自己"传教"啊！

"到了这个地步，男女主角就应该出现感情上的问题，然后等他们刚喜欢上对方，又强行把他们分开。还会有陌生的女人带着孩子主动来按总裁的门铃，出现私生子的问题什么的，这样才……"

阮秋伶刚说到兴头上，身后的门铃突然响了起来。

"没关系，我去开吧！"见陆远还在收拾碎瓷片，阮秋伶终于想起来，自己才是负责给这个家收拾卫生的小时工，"我去帮你开门看看是谁，如果是推销的，交给我处理就最好了，我对拒绝别人的上门销售可是非常有经……"

亲妈啊，不至于这么戏剧性吧！

阮秋伶毫无防备地打开门，却看到门口出现了自己刚叙述的总裁小说里的"经典场面"——居然有个脸色苍白的女人，带着陌生的孩子登门造访了！

"请……请问陆远是住在这里吗？"脸色苍白的女人上下打量了阮秋伶一番，这才缓缓地问。

如果对方是第一次来这个地方，根本不可能会仔细注意开门的人吧！阮秋伶虽然成绩一般，但是脑子很不错，她看了眼门外的女人，断定对方不是第一次敲开陆远的房门。

"你是……"阮秋伶克制不住自己眼里的敌意。她毫无悬念地瞬间脑补了所有小说里女主和带孩子的女配为了得到男主欢心的宫斗剧情，并且在第一时间就摆出了攻击姿态，"如果没有什么事情的话，陆远他工作很忙的，你最好先和他的秘书预约……"

"是我。"

阮秋伶话音未落，餐厅那边就传来了急促的脚步声。陆远三步并作两步迈到了门前，并示意阮秋伶暂时回避。

糟糕了！难道真的和书里一样？霸道总裁和女主角感情变好时，就轮到私生子出场了。

阮秋伶不想回避，可自己又没有继续留在现场的理由。

不是说陆远为人正派、呆板，不至于会有私生子这种情况吗？她在拐进自己的房间之前，又小心翼翼地朝门边偷看。这样仔细一看，那个陌生的孩子还真和陆远有几分相像！

自己这造的什么孽啊？门外的孩子如果真的是陆远的私生子，他说要和自己结婚的事情，该不会是准备找借口让自己"喜当妈"吧？

不行！她才二十岁，不可能一结婚就照顾那么大的孩子！

不对！阮秋伶自己先把自己绕了进去。

我为什么一定要和陆远结婚？我才不要和他结婚呢。谁稀罕他啊，口口声声地说要和我在一起，现在又有女人带着孩子上门，这种情况……根本就是渣男！对！陆远是渣男！

阮秋伶回到房间，直接就扑到了床上，抱着枕头翻滚，内心久久不能平静。

他要和她在一起一定有什么更深的阴谋。如果这样，就和任学长说的差不多了……不行，不行，她到底在瞎猜什么，待会儿问问陆远不就知道了！

阮秋伶的思绪在理性和感性之间不断摇摆。

正常人面对这种情况，大多不会太在意。可是阮秋伶不一样，她是一个熟读若干总裁小说的书痴。说得更过分点，面对着一个活生生的总裁时，能淡定下来的，大多不是一般人。

阮秋伶还在床上翻滚着，房间的门却被人敲响了。

"请进！"

"我就不进去了。"门外传来陆远的声音，听起来有几分急切，"我现在要出去一趟。"

"你出去就出去，又不用向我打报告。"阮秋伶的语气中有几分赌气的意思。

阮秋伶说完那句话后大气也不敢出，将耳朵紧紧地贴在墙上，感觉陆远在自己的房门口稍微停留了那么一小会儿，才转身离开。

恰好就是那么一小会儿，让原本就陷入旋涡的阮秋伶，思绪往更不可理喻的方向发散。

"他刚才站在门口，是不是有话要对我说，那现在为什么又不说了，是因为不好意思开口吗？难道……"

一个想法在阮秋伶的脑海里生根发芽，直接刺激得她从床上弹起来，拨通了另一个人的电话。

"喂！是庸医吗？"

"什么庸医不庸医的，我才刚下手术台，还以为有人要来问候我呢。"电话那头的江浩饶有兴致，"怎么了，你又闯祸了？"

"什么闯祸，你这人怎么说话的。确实有人闯祸了，可惜不是我。"

江浩听阮秋伶说得理直气壮，突然心生恶作剧的想法："不是你，那能是谁？"

"是陆……"阮秋伶刚吐出两个字，就发现他这是想套自己的话，"是谁和你有什么关系？我就问你，陆远是不是去医院了？"

"去医院？我怎么知道啊。"

"别说你不知道，陆远和你那么熟，他去医院肯定会找你，你会不知道？"

"哦，被你识破了。"江浩的心态异常平和。之前陆远和阮秋伶让他受的气，这会儿他都算在了这通电话的头上，"实不相瞒啊，这件事情本来应该瞒着你的。"

"你！"阮秋伶根本就没听出江浩语气里调侃的意味，"他是不是带着个孩子去的你那里？"

"带孩子？儿科的事情我哪知道啊，我只是一个无辜的骨科医生。"但是，带孩子这事听起来可是不错的素材。江浩将手机从右手换到了左手上，把戴在头顶的一次性手术帽揪下来，"你连这些都知道？是啊，他和孩子都来医院了。"

"他们……他们去医院做什么？"

"哎呀，这种成年人的事情，小孩子不要问那么多。"江浩故意带偏话题，想下个小小的圈套，设计一下自己多年的朋友，却没想到听电话的人想钻的何止是圈套，她简直能把一个土坑，挖出个深井来。

"江医生，手术记录这边……"护士小姐死死地盯着江浩，要是再让这人半路从医院溜了，她都不知道还能找什么样的借口跟上面交代。

"好的，好的，江神医要去工作了，有什么事情你就等陆远回去再具体问他吧。再见！"

"喂，喂？江浩，你给我说清楚！"

阮秋伶哪里知道社会套路这么深？她想等陆远晚上回家，却孤零零地等了一个晚上。

他没有回来。对，整整一个晚上没回来。

阮秋伶坐在房间里仔细听了一晚的声音，终于在太阳出来的那一刻，坚持不住睡了过去。她做了一个可怕的噩梦，梦里的陆远凭空多了一群孩子。

·第七章·
追求总裁该用什么手法

实际上，陆远确实是个迟钝的人。

硬要把这些能力的缺失，归结到他在国内接受教育的时光过于短暂，也不是无理可寻。

"陆总，这段时间真的谢谢你！"病床边，脸色苍白的女人深深地朝陆远鞠了个躬。陌生的男孩趴在病床的栏杆边，望着另一个年纪相仿却沉沉睡去的孩子。

"谢谢陆哥哥，如果不是陆哥哥跟着一起来医院，昨晚的手术肯定已经被取消了。"男孩低着头，"谢谢你救了他。"

"没关系，以后要好好读书，回报社会。何况，只凭我一个人是做不了什么的。"陆远伸手摸了摸男孩的头，"好好照顾弟弟吧。"

"嗯！"

离开病房时陆远望了眼公立医院病房墙上的时钟，这才意识到已经是第二天清晨了。

病房里的一对兄弟，是陆远二十岁时认识的捐助对象。搬砖的话题没说完，那时的陆远总是将收入的一部分，捐助给需要帮助的人。

这话说起来轻松，可是做起来困难得多。自从公司走上正轨，陆远就尽可能地不暴露自己捐助的事情。媒体的穷追猛打曾经让他吃过苦头，好在善良不是会被轻易磨灭的东西。

退一步来说，这也是他多年以来的心结。

周围的环境还和以前一样，擦身而过的医生护士们行色匆匆，某个分不清楚的角落里，还是不时传来一两声呜咽声。陆远捏住鼻梁上的口罩，将它往上提了提，快步离开了住院大楼的大厅。

"已经八年了吗？"陆远离开医院的大门，腿脚有些不听使唤，这个地方他实在太熟悉了。

他抬头望了望天边半遮半掩的太阳，嘴角滑过一丝暗淡的苦笑。

自从那件事情发生之后，陆远就再也没有迈进过公立医院的大门。虽然每当有狗仔队报道"成功人士花大价钱进私立医院"的新闻时，他并不感冒，他选择江浩，并不是因为贪恋私立医院的高级享受。

往事像一根卡在喉咙里的鱼刺，吞不得，吐不出，对别人倾诉显得矫情，他只能留给自己慢慢消化。

陆远不是个恋旧的人，真要摊在纸面上说，他其实对生活没什么盼头，只是一直凭着本能上进，向上，再向上，就像飞蛾扑火般义无反顾。

陆远出医院时，太阳已经挂在空中，光线也不是那么柔和，时间恐怕也不早了。陆远眯着眼望了眼太阳，第一次有种疲惫的感觉，这种让人头皮发麻的感觉顺着他的脊椎流到脚底。

"这位先生，你怎么了？"

陆远觉得身体很重，整个人不受控制地向前倒去，但又凭着惯性用胳膊撑住身体。

"我……没事……"他还想继续说点什么，耳边却传来巨大的轰鸣声，意识随着耳畔的杂音，突然消失得无影无踪。

不行，他不能在这个时候倒下。极短的一瞬间，阮秋伶的脸竟然比即将召开的新品发布会先出现在陆远的脑海里。在他的身体重重地砸向地面的那一刻，他的意识被痛感重新召唤回来。他看不清周围的环境到底是什么样，只是觉得除了眼前的一小块地面，所有的事物都变得尖锐而模糊。

"医生，这里有人晕倒了！"

晕倒？他吗？

陆远在意识消失之前，感觉眼前的一切突然变得那么熟悉。好像很多年之前，也有一位熟悉的人，经历了同样的遭遇。可那已经是很久很久之前的事了。

陆远努力地想要睁开眼睛，可眼前还是一片漆黑。冥冥之中他似乎又回到了几年前的那个夏天，穿着白色长裙的女孩说，想要一只夏天的蝉，然后张口，微笑着叫了他一声"哥哥"！

阮秋伶，隔壁空着的病床主人，她叫阮秋伶。那个好不容易匹配成功，说好要救他妹妹的人。

陆远永远也忘不掉，那个叫阮秋伶的人突然放弃捐赠骨髓之后，妹妹空洞的目光。

八年后遇见她……他明明是为了报仇。

"阮秋伶……"

"阮秋伶！"

"啊，什么啊？江舒俞啊，你是要吓死我？"

被人从睡梦中惊醒的阮秋伶，才发现自己不知道什么时候保持抱着被子的姿势睡着了，并且就这样凌乱地在陆远的公寓里，对着大门的方向守了一夜。

看样子他没有回来，阮秋伶有些失落。

"这么早就给我打电话，不要吓我啊。"她对江舒俞抱怨道。

"吓你？阮秋伶，我在你心目中的地位就这么不堪吗？"

"没，有什么事情您说。"阮秋伶站起来稍稍活动了下筋骨。

"我没什么事情呀，只是想通知你一声，刚才政治课的老师点名了哦。还有，有位熟人刚才来找过我，估计再过一会儿，就要去找你了。"

"熟人？"阮秋伶一脸狐疑。

"对，一位很有名的熟人。"江舒俞显然是有所防备，或者说是预感到了什么，"你自己一定要小心一点，小心，再小心。"

通话刚结束就收到消息的提示音为江舒俞的警告提供了答案。那些阮秋伶极力想要忘记的事情，像是潮水一般涌了上来。

邮箱里躺着一封邮件，内容只有简单的一句话："考虑好了吗？"

阮秋伶知道，对方想要她去做的这件事情，绝对是错误的。但是，她又不得不认同，对方提出的说法好像也有一些道理。她从来就不是个特别有主见的人，但也没到会随随便便就迷失自我的程度。

垃圾邮件，先删除吧。

阮秋伶颤抖地按下手机屏幕上的叉，深吸一口气。一通被署名为"你的小太阳"的联系人，适时地拨了电话进来。

"这是什么时候储存的联系人？"阮秋伶吓了一跳。

"阮秋伶小姐，你好呀，好长时间没有听到你的声音，于是我自私地给你打了一个电话。"电话那头清爽的男声还是一样活力充沛，

"你能原谅我吗？'忍不住想你'这件事。"

是他。

阮秋伶张了张嘴，努力地从喉咙里挤出一个字："嗯。"

"怎么了？"任平生的声音还是带着笑意。

"任平生，我觉得我们这样做是错误的。"阮秋伶一本正经地说。

"对不起，难道你的意思是……你已经偷偷地喜欢上我了？所以我们这样做对于陆先生来说，是错误的？"

"不是，不是，我只是单纯地认为，你拜托我的事情是错误的。"阮秋伶的脸红得不行，还好只是打电话，要是面对面，她可能连说出这些话的勇气都没有，"我那时候很迷茫，包括现在，我依旧不知道自己究竟应该做些什么。可是我觉得，陆远不是那样的人。他虽然有很多不足，但是他给了我选择。"

"哦？"任平生饶有兴致，"不知道阮小姐说的选择，具体指什么？"

"他总是会问我愿不愿意去做某件事情，就算我每天懒散地躺在公寓里，一无是处，他也没有责怪过我。"

"这只是单纯地纵容。"

"可是他不一样，他……"阮秋伶差点脱口而出"他也不曾贬低过任何人，做清洁和打扫工作时，他还常常虚心地请教保洁阿姨"这之类的话，她哪里说得出口？这根本就不是总裁应该做的事啊！

面对这个和言情小说里相同套路成长起来的任平生，她根本就没办法解释，不是富二代的陆远是怎么理解这个世界的。

也就是这一刻，阮秋伶突然意识到，像任平生这种小说里该有的总裁，虽然好，但是他们确实不适合自己。

"如果阮秋伶女士感觉到为难，我也不会继续强……"

"那就真的太好了！"

对方明明是欲擒故纵，没想到阮秋伶这种没接触过什么社会的雏鸟，刚一松开手，她就飞速地脱离了掌控。

"我之前也想这样说，可是一直不知道该怎么开口，既然你先开口了，我就恭敬不如从命啦！"

原本以为是一场腥风血雨的硬战，没想到瞬间就解决了。阮秋伶欢欢喜喜地准备挂电话，却听到任平生语气平和地说了一句："希望事情如同阮小姐所想的一样，毕竟那个男人选上阮小姐，也不仅仅是出于命运。"

"你这话……"阮秋伶刚想追问，对方却直接挂断了电话。

任平生不是那种没有替补方案的男人，他长了一张阳光开朗的脸，却精于算计。

"麻烦请那位新员工到我的办公室来一趟。"他挂掉电话，满脸的笑意顿时烟消云散，面无表情地按下内部电话，对隔壁房间的秘书小姐下达了指令。

任平生要我的这个男人叫冉锦添，半年前加入公司之后，一直深受集团董事会的青睐。可任平生怎么看都觉得不对劲，他感觉这个男人的天赋和出现在这里的理由，并不能构成一个合理的解释。

"任少爷，您叫我？"立在门口的冉锦添身形修长，态度不卑不亢，脸上挂着职业的笑容。

"嗯，我这里有件事情，想要拜托你帮个忙。当然，不是公司的事，是我的私人问题。"任平生从抽屉里抽出一份文件，丢在了办公桌上，"如果你觉得为难，可以现在就转身离开，你来过的事情，我也完全可以当作没发生。你是个很有才能的人，比起上下级关系，我更希望能够和你有更进一步的联系。"

"任少爷言重了，既然是您有事相求，我自当全力相助。"冉锦添的目光扫过那一沓文件，封皮的白色纸张特别厚，显然是故意为了掩盖什么。

"哈哈哈，你这个家伙。"任平生坐在总裁椅上往后仰了仰，"我终于知道为什么老头子他们这么喜欢你了，识时务者为俊杰。"

冉锦添并没有接话，往后退了半步，看着眼前的男人从位置上站起来，随性地走到了自己面前。

"但是，我和老头子不一样，这点你应该知道，要不是我忤逆，他对你的喜爱也不会增加到现在这个程度。"任平生踱步，"简单说，我并不相信你，你是个聪明人，应该早就察觉到了我的态度。这次这个忙，对你来说是个不错的机会，可以改善你在我心目中的印象。"

"我很荣幸。"冉锦添垂着眼，习惯性地用余光扫了一眼身旁摆设的物件。

很显然，任平生桌上的招财蟾蜍和周围风格迥异的木质雕像，早就被安装了针孔摄像头。

"我希望你能够帮我拿回一份文件。其实很简单，我给你的资料上的这个女人拿走了我最重要的东西，我想要你帮我拿回来。"

阮秋伶后来也懊恼过，质问自己，如果小说里那些奇妙的感情能够维持得更久，自己和陆远的故事是不是也能进行得更加顺利？

可是她没有得到答案，在那次见到任平生不久之后，她很快又得知了一个更惊人的消息。

她挑了一个最好的时间溜进医院，准备先找人摸摸底。因为在特护病房"定居"过一段时间，她对这里的一切早已轻车熟路，包括找到那个庸医的办公室。

"我和主任已经提前约好了，单独约的，请问可以让我进去吗？"阮秋伶忽悠护士小姐时说得理直气壮，一点都没心虚。

"嗯，可以的，不过主任现在在午休，可能不是特别方……"

"哎！就我和他的关系，没事的。你又不是没见过我，你们科的那间病房还曾是我的专属病房。"见护士小姐仍犹豫，阮秋伶立刻摆出一副富太太的面孔，"或者你可以问问你的其他同事，这间病房除了我，应该很少有人入住吧？"

能够像陆远一样，动不动跑来医院承包房间的总裁还真不多见。

话都说到这个份上，护士也只能微笑着让这位"主任的老熟人"自行进入房间。

阮秋伶对于自己这次的计划很有信心，她原本只是想要请教江浩一些关于感冒咳嗽的事情，没想到却有了惊人的收获。

"住院记录也这么随便地放在桌子上……"阮秋伶刚进房间，视线就被桌面上堆满的文件吸引。正常的书面文件，一般是整齐地叠放成一摞，可偏偏这些就像竹简一样，被卷在一起，又拆开。

在互联网还没这么发达的时候，超过半年的医疗记录，是以卷的方式封存的。一般来说，这些长期无人问津的医疗记录会在某个时间段被集中销毁。阮秋伶不是喜欢打探别人隐私的人，只是误打误撞地被资料里露出的照片所吸引。

照片上清瘦的女孩，同样长了张俊俏的脸，虽然还是稚气未脱的样子，却已然看得出美人的模样。鼻梁和眉骨的比例有点像是西方人，神似混血的样貌在这片地区显得尤为明显。

阮秋伶还没颓废到花痴幼年女性的地步，只是那双眼睛，实在是太像，太像了。

"难道……陆远还背着所有人男扮女装看过病？"阮秋伶疑惑地捏住卷封的一页，使劲一抖，终于在姓名栏上看见了大大的两个字——陆瑶。而更让她惊讶的是，这并不是一份普通的医疗记录，而是一份死亡档案。

那名叫作"陆瑶"的女性，刚好在八年前，在公立医院被正式宣告死亡，年仅十四岁。

似乎是注意到面前多了个身影，还靠在躺椅上半梦半醒的江浩眼睛睁开一道缝，就像是条下锅的鱼，从椅子上一跃而起："你什么时候进来的？"

"哟，你还活着呢，我以为你睡过去了。"虽然偷看别人的东西理亏在先，但是阮秋伶先发制人，始终没有准备道歉的样子。

奇怪的是，江浩竟然没有像平常一样和她唇枪舌剑一番，而是快速收走了摊在桌上的文件："来之前也不知道先打个招呼，我还以为你是怕打针，前几次才故意放我鸽子。"

"怕打针？江浩，你有事没事就把我往医院拐，过度治疗是浪费公共资源，你知道吗？"阮秋伶注意到江浩的异常，但这次她没有表现出来。

古人说，好奇心害死猫。可阮秋伶不觉得自己是猫，所以她决定弄清楚江浩藏着掖着的原因。

让一个女大学生去查清这些细枝末节，实在太强人所难，可让一个手里拿着几十万额度信用卡的准总裁夫人去办，就容易多了。

阮秋伶特意选了一副昂贵的墨镜戴上，找了家私人侦探事务所。她选择这家事务所的原因有两个，其一是它的位置非常不好，距离陆远的公司非常遥远；而其二是地图外景图显示，这里的装潢十分陈旧，看起来就很缺钱的样子。

"三天之内，我要这个家伙的全部资料。"阮秋伶一进门就瘫在沙发上，装出电视剧里那些关键人物的口吻说道。

可惜，侦探先生并不买账。他对这位突然造访的客人并不重视，一脸人穷志不穷的样子。

"不好意思小姐，这里是我的办公场所，要玩的话，麻烦您换一个地方好吗？"

"玩？"阮秋伶心虚了一秒，伸手摸了摸口袋里象征着金钱的卡片，语调变得生硬，"我再给你一次机会，希望你能重新组织一下你的语言。"

可她看贫穷侦探的面部表情，分明就写着"不屑"两个字。为了表明态度阮秋伶掏出了信用卡："预付款需要多少？"

"一万元。"似乎是第一次接待态度这么恶劣的顾客，私家侦探也想用金钱打醒不谙世事的女孩。他仔细打量眼前女孩年轻的脸和脸上技术拙劣的妆容，深思熟虑后抛出了"一万元"这个感觉能够吓跑捣乱顾客的数目。

"我们私人事务所，收费就是这么昂贵，如果您拿不出来的话，麻烦您现在出去，让我好好工作可以吗？"

这要是放在过去，一个月才一千多元生活费的阮秋伶可能会知难而退。可她现在是缺那一万块钱的人吗？她缺的就是一个让她甩出一万元，好好装一次大爷的机会啊！

"拿去！"摸清行情后，阮秋伶自信地甩出信用卡，举手投足间倒有那么一点富太太的感觉，"三天之内，做不到就将钱悉数退还。"

侦探愣了一秒，开始质疑这是不是什么电视台在做私家节目访谈。当他反复确认周围并没有摄像机，以及这张卡片确实真能刷出"一万元整"后，他差点一个三百六十度托马斯回旋跪在"金主女孩"面前。

"不用三天。"得到金钱鼓舞后的私家侦探骄傲地说，"不需要您透露真实身份，只要四十八小时，我带上资料等您。"

这才是真的有钱能使鬼推磨啊，阮秋伶还以为实在不行的话，只能抖出她这个陆远"准夫人"的身份了。

第一次彻底体验到金钱带来的快感后，阮秋伶感慨，谁能想到，之前因为家庭负债差点被迫和债主结婚的自己，竟然能在几个月后有这样的体验？

走出私人侦探事务所，阮秋伶又不自觉地联想到了陆远。

最近连她都感觉到自己的反常，无论发生了什么、遇见了什么，这世界上的一切事物，似乎总能让她联想到陆远。

比如：食物——喜欢烹饪——陆远。

再比如：钱——给钱——陆远。

虽然都是些显得阮秋伶好像没什么建树的关键词，但是，她不是那种情感细腻的人。不管别人怎么想，只要她不在乎，就没人能把她怎么样。同理，只要她真的往心里去了，就算来十个演讲大师，都辩不过她心里的小天使。

四十八小时过得飞快，阮秋伶的本意只是想弄清楚江浩的反常行为，却误打误撞地让私人侦探带来了一大堆自己闻所未闻的消息。

"女士，这边是您之前委托我调查的女孩，因为牵扯的人员可能会让您感兴趣，所以相关资料我也准备好放在这里了。"收过钱的侦探尽职尽责，搬来的纸卷厚度比期末考试的功课还让阮秋伶害怕。

"好的，谢谢。"阮秋伶推推墨镜，表现出更加自然的姿态，"尾款我会尽快打给你的，放心。"

"那是自然，我怎么可能不放心您呢。"侦探毕恭毕敬地说，"我一开始不明白，为什么像您这样尊贵的人会来调查一个去世很久的女孩，直到我了解后才发现，您果然没有我想象中那么简单。"

"不，那百分百是你想得太复杂了。"阮秋伶嘀咕着，为了突出自己对整件事情的关注，顺手拿起了最上面的那份资料。

"经过我多方面的了解，您委托我调查的这名女孩死于八年前的一场移植手术，而她唯一的亲人，是大她五岁的哥哥。这个哥哥的名字，现在整个市区应该没有人不知道，他就是陆远。"私家侦探还在压着声音描述，可阮秋伶一句都没有听进去。

侦探报告了女孩的死因、她曾经的日常，甚至还有喜欢的动物，可自从听到"陆远"之后，阮秋伶的大脑竟然再也塞不下其他的信息。

妹妹，他有一个妹妹吗？阮秋伶有些紧张，端着茶杯的手也轻轻地晃个不停。对啊，他也没必要什么都向她汇报，他没有那个必要，也有自己的自由。

侦探的目光从来都是敏锐的，哪怕是一些细微的动作也能让他注意，更何况现在坐在他身边的"金主"紧张得都快把杯子里的茶晃出来。他确认自己收集的资料给了对方极大的震撼，并对此表示十分满意。

如果他给的资料对方事先已经全部知道，他还得担心尾款的问题。现在看来，主动权依然在他这边。

私家侦探清清嗓子，提醒客人重新注视自己，嘴角扬起一丝狡黠的笑："但这些都不算什么，经过我的调查，与这名女孩相关的人物里，最有趣的还在这哥哥身上。"

私家侦探的手指落在陆远的照片上，他小心翼翼地画了一个圈，炫耀似的说："这条情报的调查难度极大，多亏我正好有那方面的门路，"他稍稍压低了声音道，"准确率相对比较高，也比较有趣的一个推论是，陆远前不久公开宣布的'未婚妻'，竟然就是八年前临时拒绝捐献骨髓，最终导致他妹妹手术失败的元凶。"

"什么？"阮秋伶感觉脑袋就像被人装进了金属制成的容器里，紧接着被人在外面狠狠地敲了一下，那些故意被遗忘在记忆深处的消息突然被挖了出来。

他公布的"未婚妻"……

"巧了，那位所谓的未婚妻的资料，我这边也刚好准备……"侦探准备周全，自信满满。

　　"不必了！"阮秋伶下意识地向上提了提领子，似乎是担心眼前一腔热血的侦探会有"特殊发现"。她伸手去收拾资料，却感觉整个身体像是被灌了铅一样，手脚不听使唤，大脑一片空白。

　　阮秋伶匆匆离开交易地点，途中还几次因为恍惚，膝盖撞上桌椅。

　　"不会是这样的。"她边走边安慰自己。

　　"可如果不是这样，江浩为什么要私藏那份病历？

　　"如果不是这样，为什么从来没听陆远提起过他妹妹？这世界上哪有那么多机缘巧合？"阮秋伶越想，越没办法说服自己。从前的所有记忆，几乎都在微妙地证实着自己的猜想。

　　一个结论出现在她的脑海里，或许，这一切从一开始就只是个圈套。而陆远所做的一切，都只是为了报复她。

　　匆匆回到公寓的阮秋伶，蹑手蹑脚地翻遍了陆远房间里的所有抽屉，却一无所获。那些白纸黑字的痕迹，就像突然从人间蒸发了，连曾经出现过的历史都被人刻意掩藏起来了。

　　"难道陆远已经知道了？"阮秋伶心里一惊。

　　阮秋伶的手机收到新的消息提醒，陆远说今天有突发事件，会晚点回来吃饭。

　　对这样的短信，阮秋伶平时都是调侃着回的。在这几个月里，她已经习惯了把自己代入到家庭女主人的角色。可是现在，她捧着手机的双手竟然开始颤抖了。

　　她努力回想自己平常回信息的口吻，敲了一行字，又逐一删掉，最后只留下一个"好的"。

　　语句越短，暴露的信息就越少。阮秋伶还在斟酌，却不小心碰到了发送的按键。

她撤回的速度远远低于发送成功弹出的提示，她心里默念着"糟糕"，内心却有种放松的感觉。这样的话，陆远应该不会发现什么吧。

陆远回信的速度远远超过了阮秋伶的想象。

"食物在冰箱里，热一热就行了。"

"他应该还不知道吧？"阮秋伶手心里全是汗。她仔细理顺了事情的来龙去脉，从她发现蛛丝马迹到找侦探调查，都是背着陆远进行的。看他现在还给自己准备食物的态度，他应该还不知道，当年间接害死他妹妹的那个人就是自己。

解决掉一件事情，阮秋伶整个人也随之放松下来。她回头才发现在精神恍惚的那一段时间里，已经将陆远的书房翻得"遍体鳞伤"。

"我在做什么？"她慌慌张张地开始收拾。

陆远的房间里窗户位置很好，透过玻璃的夕阳落在她的手指上，也落在散落一地的文件上。

"明天，应该做些什么呢？算了，先度过今天吧。"她弯下腰，拾起了一张看似年代久远的设计手稿。

不得不说，陆远确实是个天才。这世界上没有那么多轻轻松松、简简单单的事情，阮秋伶看过很多的总裁故事，几乎所有的男主角都是一蹴而就，一出来就自带几个亿的身家，却从没人描述他们成功前的经历。

他们赚的第一桶金是多少，有没有失败过，事业的转折点在哪里？

阮秋伶之前没有想过。

她仔细地凝视着手里的文件，陆远飘逸的字体十分好看。

"他要是永远像那时候一样该多好。"

某个念头从心里飘过，阮秋伶下意识地攥紧了手，才发现眼泪不知道什么时候已经掉了下来，混合着斜阳，一起滴落在塑封的文件纸上。

他要是永远就那样该多好，不用承包鱼塘，不用被万千女人心仪，也不用肩负什么公司企业的责任风险。

他只要，普普通通，只要，成为陆远就好。

·第八章·

恋爱以外都是意外

阮秋伶也是那时候才意识到，这世界上所有运气背后，都有着某种必然性。天才的成功必然是天分、运气加努力。可有些事情不一样，有些事情，既靠不了运气，也靠不了努力。就比如，她对某个人的喜欢。

喜欢就是喜欢啊，沉迷总裁小说的女孩竟然第一次冒出这种念头。她第一次如此期盼，陆远要是不像小说里那样就好了。

"不好意思。"失落的阮秋伶突然听见身后传来一个陌生的男声。陌生的男人正斜靠在房间的门框上，他长了张漂亮的脸，眼睛闪闪发亮，就像猫咪一样狡黠。阮秋伶似乎愣了太久，弄得他也有些不好意思，只好主动解释道，"我本来想敲门，但是门似乎没有关好。"

男人伸手向大门口的方向指了指。阮秋伶这才发现自己刚才慌慌张张，竟然直接敞着门就去了书房。

"你……你是谁？"

等等，不管是谁，都不能这么轻车熟路地跑进别人家里吧？阮秋伶转念一想，刚要拿出自己身为准女主人的样子，没想到对方角色代入的速度更胜一筹。

"你没事吧？从刚才开始，我就看到你一直坐在地上。"

见阮秋伶一直跪坐着，男人也顺势半跪在地上，准备帮忙收拾东西："你放心，我不是什么坏人，只是看你好像很为难，来帮你收拾一下。"

"哈，这算什么理由？"

阮秋伶的余光落在了男人手掌的右前方，那个牛皮纸文件夹她前不久才见过，如果没记错的话，里面应该存着一份公司最新发布会主推产品的手稿。虽然是手稿，从陆远存放的方式来看，应该也不是特别重要，但还是不要让其他人知道比较好。

阮秋伶下意识地捏紧手里的重要文件，再一个向前扑，把身体可以接触到的所有纸制品盖在了身下。

"不用了，谢谢！你是陆远的朋友吗，来找陆远的吗？"

"陆远吗？这个名字倒是让人怀念啊，不过你放心，我们的关系可要比朋友深刻得多。"见到阮秋伶夸张的防御姿势，男人下意识地笑了笑，"我叫冉锦添，陆远平时应该提到过我吧？"

"抱歉，他没有。"看他的样子应该也不是什么坏人吧？虽然没有听到陆远提过，但是听到对方这样回答，阮秋伶还是松了一口气，"不过他也没有提到过其他任何人。"

似乎早就预料到对方会这样回答，冉锦添只是礼貌地笑了笑。他将手里收拾好的文件递给阮秋伶，刻意避嫌一般起身准备离开：

"既然陆远不在，我就下次再来吧。"

"等他回来我会再……"见客人准备离开，准女主人还是放下了手里的东西，三步并作两步地想要送行。

阮秋伶的裙子没有口袋，即便有口袋，这世界上也不会有服装设计师会把衣服的口袋设计得可以直接塞下一个A4纸大小的文件夹。但是，也不是完全没有地方可以顺手一藏，阮秋伶把东西从后背的位置整个塞进了自己的裙腰里，上衣这么一盖，裙子的松紧带就把纸制品妥妥地贴身藏好了。

这个动作显然也没有逃过冉锦添的眼睛。他看破不说破，眼角飘起了一抹笑意。

"不必了。"冉锦添刚要出门，又转过身，对着阮秋伶妩媚地抿起嘴，"反正他迟早会知道的。"

这家伙虽然奇奇怪怪的，但是，好帅啊！

阮秋伶目送着冉锦添离开，默默地吸了一口气。她最近是走了什么运吗，怎么帅哥一个接着一个自己主动送上门来？

可是这种被帅气俘获的喜悦感，根本没持续超过两分钟，电话铃声就很不是时候地响起。

"喂！阮秋伶，你现在在哪里？我这里有急事……"

是庸医！刚经历过人生大悲大喜的阮秋伶猛地一个激灵，难道自己偷看病历的事情被他知道了？那该多尴尬啊！

"啊，我……我正在家。"

阮秋伶摸着自己藏在裙子里的文件，想尽快把它藏回原来的地方。

"好的，那你能马上来十字路口一趟吗？"电话那边的声音听起来很急切，和江浩平时游手好闲、优哉游哉的模样完全不同，"拜托你了，真的是非常紧急的事情……"

不管江浩有没有发现，当务之急她应该先敷衍过去。所以，即使这是一个报复的好机会，阮秋伶还是下意识地爽快答应："好的，我马上过去。"

挂掉电话，她才意识到自己做了什么蠢事。刚才藏东西勒得太紧，现在牛皮纸上留下了一道明显的痕迹。要是这样放回去，陆远一定会发现的！

"该怎么办，该怎么办？啊啊啊，没时间考虑了！"手机里不断传来的信息提醒，告诉阮秋伶此刻江浩等待得有多么焦急，"反正去看江浩一眼，应该可以马上回来吧？既然这样，就先放着，回来再处理好了！"

阮秋伶把文件夹铺平，藏在了一摞书的最下面。她想借着书的重力压一压，最好能把东西还原成之前的样子。

也许是因为事情太过紧急，平时一见面就互掐的人，也没来得及注意对方是否有什么异常。

阮秋伶在抵达目的地前的十分钟内，脑补了若干种江浩所描述的紧急情况。能让他这样一个面对血肉模糊的现场都无比淡定的男人感到紧张，必然不是普通的事情！

也许这件事情，不比她调查的秘密分量差多少。但如果是那么重要的事情，他为什么还要叫上她呢？难道他只是偶然得到那份资料，而八年前的事情，陆远还完全被蒙在鼓里……

抱着种种猜测和疑惑，阮秋伶喘着气，一路小跑找到了鬼鬼祟祟躲在咖啡厅小角落的江浩。

"到底是什么事情……"

阮秋伶环顾四周，四下安静，既没有血腥的犯罪现场，也没有什么让人紧张心跳的事。

"就是这个，你能帮忙把这个送到对面那家店吗？拜托了，我只有一点点时间，但是这个今天一定要送过去……"

阮秋伶做梦也没想到，江浩所说的"紧急情况"，竟然只是把一件西装送到近在咫尺的干洗店！

"江浩，我说，你是不是故意耍我？"阮秋伶在确认衣服只是普通衣服，而干洗店里也没有别国间谍或者犯罪分子之后，冲着江浩翻了个大白眼。

"你别管那么多了，就说能不能干？"江浩也不打算再解释，而是直白地开出了条件，"要不是快递小哥刚才收件的时候，差点打电话把我送到精神病院，我怎么也不会拜托住在附近的你啊！你就说吧，什么条件，你才肯帮我？"

听到江浩这样说，阮秋伶内心的怀疑竟然暂时被金钱压制："五千，只要你一会儿把五千块钱打进我的卡里，我收到了跑腿费，自然愿意为你效劳。"

阮秋伶根本就是敲竹杠，但对方似乎根本没有还价的意思。

"好好好，五千就五千，麻烦你赶紧送过去吧。我不是说过了吗？我就这一会儿的时间，马上就要赶回去了。"江浩爽快地答应下来，然后往咖啡厅的角落再挪了一步，"你可不能反悔，钱我一定会给你的，东西你也要立刻拿过去。"

不就是把衣服送到对面的干洗店吗？阮秋伶虽然对江浩尿得蜷缩在咖啡厅角落的原因十分好奇，但是拿人钱财，替人消灾，她也没好意思多问。

她原本只是想来探探江浩的口风，看看自己和陆瑶的事情有没有暴露，现在看来，暂时还没有担心那件事情的必要。

阮秋伶咽下餐厅里免费提供的柠檬水，一步一步地向着干洗店靠近。

那家干洗店就在咖啡厅对面，两家店距离不超过二十米。阮秋伶顺利地过了马路，也顺利地进店了，又顺利地把东西交给了店员。整个流程没有任何风险，一切异常顺利。

这个江浩，怎么神神道道的？突然说什么紧急事件，结果就是把她叫出来干这个……算了，就当赚个零花钱。

阮秋伶美滋滋地转过身，刚准备出店门，就迎面撞上了才分别不久的男人。

"好巧。"冉锦添似乎和店里的员工很熟，手里提着刚刚取回的服装。

"冉……锦添？"阮秋伶没想到，这么快又和刚刚突然闯进房间的陌生人见面。

"是的，我很荣幸，能够被您这样美丽的女士记住姓名。"冉锦添抿嘴笑笑，示意阮秋伶"女士优先"。

阮秋伶原本还没有产生什么联想，只是小咖啡厅里那人落到她身上的目光瞬间换了地方。就是这么细微的改变，让阮秋伶产生了一个大胆的联想，刚才江浩说有紧急事件，不敢自己把衣服送到这家店，难道是因为冉锦添吗？

为了确认自己的猜测的准确性，阮秋伶故意放慢脚步，并用自己的身体挡住了江浩看冉锦添的视线。

果不其然，小咖啡厅里假装看报的医生，缓缓地挪动身体，极不自然地换了一个位置，目光继续往干洗店飘来。

这样就没错了！阮秋伶得到了一个不得了的结论：江浩不敢自己来干洗店送衣服，完全是因为冉锦添！

等等，如果说冉锦添是陆远的朋友，而江浩又是陆远的好哥们，他们为什么还要用这样奇怪的方式见面……

"不要胡思乱想，我们是死敌，非常死的死敌！"阮秋伶的脑洞还没结束，江浩就像是提前感知到了一样，一条解释短信塞进了她的收件箱里。

"我还有点事情，要在这边等着拿衣服，阮小姐如果有事，就先请回吧。下次有机会，我再邀请您一起喝茶。"冉锦添的神色并没有什么异常，他表现得十分从容，"我最近可能要被公司开除了，这应该是最后一次来取衣服，真巧，居然还能遇见阮小姐。"

"没事，没事，我就是感觉天气太热，走慢一点，好在这里多蹭蹭冷气。"为了让自己的偷瞄变得不那么明显，阮秋伶一时情急，从一堆烂借口里，挑了最烂的那个借口。

不过还好，冉锦添虽然难以捉摸，却意外地大方。他只是笑了笑，依旧是充满魅力的样子，没有拆穿阮秋伶停留的真实原因。

说句实话，冉锦添长得真好看啊。就算是男人，也应该会情不自禁地多看他几眼。阮秋伶又偷偷用眼角的余光瞥了眼站在店里的冉锦添，这才回到小咖啡厅。

很显然，比她更晚收回来的，是江浩从报纸后面露出的小心翼翼偷看的目光。

"嘿！"阮秋伶决定趁火打劫。

"你干什么啊？"江浩对她打断自己，把自己吓一跳的行为表示强烈的谴责，"事情办好了？"

"你不是一直看着吗？就这么近的距离，有没有办好难道你还看不出来？还是说……"阮秋伶贱兮兮地凑近江浩，"还是说，你的目光从头到尾根本就不在我身上，叫我去干洗店只是一个借口？"

"才……才不是！"被戳中心事的江浩心虚得差点跳起来，明眼人都能看穿，他根本是在紧张，"我只是习惯了多确认几次，我们学医的就是这么谨慎。"

"哦？"阮秋伶故意把音拖得很长，恶作剧般凑近江浩，用蚊子般细小的声音继续问，"那关于冉锦添的事情，你就一点都不想知道？听说他最近要被开除了哦。"

"冉……冉锦添？那是谁，我根本就不认识。"江浩还在嘴硬。

"既然你不想知道就算了，我本来还想说，我今天刚和那个叫冉锦添的家伙有接触，关于他有没有女朋友……"

"什么，他有女朋友了？"阮秋伶的话还没说完，江浩就差点跳起来。

阮秋伶心生一计，表面上装作若无其事，内心早就已经计划好了，要如何从眼前这个家伙身上，把原来受过的委屈一点一点地"报复"回来。毕竟她两次住院，和这家伙结下的梁子不少。如果不趁着这个机会，好好戏弄一下江浩，之前她受的委屈，岂不是白受了？！

于是，阮秋伶连忙解释道："不是，不是，你怎么就这么心急，你难道不能听我把话说完吗？"

似乎意识到自己失态，江浩的理智突然上线。如果自己再这样下去，就中了阮秋伶的圈套。

"我要走了，我只是突然有点事情，不太想踏进那家干洗店，但是又不得不把衣服送去，你不要想太多。"

"既然你不想知道，也没关系啦。"阮秋伶欲擒故纵，"反正刚才我和冉锦添见面，听他大概说了他今天下午的安排。"

"什么安排？"刚要起身的江浩又凑了过来。

"你不是有事情要去做吗？赶紧回医院吧，我们的这点八卦消息，不值得你江大医生浪费时间。"阮秋伶话里有话，摆明了就是想看看江浩不知所措的样子，"不过嘛，我也不是什么坏人对不对？只要你老老实实承认，并再帮我一点事情，我也能帮你实现一个愿——望——哦——"

阮秋伶故意将话音拖得很长。

江浩心里有数，也明白她话里的意思。他再用医院的事情当挡箭牌，显然会错过一个绝佳的机会。

　　这根本不亏啊！利益面前，面子算得了什么？

　　做出决定后，原本还悠然淡定、不慌不忙、一脸笑看人生的旁观者，一跃成了主动参与生活的当事人。

　　"阮老师，您说！我也不瞒您什么，就咱们这关系，只要我能办到的，您开口，我绝对帮您办好。"

　　"厉害了，我的江浩！你这一说话就像变了一个人似的，不仅是态度，就连口音都变了。"阮秋伶暗自偷笑，"不过我说过了，我不是什么坏人，但是你想的那件事情，也不是那么好办，对吧？如果真的那么容易，你也就不会这么长时间还没有进展了。"

　　阮秋伶根据刚才江浩提出付五千报酬时眼都不眨的样子，判定冉锦添在他心目中的地位必然十分重要。这是趁火打劫的好时机啊！错过了这个村，以后还不知道有没有这个店！

　　"阮老师，您说得不错。"江浩一改往常的放荡不羁，一脸诚恳，就差双手给坐在面前的少女递上一杯免费柠檬茶了，"既然您都知道了，我也不瞒着您。您的要求只要我能办到的，一定给您办了，所以我这……"

　　"你这简单啊。我的要求，对你来说也非常简单。"阮秋伶趁机抛出了自己这几个小时的心结，"我要你帮我处理掉你那边八年前的所有病历，而我这边，我帮你处理掉，他。"

　　恰好对干洗店的玻璃门被推开，冉锦添那张漂亮的脸清楚地出现在马路对面。江浩根本没有任何思考的时间，茫然地应下："好！你说怎样就怎样。按照医院规定，住院记录只会保留半年，你提出的八年的要求，正常情况下都能实现。"

　　既然他还没有发现，那就太好了，阮秋伶不由得松了一口气。

既然江浩还不知道，那么就说明他可能不是受到陆远的委托在调查资料。既然不是陆远的委托，那就说明，陆远可能还不知道这件事情。

既然陆远不知道，那她就先瞒着好了。

阮秋伶暗自放松，侧着脸看了看对面马路上精致的男人，再回过头看自己身边几乎全身紧绷的江浩，简直啼笑皆非。

阮秋伶看着江浩现在的样子，对他的一切不满竟然烟消云散，反而由内而外地感觉眼前这个男人……有点可爱？

"行吧，既然我的条件你也答应了，那么你的愿望也由我来实现吧。"

阮秋伶快步走出门，只留下全身僵硬还没反应过来的江浩，在身后压低声音反复提醒："这样不好，你想做什么……小心点！"

他在上一次和冉锦添的会面中一败涂地，最后还不得不按照赌约，答应当陆远一段时间的私人医生，随叫随到。

不知所措的江浩就这样看着阮秋伶连蹦带跳地追上了站在路边的男人。阮秋伶似乎在和男人说些什么，不知道她会用什么方法来解决这个问题。

"太好了，江浩，今天我们就和冉锦添一起去逛街吧！"

半分钟后，冉锦添出现在他身边。

"这么巧，原来秋伶说的，就是你啊。"冉锦添并不惊慌，他的笑依旧是很标准的礼貌式微笑，只是眼里快速闪过一丝光亮。

"我……我只是刚巧路过。"江浩如临大敌，但是就算心里再怎么慌，也绝对不可以表现出来，"没想到能在这个地方遇见你，真是好巧。"

"我也觉得很巧。"阮秋伶飞快地向江浩使了一个眼色，"既然刚好大家都没事，不如今天下午就一起逛街吧！"

"这个我倒是没有关系。"冉锦添的目光扫过江浩的脸，"只是不知道江医生现在有没有时间，或许这个要求，对于一向信奉时间就是金钱的他来说，有些过分了。不过没有关系，阮小姐有什么需要在下帮助的，在下一定在所不辞。"

"我……我当然是有空的啊！"江浩用力提了提领带，"我和阮秋伶相处得比较多，她逛街时有很多不好的癖好，这样想来，还是由我这个熟人陪同更好一些。"

这两人怎么还抬上杠了，这又算是哪门子发展？阮秋伶虽然脸上还保持着微笑，内心却忍不住翻了个大大的白眼。

冉锦添的个子比江浩要稍高一些。江医生虽然嘴上说着工作辛苦，但是也练出了肌肉，不过还是属于中国人理解的纤瘦范围。而冉锦添就完全不同了，一眼就能看出在健身房刻意锻炼的痕迹，虽然不像某些健美冠军那么夸张，但是这种隐约有肌肉的感觉，实在赏心悦目。

江浩虽然摆出一副张牙舞爪的样子，但是没有任何杀伤力。而冉锦添的安静和狡黠，在不知不觉中透露着杀气。

这下有好戏看了。

江浩第一次遇到这样的场面，陪女孩子逛街之类的事，他平时做得并不少。有一段时间他甚至还在医疗之外的领域，得到了"妇女之友"的称号。可是今天，他身边多了个死敌，感觉自己的手脚怎么都放不开。

"啊，阮秋伶，你看这个，是不是超级适合你……"为了打破尴尬的局面，江浩随手指了指橱窗里某条造型夸张的项链。有时候天堂和地狱的转换往往就在一瞬间，江浩如果能有机会安静下来，哪怕腾出一秒钟，也一定不会做出这么错误的决断。

橱窗里是件红宝石首饰，与众不同的是，被做成了骇人的骷髅造型。最大的问题还是，骷髅造型残缺的一角，刚好和阮秋伶被摔断的腿在同一方位。

"江浩，你是不是跟我有仇？"阮秋伶刚才还抱着看热闹的心情，现在却感觉自己遭到了侮辱。

"啊，我……我不是……"江浩指着橱窗的手指突然软了下来。

"确实挺有意思的呢，这枚宝石项链，也许搭配上那边的套装就更有趣了。"看出两人的尴尬，冉锦添礼貌地打破了僵局，示意出来接待的侍者，"不好意思，那边橱窗里的衣服可以让这位小姐试试吗？"

那是件哥特风的洛丽塔连衣裙，对于江浩来说，这简直就是未知新领域了。

"我在美国留学的时候，偶尔会在化装舞会上遇到类似的人物，像这样的服饰最适合温柔可爱的女士了，能够塑造一种反差的可爱感。"冉锦添看似随性补上的一句，让阮秋伶的内心突然舒服了不少。

"没想到你还在美国留过学啊？"自从进店以后，阮秋伶几乎化身成了冉锦添的迷妹，"化装舞会，听起来很有意思，我还真的没有这种风格的东西呢。就相信你一次，我去试试。"

冉锦添笑了笑，稍稍侧身让出了前往更衣室的位置。

没想到才刚开始，自己辛苦用利益收买的伙伴……就沦陷了。江浩使劲用大拇指揉了揉太阳穴，自己刚才就不该做多余的事，直接闭上眼睛走到天黑，至少不会丢脸。

"谢谢你。"一起注视着前方的冉锦添，突然冒出了这么一句。

"谢……我？"刚败下一局的江浩，不明白对方想要表达什么。

"我有什么值得感谢的？谢谢我刚才在她面前出了丑，给你一个表现的机会吗？"

"不是，谢谢你，想要试图缓和和我的关系。"

"我这样好看吗？快看！咦……庸医，你不舒服吗？"

五分钟后，开开心心地换了哥特洛丽塔衣服的阮秋伶，看着站在外面安静等候的两位男士，露出了困惑的表情。

　　"非常合适，你觉得呢？"冉锦添挑眉看向一旁别扭的江浩。

　　"合适是合适，可是这个价格……"阮秋伶少女的天性被唤醒，收集可爱的小裙子，是每一位少女的天职，谁都无法抵挡，"算了吧，下一次有机会了我再过来买。"裙子标签上的数字，好死不死地就卡在陆远给的卡片额度边缘。

　　"包起来。"冉锦添压根没给阮秋伶再犹豫的机会，平和地扭头看向旁边的侍者，递上了自己的银行卡，"觉得喜欢的话，就应该趁早买下，缘分这种东西，本来就是非常奇妙的，有时候错过了一次，就不知道下次要等到什么时候了。"

　　因为冉锦添的纵容，这场原本安排给他们缓和关系的会面，差点变成购物节。

　　"快，我们接下来去那边！"阮秋伶兴致勃勃地指了指附近一处新盖的三层购物中心。

　　可是三人逛街组合还没靠近，停车场外围观的行人就把出入口堵了个严严实实。

　　"这是怎么回事？这家店最大的卖点，难道不是地方特别宽，而且楼层高吗？"被人群挡住的阮秋伶在原地跳了几下，试图用暂时增加身高的方式一探究竟。

　　"前面好像有人在楼顶。"冉锦添眯着眼睛，仰起头看了一会儿，又转过身来，"看起来是一位失意的成功人士。"

　　"你怎么知道？"完全失去视线的阮秋伶一头雾水，"江浩，你看到什么了吗？"

　　江浩这辈子输过无数次，最绝望的还是这一次输在了几厘米的身高差上。他不想踮脚，怕被身边的男人看不起，但是又只能看见前方路人"杀马特"造型的长发。

"看来，那位'成功人士'的来头还不小。"

该死，他到底在干什么？脑子完全乱掉了。

阮秋伶虽然一样拥有"看不见前方"的身高，但是她胜在身体灵巧。一眨眼的工夫，就已经钻到了人群最前方，并且站在地面正中心的位置，和楼上一脸忧郁的成功人士打了个"照面"。

随着时间推移，围观群众也越来越躁动，甚至有人开始用语言逼迫跳楼者赶紧行动。消防车的警笛声由远而近，可楼上站着的人显然已经等不到那个时候了。

"对了！紧急出口！"阮秋伶灵光一现，立刻挤到了人群最旁边。作为一名经济专业学生，她虽然不了解建筑施工图，但是也知道设计建筑物时，紧急通道安装在什么位置能够既达到标准，又节约成本。

果然，常规出入口已被封锁，可另一边已经生锈的紧急出入口处，还有一条铁扶梯。

"阮秋伶，你要干什么？"江浩远远地看见了超市旁边铁质的紧急通道，和"挂"在扶梯上面的阮秋伶。

"你不要冲动，有什么事情好好说！"阮秋伶逐渐接近了楼上的男子，对方似乎也没想到，在自己封闭了常规入口后，还有人能出现在楼顶。

他下意识地向后挪了半步，威胁眼前的少女："我警告你，你不要过来！你再过来，我就跳下去了！"

"行吧，你跳不跳又不关我的事。"阮秋伶知道常规的劝说方法肯定难以起效，余光瞥了眼匆匆赶到现场的消防队员，知道自己当下的首要任务是拖延时间，"实不相瞒，我对你跳不跳并不感兴趣，我是一个记者，只是想知道你选择跳下去的真实原因。看你也是有头有脸的人物，应该也不想死后被媒体随便杜撰一个什么新闻吧？"

阮秋伶的反向劝说似乎有效，跳楼的男人定了一秒，随后激动起来。

"都到这种时候了，你们这些无良媒体就知道炒作！"男人咆哮道，心中的最后一道防线像是瞬间被打开，洪水一泄而下，"你们吃人血馒头吃得还不够吗，你们还想要从我这里得到什么？我的证券公司就是坏在你们这些无良媒体的手上！"

哇，好惊人的推卸责任行为。阮秋伶今天算是见识到，为什么人家能开证券公司，她连一点小事都忙得焦头烂额。就因为她这种没事揽责任的破习惯，压力自己一肩膀全扛了。但是，对方的抱怨，让少女找到了一个合适的切入口。

"你这样非对称的信息，只能让别人处于绝对优势，如果你能稍微考虑到弹性成本和贴现率，你一定不会做出这么冲动的选择！"

站在楼顶的男子大概也没想到，自己竟然能在临死前，遇到这样另类的劝说。

商场下面的围观群众也议论纷纷。

"这小妮子到底在说什么啊？"

"不知道啊，你听到了什么吗？"

"不好意思，麻烦大家让一让，消防队要先在这里架设安全设备。"训练有素的消防队员们扛着充气气囊准备就绪，并且迅速疏散了围观群众。刚才吃瓜的人群一哄而散，原地只留下两位西装革履的"硬茬"。

"不好意思先生，这边不适合普通群众，麻烦转移到安全地点。"

"没关系，我不是普通群众，我是一名医生。"江浩不慌不忙地亮出身份，"如果有什么需要我帮忙的，我一定会……"

可惜充满专业素养的消防员似乎根本不打算给江浩这个面子：

"对不起先生，麻烦您让一下，这里暂时还不需要医生。如果可以的话，我真希望以后也不需要。"

"喊。"江浩刚要转身，又偷偷用余光瞥了身后的男人一眼，"你不走吗？"

"不好意思，我是上面那位女士的家属，我很抱歉她做出那种事，如果有什么需要我配合的，我一定全力配合。"冉锦添眯起眼，视线若有若无地从江浩脸上扫过。

"好的，那就麻烦您配合了。"消防官兵彬彬有礼道。

"喂！你这样不公平！我其实也是家属来着，为什么就只有我要转移啊？喂！"江浩话还没说完，就被以"无关人员避让"的理由"又"离了现场。

阮秋伶余光看着楼下的充气垫越充越大，心里悬着的石头也终于放了下来。

男子爬的屋顶其实不算高，而消防队扛来的充气垫，充完气已经差不多和第一层楼齐平了。她小心翼翼地算了下楼顶到充气垫的距离，感觉就算摔下去，最多也就是会原地回弹起来。

"你不要过来，不管你说什么，再过来我就……"看着阮秋伶步步逼近，轻生男子再次威胁道，但是没有起到任何作用。

"再过去又怎么样？你说啊，还是说你只会说这两句？"像是挑衅一般，阮秋伶往前迈了一步。那男子大概也没想到对方话锋一变，竟然完全没有要劝阻自己的意思。这样要是不跳，他岂不是有点下不来台面？

"我看你说什么公司经营状况不好，也是骗人的吧？如果是真正心系公司安危的人，哪有时间在这里要死要活？你是不是总裁小说看太多了？"认识了陆远之后，阮秋伶谈论起这些来更有底气，所以越战越勇，目光直直地落在那男人脸上，倒是把久经商场的老手看得怵了。

"我……我……"刚才还情绪激动的男人突然安静下来,极速扩张的自尊心瞬间破裂,像是打破了装满水的玻璃瓶,说不清道不明的情绪倾泻而出。紧张的对峙以男人失落的号啕大哭收尾,确实有点叫人意想不到。

"早这样不就完了。"阮秋伶拍拍手,看着消防官兵第一时间冲上去护住轻生男子,顿时有了种饱经风霜、功成身退的感觉。

男子被顺利解救下来,正常通道也恢复使用。阮秋伶看着楼下一点点变扁、被放气的充气垫,心生感慨。

"行了行了,今天这见义勇为奖也不用发给我了,我啊,就权当做善事,只是可惜了这充气垫……"她刚要离开紧急通道,却不知道鞋子什么时候被牢牢卡在了铁梯的间隙里,"喂,这是什么情况?"

大家的注意力都放在了刚被解救的男子身上,阮秋伶习惯性抬起腿踢了一脚,鞋子却被卡得更紧了。

"喂,快来人啊!大家看我!"

楼下嘈杂的围观群众又聚集起来,阮秋伶惊慌失措地四下张望,也没看到刚才和自己为伍的两位成年男性跑到什么地方去了。

既然这样的话,只能使使劲看能不能……阮秋伶脚下刚一使劲,却听到鞋底传来"咔嚓"一声,随之而来的,是身体不受控制地失去平衡。

她瞪大眼睛,嘴里还来不及发出声音,失重的感觉就席卷了全身。

地上原本用来救那位轻生男子的紧急设备,已经被卷起一半,谁也没有预料到这瞬间发生的事情。

"难道……我现在就要死了吗?"阮秋伶在自由落地运动的最

后一秒前摆正了姿势。

　　"我就算是摔死，也绝对要保持脸蛋漂漂亮亮的啊！

　　"等等，这是？"

·第九章·

新手和新手对恋爱的误解

想让奢求活着的人对死亡有非常深刻的感受，基本上是十分困难的事。

生命只有一次，每个人生下来就无条件地拥有它。可自古以来，越是容易拥有的东西，越有人不愿意珍惜。毕竟很少有人能像偶像剧女主角一样动不动就死去活来，不过，有些话也不能说得那么绝对。

毕竟，现在就有一个"奇迹"躺在私立医院的特护病房里。

阮秋伶突然有了意识，可身体中枢神经和各个部位的联系仿佛被凭空切断，她只觉得一切都变得好重。

怎么回事，我死了吗？好奇怪，如果是死了的话，身体不应该变轻吗？我就知道那群写小说的都是骗子。不对，如果我死了，为什么还能听到护士和庸医的声音呢？

她试着移动手臂，很沉，不过终于还是从自己的脑袋上，揪下了一块满是粉红色小猫咪图案的眼罩。

"到底是谁这么恶趣味？"阮秋伶这才发现，自己的手脚都被厚厚的石膏缠上，整个人像是木乃伊一样，刚才觉得重，完全是因为这些压在身上的石膏！

"你……你居然醒了！"

一声惊叹将阮秋伶的注意力转移到了端着盘子的护士姐姐身上。

"不好意思，请问我……不该醒吗？"阮秋伶有些紧张。

可护士根本就没来得及回答，直接惊叫着逃窜："啊，江主任，病人醒了！"

这让阮秋伶开始认真反省，自己到底是诈尸了，还是什么状况，难道自己已经被默认死亡了吗？

阮秋伶仔细回想之前的事情，再加上现在浑身石膏的情况，迅速做出了判断，自己现在还活着，可是从那种高度摔下来，为什么没事？

她仔细回忆自己记忆里残存的碎片，好像跌下来之前隐约看见了……陆远的脸？

不应该啊，不可能啊，陆远怎么会在那个时候出现在那里？得出结论的同时，少女以同样的速度飞快否定了自己的结论。可如果不是陆远，又会是谁？

互联网时代多少还是有些好处的，"死里逃生"的少女马上镇定下来。首先确认时间，对的，自己记忆中断了几个小时；其次确认地点——没错，她也没有被外星人掳走，看周围这个布局应该是在医院。

得到消息的江浩在几分钟之后抵达特护病房，阮秋伶只从他关切的眼神里读出了满满的惊讶："你醒了？"

"嗯……我不该醒吗？"被包成粽子的阮秋伶极力挑眉，幽默地调侃道，"还是说，其实医学领域里也曾经有诈尸的研究调查？"

"诈尸？"江浩一秒就明白了对方话里的意思，并且贱兮兮地接了下来，"你还记得我是谁吗，要不要现在把你送出去做个脑部检查？"

"你啊……哎呀，不记得了，应该是个庸医吧。"她好不容易凭本事醒过来，对方居然就这样的反应欢迎她，怎么说也得夸她是个医学传奇吧！

阮秋伶还想继续讽刺几句，马上又想到正事："庸医，我是不是没得救了？"

"哟呵，你确实是没有办法治疗。"被熟悉的配方讽刺几句，江浩立刻就放下心来。看来阮秋伶脑子没有摔坏，身体状况也不错，"你就是差点摔了一跤，身上有点擦伤，问题不是很大。"

"什么叫差点摔了一跤？而且你看我这身上的石膏，这像是只有点擦伤吗？现在的庸医骗人都这么不走心的吗？"

"确实是只有点擦伤，不信你自己把石膏脱了看。"江浩恢复了原本嬉皮笑脸的样子。

阮秋伶将信将疑地从石膏里抽出胳膊，这才发现自己身上那点程度的轻伤，说是擦伤都勉为其难。

"既然这样，把我包成石膏像有什么讲究吗？"

"没啊，"江浩悠然自得地准备离开，"就是我心血来潮，想让实习的学生都试试手。"

"你！"得知"真相"的阮秋伶差点没从石膏里跳出来，"你可别忘了，我可帮过你，你还欠着我的债呢。"

"行了，行了，你好好休养吧。"江浩交代好事情，留着阮秋伶在特护病房里继续挣扎，转身就进了另一个房间。

"你看我这一天天的，活得就像个双面间谍。"

房间里的男人货真价实地在胳膊上打着石膏，他抬眼轻轻扫过江浩："她怎么样了？"

"还能怎么样？"江医生对待陆远严肃了点，但是语调里还是带着股天然的调侃，"你的鸡汤准备好了没有？要不要我给你在石膏上画朵花，活跃一下气氛？"

陆远显然对这种调侃并不感冒，低头又确认了一遍文件，把自己的 X 光片夹在了文件夹的最下面："我出去了。"

"唉，想看朽木开花，还真有难度哟。"江浩看着陆远离开的身影，在办公室的门口摆出了个妖娆的姿势。

阮秋伶几分钟前才好不容易从石膏堆里挣扎出来，这会儿在确认过自己全身上下确实没事后，也开始在住院部轻车熟路地探索起来。她开始使劲回忆自己断片之前的事情，却好像平白无故地缺了一幕，不知道自己是怎么来的医院，更不知道自己明明住在所谓的特护病房，为什么还要受这种被包满石膏的委屈。

可能是上天眷顾委屈巴巴的阮秋伶，正在住院部溜达准备回房间的少女，却在主任医师的办公室前发现了一个风骚的身影。

"这难道就是所谓的……天无绝人之路？"阮秋伶心头一热，连忙掏出手机，对着那个风骚的背影一顿猛拍，"嘿嘿，有了这个把柄，以后咱们再慢慢算账。"

阮秋伶拍得正在兴头上，镜头里却出现了张熟悉的脸，只是看起来要疲惫一些："陆……你怎么在这里？"

"没，只是正好路过。"今天的陆远不自觉地向后缩了缩，阮秋伶这才注意到，他穿得颇为正式，西装披在外面，刚好挡住了另一只手。似乎是为了掩饰什么，他习惯性地将手里的袋子递给阮秋伶，"这个给你。"

"这是什么？"

"没什么。"还不等阮秋伶反应过来，陆远就准备离开。

"刚来就走，你以为这是小说或者漫画啊？"只是想再和陆远搭上几句话的阮秋伶有点小脾气，"你怎么每次都这样，明明口口声声说要什么……结婚，却每次都像个备胎男二号一样。"

"备胎男二号，是什么？"十几岁就投入工作，十年来昼夜不停忙碌的职场男性，显然已经和面前的可爱女学生有了巨大的代沟。

"备胎男二号就是……像你这样！"阮秋伶也不知道该怎么解释，"每次我需要你的时候，你就出现，然后也不说点什么来刷我对你的好感度，又悄悄地走掉了！你以为这是什么，是少女漫画吗？就算是在漫画里，你这样做，女主角也不会爱你，她最后会和男主角私奔跑掉的！"

"哦？"陆远微微一挑眉，"你还背着我私藏了别的'男主角'？"

"才……才没有！我只是举个例子！"

"傻瓜。"陆远被眼前女孩的一番"惊人发言"教育得一头雾水，刚要转身，却幼稚地伸手在对方的额头上弹了一下。

"喂！"

阮秋伶还想再说点什么，陆远却没有再给她机会，向着出口头也不回地快步走了过去。

"什么啊。"阮秋伶拎着手袋站在医院的走道上，丈二和尚摸不着头脑。这个家伙是特意出现在这里的吗，是来看她的吗？

陆远快步向前走去，刚迈进电梯间就被一队提着担架的医生护士投去了异样的眼光。

他陆远是什么人哪？公司刚起步那会儿，为了拉到投资商，还特意跑去大学学了两个月演讲，什么大风大浪没见过，就算是一千人的会议也从来没有怯场过。可偏偏现在，偏偏是在小小的电梯间里，他突然觉得自己无所适从，像是一个刚做了亏心事被人发现的坏孩子。为了缓解尴尬的情绪，陆远稍作停留，就佯装接电话似的去了楼梯的安全出口。

"唉……"迈进安全通道的铁门，陆远才偷偷地松了一口气，脸不知道什么时候……突然好烫。

"哈哈哈，陆远，没想到啊，上天果然还是公平的。"安全通道里昏黄的感应灯亮起来，暗处一个潜伏已久的男人不慌不忙地现了身。

陆远原本想直接无视他，快步离开这个是非之地，可还没走出几步，身后熟悉的笑声又好死不死地黏上来。

"哈哈哈，陆远，你知道吗？你的到来给我的生活增添了不少的乐子。"

陆远继续往前走，理都不理他。

"别这么冷漠嘛。"江浩上班时间不认真工作，居然溜进了安全通道摸鱼。见陆远对自己爱答不理，又故作轻浮地快步走到他前面，拦住了去路。他要是个女人，应该是很不得了的交际花吧。

"你到底想说什么？"

"我想说什么？这个主语错了吧，应该是你到底想说什么，对吧？害羞的总裁大人。"江浩习惯地调侃。

"你！"

"我，我怎么啦？"稍稍激怒陆远，似乎让江浩的内心得到了部分满足。他收起了脸上不正经的笑容，又从口袋里掏出了一张折叠着的检验报告，"你可别以为我是故意来笑你啊，我是无意路过，想把你嘱咐我的工作任务交代一下而已。结果和你之前想的一样，这个女孩确实是'那个人'。"

陆远的手指碰到检验报告时轻轻颤了颤，但是他很快又恢复镇定："还有呢？"

"还有？再说我就怕你伤心了，你自己看吧。"

陆远深吸一口气，这才缓缓地把报告摊开。"完全符合"四个大字映入眼帘。

"符合是符合，就是可惜了，这个女孩来得迟了一点。"江浩察觉到陆远表情的变化，似乎终于有了点人类的同情心。他向前走了几步，伸手拍了拍陆远的肩膀，"不过你也不用担心，我虽然是个无神论者，但也明白，有些事情是不能强求的，这是她的命数。"

安全通道里的灯光很暗，江浩的余光根本看不清陆远脸上的表情，只看到他握着检查单的手抖个不停，又握紧，并冷静下来。

"我先走了。"陆远仰起头，依旧是和平时一样的表情。

"走吧，这本来也不是你该来的地方。伤筋动骨一百天，我认识你这么久，还是头一次见到这么爱惜自己身体的你，为了救别人而受伤。"江浩故作轻松道，"那件事情你也别太放在心上了，秘密我会保守的，尤其是对那女孩。"

陆远不紧不慢地向前走几步，稍稍停顿下来，抬头往后看了一眼，又恢复常态继续走了下去。他的步伐一向稳健，带给人的压迫感却与日俱增，仿佛一根被冷风刮灭的蜡烛，这世间再没人能挑起他心里的火花。

人的任何举动，总是具有目的性。爱情其实是个包罗万象的挡箭牌，可无论是精心地准备礼物送给对方，还是竭尽全力地讨对方的开心，其实都是为了满足自己"等待对方回应"的愿望。

陆远第一次明白这个道理是八年前，十几岁的年纪，不早也不晚。

他曾经一无所有，就算现在富甲一方，可每每仰起头，却还是能感觉到孤单。他能在生命里堆砌很多没用且矫情的句子，可无论内心纠结什么，生活总要继续。

"老板，接下来的会议资料。还有，这是刚才监察巡视人事部后，递交上来的申请，人事部部长想要为新来的秘书小姐申请双倍工资。"见到老板从住院部大楼里走出来，热爱工作的秘书立刻就黏了上去。

"工资本来就应该是由人事部核算的吧？是否有翻倍支付工资的必要，交给人事部其他成员解决即可。"

"对不起，是我失职了。"秘书后知后觉，并为自己在这种时候还拿出小事打扰老板的行为突然感觉到紧张，"以后我会多加注意的。"

"别紧张，你没错。"话虽如此，陆远还是接过了秘书递来的一沓资料。为缓解气氛，他安抚了秘书几句，"人事不是最该明白的吗？这种事情需要经过核算，说多少工资就多少工资，这又不是小说或者漫画。"

像这种人设的总裁，就算是在小说或者漫画里，也应该常年坐冷板凳吧。同样身为总裁文爱好者的秘书小姐偷偷地叹了一口气。不过，这也正是她追随陆远的原因之一。

"走。"陆远熟稔地打开车门，友善地提醒秘书，"下面的安排，要迟到了。

"对了。"

秘书小姐刚松了一口气，立刻又浑身紧绷起来。她万万没想到，自己有生之年里，竟然还能从自家不食人间烟火的总裁大人嘴里听到一句不可思议的请求。

"麻烦帮我整理一些资料，包括'霸道总裁'和'备胎男二号'之类的名词解释。"

"陆总，你……你确定吗？"秘书小姐脱口而出，才发现自己是在质疑陆远的智商，"对不起，我不是那个意思。"

好在陆远并不是个锱铢必较的人，瞥了身后慌张的女秘书一眼，淡淡地说了句："我还在工作时间，走吧。"

另一边，阮秋伶在特护病房里静坐了三十分钟，就开始无休止地骚扰门口来来往往的护士。

"不好意思，请问……"

可是今天的护士小姐都很反常，不说温柔体贴，连抬眼看她的人都没有。

"主任交代了，那边病房的女患者，无论她说什么大家都不要搭理她。"见到实习生刚要同情心泛滥，年长一些的护士便低声交代道。

"真的没关系吗？咱们这可是医院。"实习生小心翼翼地问。

"没事，没事。"年长的护士默默翻了一个白眼，"那位女患者身体状况比咱们都好。"

"那她住院……到底是为什么呢？"

"因为……爱情吧。"想到阮秋伶被横抱着送进来的场景，年长的护士满眼的粉色泡泡冒个不停，"要是有那样的男人抱着我来医院，别说被打成石膏像住院，就算是坐轮椅我都可以。"

"不好意思。"一个故作淡定的声音强行加入了两人的谈话，"方便的话，可以再把'抱着送来医院'那部分，详细和我说说吗？"阮秋伶撑着一张微笑到僵硬的脸，把两位护士吓了一跳。

"哦！对对对，刚刚那个患者有急事找我们呢，不好意思，我们先走一步！"两位护士脚底生风，以最快速度消失在了阮秋伶的视线范围里。

阮秋伶根本无力再说些什么，这样的反应，说不是演的，她都不信。

"拜托，就算要骗我说是有病人找，起码也该往病房的方向躲吧？"

阮秋伶又不傻，稍稍一猜，就知道肯定又是陆远救了自己。

她已经欠了他太多人情，阮秋伶心里有些不好受，自己从一开始到现在，好像都没有贡献丝毫价值。除了被救、受伤，就是受伤、被救。

人都多少是有点自尊心的，虽然说不上践踏尊严，但是感觉心里有块大石头一直堵在那里。

"哈，报恩？阮秋伶，你是不是住院住傻了？"电话那边的女人实力演绎了名为"不可思议"的情绪。

听到江舒俞的话，阮秋伶有点无语，需要这么震惊吗？

"没有傻，那你怎么会有这么正常的想法呢？"要不是隔着电话线，估计江舒俞关切的巴掌早就已经平平地摊在了阮秋伶的额头上，"还是发烧了，高烧不退吗？就知道说胡话。"

"我现在连正常的想法都不能有了吗？"阮秋伶发自内心地质问道。

"是啊，你看我们，也有几年一起睡觉的交情了吧，"江舒俞认真分析，"你这么长时间以来，还是第一次提出这么正常的想法，我都不知道该怎么面对你了。"

"我平时在你心目中到底是什么啊？"阮秋伶哭笑不得，"好了，好了，我就是想问你，有没有什么办法，能够让我的内心别这么愧疚。"

"办法？有啊，以身相许不就得了。"

"这个……恐怕没办法做到。"阮秋伶不能告诉江舒俞，她和陆远之间本来就有一个以婚姻为前提的羁绊。

江舒俞似乎也察觉到了什么，深沉地叹了口气，越发语重心长："年轻人，在这个年龄段，清贫一点不是很正常吗？"

阮秋伶想了想自己的钱包和负债，愉快地认同了江舒俞的话："是啊，年轻时就想富甲一方，确实有点强父母所难。"

　　江舒俞原本还不确定，听了阮秋伶的话，瞬间认定了陆远清贫的事实。不确定还行，可一旦确定下来，反而叫人更加不安心。她想了想见过几次的陆远，无不是一副贤妻良母的温柔样子。

　　要不是姻缘线不归她管，她都恨不得再给自己朋友多创造一点机会。

　　"阮秋伶，你听我说，这世界上有很多事情，是金钱怎么都买不到的！"热血沸腾的红娘总是有很多大道理，"而很多金钱买不到的东西，才是最珍贵的，如果你真的想报恩，不要考虑钱，要用你胸膛里'扑通扑通'跳个不停的东西。"

　　江舒俞的本意是说用心，可阮秋伶胸前也正好有个有节奏地响了半天的……血氧饱和测试仪。

　　这个仪器，主要是通过接触皮肤进行工作，测算体内的血氧浓度。可是，用这个东西就能打动别人吗？阮秋伶一时之间陷入了困境，难不成江舒俞的意思是做一件"会让人缺氧"的事情？

　　"对！然后一定要真诚。"

　　"嗯嗯！可什么样的行为才叫真诚呢？"心里已经浮起计谋的阮秋伶继续问。

　　"就是，能让对方永远记住这件事，可以有些感人的动作之类的。"江舒俞已经脑补出了陆远平时那些温柔细腻的细节，希望点醒自己这位身在福中不知福的朋友，让她重新感受下"穷小子"的爱意，"有些事情不需要太高调，只要当事人知道这一切，就足够了。"

　　"哦，是这样的啊。"阮秋伶频频点头。被这样说了一通，她有点豁然开朗，没想到自己苦苦思索了这么久的问题，解决起来竟然这么简单，"那谢谢了，我这就照做！"

"等等，你照做？可我是想让你重新感受下他，其实……"江舒俞还没讲完，那头的人声就被忙音取代了。

　　她再拨过去，显示呼叫的对方正忙。

　　"不好，不好，要出事了。"江舒俞心头一凉，脑海里瞬间闪过若干个精彩的画面。完了完了，这门亲事看来是成不了了。

　　以阮秋伶的智商和理解能力，根本就不适合"筹划任何事"。所以正在工作的陆远万万没想到，意外总是来得那么突然。

　　"陆总，接下来是……"

　　行色匆匆的两人原本还在快速向前走着，其中的一位却突然定在了原地。

　　"陆总，怎……"

　　陆远直直地望着前方，目光落到了人群里被玩偶装包得不见人形的"物体"身上："这个东西在这里做什么？"

　　大楼的保安跌跌撞撞，好不容易才抢在摇摇晃晃的"物体"前，冲到了面无表情的陆远面前。

　　"对不起，先生，我们马上处理……"

　　左右两位保安的胳膊牢牢夹住布偶装"物体"，刚一使劲抬起来，就听见厚厚的布里传出一声："陆……陆远，我……"

　　"等等！"陆远心里一惊，惊讶只是在他脸上停留了一瞬。恢复正常后，他示意保安们，"把这个送到休息室。"

　　陆远的公司在这栋大厦的十一层，虽然不像家族企业一样，拥有一整栋楼那么气势磅礴，但是对一步步走到这里的他来说，这里曾经也是一个梦想。

　　"说吧，穿成这样，到底什么事？"

　　被保安抬着送到休息室的"玩偶"挣扎了很久，才从拉链里探出头来："啊，我以为我差点就要死了！"

为了掩饰自己的计划失败，阮秋伶决定恶人先告状："这件布偶装设计得实在是太不科学了。你看，我这么标准的身材，头也只是到它的胸部而已。"

　　陆远缓缓地上下打量了会儿眼前满身大汗的阮秋伶，眼神仿佛是在看某位老熟人一样温和："设计没有问题，问题是正常使用这件衣服的人一般是男性，并且会适当调整布偶的高度。"

　　"我以为你对这些……没什么研究。"顺着陆远的指示，在仔细观察后，终于发现布偶调整按钮的阮秋伶陷入了尴尬境地。

　　她本以为从附近超市的阿姨那里借到了这件"幸运战衣"，今天一定会水到渠成……没想到，想给陆远的浪漫和真诚变成了笑话。

　　"我不是很了解，"陆远并没有责怪的意思，"只是这件衣服，八年前我也穿过。"

　　"八年前？"阮秋伶的内心受到了巨大的冲击。这样的布偶装居然能放八年？啊，不是，是陆远这样的人竟然也会有穿这衣服的时候吗？

　　阮秋伶试图脑补出眼前西装革履面无表情的人塞进这件又旧又搞笑的卡通服饰里的画面，竟然不小心当着当事人的面笑出了声来。

　　"哈哈哈……啊，对不起，我不是故意的。"意识到事态的严重性，阮秋伶赶紧捂住了自己的嘴。

　　"没关系。"好在当事人并没有要追究的意思，"这件衣服确实足够引人注意，如果你也是恰好从仓库里选出这件衣服，说明英雄所见略同。"

　　"嘿嘿，是吗？没想到我这个人也不是没有优点。那么，八年前你为什么要借这件衣服呢？因为你也想……"

　　"因为我必须变得能够引人注目，而这种类型的衣服，也差不多是不小心被车撞倒以后缓冲效果最好的。"陆远说得平和，叫人完全猜不出他身上到底发生过什么。阮秋伶愣愣地戳在原地想了几秒，也没想清楚到底是什么样的人，值得自己眼前的男人付出这样的代价。

"那个……你是为了吸引，对你很重要的人的注意力吗？"她小心翼翼地问。

"确实是很重要的人，他的汽车从我面前加速跑过的前几次，差点就让我放弃了。"

这个意思是……难道陆远曾经追求过谁家的千金吗？还是追着对方的车死缠烂打希望对方看自己一眼那种追求？

阮秋伶捏着口袋里准备好的礼物盒子。她原本准备给陆远一个巨大的拥抱，然后当场送出礼物。好像电视剧里男女主角表达真心的时候，总是会有这样的镜头。

可生活不是电视剧，也没有长短镜头。陆远望着眼前女孩紧张得挂满汗珠的脸，唇边居然挂上了一抹笑意。

"还好最后一次我成功了，那是我第一次递出我的策划案。"

"啊？"阮秋伶大吃一惊，"你说的很重要的人，就是……甲方吗？"

"是的。"陆远义正词严地说，"对于那时的我来说，这世界上还会有比甲方更重要的人吗？"

这样听来，总裁大人能单身这么多年，也是凭自己的真本事啊！阮秋伶默默地感慨，不知道该夸对方单纯呢，还是愚蠢，抑或是……脑回路清奇？

"那……现……现在呢？"

"你在想什么？"上次被江浩调戏之后，陆远也变得滑头起来。他与生俱来的聪慧早早就预见了阮秋伶的潜台词，她分明想要"我爱你，你是我最重要的人"或者其他类似的答案。

"我……我没有啊，就是随便问问。"虽然曾经叱咤风云，但是只发过好人卡，却没真正谈过恋爱的阮秋伶，还是先心虚了，"只是随便问问啦，你不要放在心上，对了，你是不是还有工作？那你就先去忙吧，不用管我！"

　　"哦？"陆远只要把阮秋伶放在乙方的位置，整个人的智商就直线上升，"既然这样的话，我就不管你了。"

　　"嗯，不用管我，你忙吧。"阮秋伶默默地松了一口气。

　　"那临走之前，给我一个礼物吧。"

　　"礼物？什么礼物？"阮秋伶有些迷茫。

　　"起码挥手作别一下吧？"陆远的语气带着些诱惑，他早就发现了阮秋伶卡在布偶装里奇怪的姿势，右手绝对藏着什么秘密。

　　"拜拜。"阮秋伶果不其然地伸出左手使劲挥了挥，"不用管我了，我自己会回去的。"

　　"好是好，不过你是左撇子吗？据说总裁小说里是左撇子的女人，一般都是女配……"陆远早就已经摸清了眼前女孩的脾气。

　　为了弄懂"总裁小说"这个陌生的名词，秘书小姐用工作报表的形式为陆远总结了几页资料。

　　不过陆远并没有像给下属开工作会议一样，拿着资料表给阮秋伶参观。善解人意的秘书小姐在总结"霸道总裁"这个名词时，还认真提出了一个叫"公开处刑"（在公开场合公布小众爱好者的爱好）的词汇。

　　"怎么可能？我才是真正的……"阮秋伶刚抬起右手耀武扬威，就眼看着陆远的表情有了细微的变化，眼睛里闪过一丝得意。

　　藏在右手手心里的礼物盒子彻底暴露在两人面前，她还想再补充几句什么，却只像孩子一样低下了头。

　　"送……送给你。"

"给我？"陆远礼貌性地表示出惊讶。

"就是了，你快拿去吧！"不等对方回过神来，阮秋伶就胡乱地把手里的盒子塞了出去，"先说好，这可不是什么回礼，就是路过的时候突然觉得好看，就买下来送你了，是用我自己打工一天的工资买的。"

陆远早早地料到了这个局面，虽然故作镇定，内心却欢悦得像只小鸟。

"好的，我知道了。"收下礼物的陆远依然像开发布会一样冷静，为了掩饰自己根本不存在的紧张，甚至还象征性地用手整理了下领结，"没什么事情的话，我就先去工作了。"

"好，你快去吧！"阮秋伶做了几秒心理斗争，最后还是鼓起勇气偷瞄了他一眼。

陆远的领结本来没事，刚才被他用手整理了一下，却变得松松散散的。他刚转身，阮秋伶就脱口而出："啊，你等等。"

"嗯？"陆远手里下意识地握紧了礼物的盒子。

"我……我是想说……这个还没弄好。现在，可以了。"她飞快地整理了总裁先生的领结，方便他继续维持高大威严的形象，投入工作当中。

陆远似乎也意识到了自己的失态，虽然大体上没有出任何差错，但人类的真心话往往都藏在潜意识的只言片语里。

"那，我走了，"陆远悄悄地深吸一口气，明明是两个都已经同居许久的成年人，稍稍靠近一点却还不如队列里手牵手的小学生。

"今晚，有时间吗？"

"啊，有……"阮秋伶脱口而出道。

"那，晚上我叫人接你。"

这样的邀请，阮秋伶肯定是不会拒绝的。可是不知道为什么，几百万的买卖陆远都没有这么惊慌过，怕从她嘴里念出一个和拒绝有关的词汇。

也是在那一刻，商场上谨慎的陆远突然意识到，自己也并不是刀枪不入，毫无缺点。

"陆总，你没事吧？"秘书小姐还在办公室里整理资料，"空调需要开低一点吗？"

她的话比较含蓄，陆远却早就意识到，自己脸上的血液沸腾得多么明显。作为公司之主，他还是需要足够的威严和自尊的："没事，不用麻烦了。"

两人的恋爱关系在那段时间内突飞猛进。啊，说到突飞猛进，大概也就是从前几个月的合作共赢，发展成了幼儿园阶段对异性的懵懂和暧昧。两位并肩逛街的成年人确实有些格格不入，虽然是并排行走，比起恋人却更像是领导和办公室的同事。

"陆……"

"抱歉，"稍微走快了几步的男人终于想起自己是在逛街，"我第一次参与这样的活动，有些失误了，请多包涵。"

陆远的彬彬有礼，让原本还有点生活阅历的阮秋伶也跟着紧张起来："没有，没有，其实逛街这种事情，是不应该穿高跟鞋的，是我走得太慢了。"

我到底在说什么啊？这不是逛街，而是约会吧！阮秋伶内心已经把自己刚才说的话吐槽了一万遍，可惜覆水难收。她不知道自己是怎么回事，明明计划里一套一套的，可实施起来，却总找不到合适的方案。

人这种生物确实奇怪，年幼时明明就能够口齿清晰地表达自己的喜好，成长起来以后，却连自己真正想要什么都弄不明白。

被无数女人视为猎物的陆远不明白，被同龄男性们猛献殷勤的阮秋伶竟然也不明白。

真让人时不时地感慨，上天永远是公平的，给了某些人白手起家、受人爱戴的脑子，却没给他和异性陷入爱河的情商；给了某些人艳惊四座的资本，却没给她正确恋爱的指导。

"我们在这里休息一会儿吧。"

两人的逛街变成了急行军，他们并肩走过了三条商业街。阮秋伶连大学军训时都没受过这样的委屈。

"抱歉，我有点无法理解女孩为什么喜欢逛街。"在街边咖啡厅里，陆远端来一份咖啡，终于提出了自己憋了很久的疑问，"我们是不是应该进商场走走，买点东西？一直在马路上的话，好像和竞走没有区别。"

"对对对，难怪我一直觉得哪里怪怪的！"阮秋伶这才反应过来，发现自己犯了原则性的错误。如果要提高陆远对自己的好感度，一直在大马路上疾走有什么用啊？如果要突出自己贤妻良母的气质，适合恋爱的话，现在应该去哪里？

阮秋伶深吸一口气，重新制订了作战计划。她内心翻涌，脑子根本没有办法静下来思考问题。对了，这个时候，只要借鉴成功的案例……

谈起阮秋伶和总裁小说的渊源，可以追溯到初中第一次住校，深夜熄灯后躲在被窝里的秘密。也正是那一年，她的桃花运一路飙升，达到了阮父提着棍子也没办法震慑的程度。尤其是对于真实恋爱经验匮乏的她来说，小说故事中的情节有时候就像是"保命符"或者"指南针"，总能够为她提供帮助。

所以，十分钟之后，西装革履的陆远就成了超市特价区大妈人潮中最亮眼的风景。

阮秋伶应该是看了一本盗版的言情小说，才能后半截突然从都市虐恋拐到菜市场。

　　好在，陆远的真实恋爱经验也不比阮秋伶多多少。

　　"难道这就是约会的正确方式吗？"总裁先生的人生第一场正式约会，亦如风雨中飘摇的一叶扁舟。

　　身边的大妈浪潮随着特卖的叫卖声起起落落，陆远愣在其中，也不知道手脚该放在什么地方。

　　难怪人们常说，婚姻是爱情的坟墓。陆远感慨，就自己身边的人流强度，都不需要走到婚姻，光是在这里约会，他就已经能够感受到死亡的气息了。

　　"陆远，这里！"

　　阮秋伶从人群中伸出手，为了使自己更高更突出，还特别踮起了脚。陆远就站在离她十米外，但根本没有机会将彼此的距离拉近。

　　"稍等一下，我马上就……"

　　为了安抚女孩，陆远准备奋力一搏，可刚迈出第一步，就听到不远处的促销阿姨大吼了一声："那边的空心菜开始打折了，限时十分钟！"

　　"大家快点，晚了就没有了！"

　　熙熙攘攘的人群就像是沙丁鱼部落，迅速改变了方向，并整齐地向着目标全速前进。

　　自从公司事业稳定之后，陆远还没受过这种委屈，身为总裁的他在公司说一不二，可在这个超市生鲜促销区，十个总裁都敌不过一个身强体壮的广场舞大妈。

　　十分钟后，距离两人最远处的西红柿开始搞特价，陆远这才找到机会来到阮秋伶身边。

　　"抱歉，我来晚了。"他习惯性地伸手接过阮秋伶手里的篮子，初次约会的两人在突然空旷的超市生鲜区角落非常有默契地喘了一口气，抬起头，望了一眼面前堆积如山的青椒，又相视而笑。

"你是我认识的第一个这么喜欢说'抱歉'的总裁。"

"哦，那你还认识其他总裁？"

阮秋伶感觉陆远在吃醋，突然俏皮了一下："是，也不是。"

可是，陆远可不是那种会在同一个坑里连续摔三次的男人。秘书小姐总结的那一大堆总裁资料他已经粗略看过一遍，现在，该到他反击的时候了。

"哦？"阮秋伶刚要转身看看身后的青椒，陆远却突如其来地缩短了两人的距离，凑到她耳边低声说，"敢在我面前做出这种回答的女人，你是第一个。"

阮秋伶的身体，好像突然有一股电流通过。好熟悉的台词啊！按照套路，现在她应该缓缓转身，身后的男人则会恰到好处地逼近她，两人接吻。可惜……

"青椒特卖现在开始，限时十分钟！"

所有浪漫程序眼看着水到渠成，两人情深意切，一个慢镜头之后，冲向特价蔬菜的大军如洪水猛兽，将一对有情人活活地拆开。

阮秋伶这才领悟到，总裁文买鱼的精髓是承包鱼塘，而不是和水产区的阿姨讨价还价。

"这样做不对吗？"陆远恍然大悟，然后向水产区的阿姨示意，"请问，我可以收购你的摊位吗？"

"可别啊，咱们涉猎的领域已经够多了。身为珠宝商，再去卖水产，别人会觉得我们鱼目混珠！"阮秋伶一时激动，小说男主买鱼塘是假买，可陆远收购水产摊位是真收，"创业有风险，这些风险还是让别人去承担吧！"

太阳西斜，两人提着购物袋从超市出来，活像是一对配合默契的夫妻。

"今天真是辛苦你了……"

"没事。"陆远虽然感慨情侣约会的艰难程度，但是一扭头看到阮秋伶，心情还是变得愉悦起来。

还好是和她一起。陆远也不知道自己什么时候竟然有了这种想法，如果是和其他女性一起做"约会"这么辛苦的事情，他可能没办法坚持下来吧。

当然，如果是正常的约会，是绝对不会有姑娘带着男朋友去超市展现贤妻良母能力的，绝对不会。

"那我们现在……"阮秋伶刚想问陆远，对方却熟稔地迈向了停车场。

对了，如果按照正常的约会套路，现在应该分开各自回家了。阮秋伶刚一想，就发现了这个想法的悖论：他们俩根本没办法做到各自回家啊！毕竟他俩现在住在同一个屋檐底下！

"走吧。"确认所谓的约会终于结束以后，陆远松了一口气，将购物袋放进汽车后备厢的姿势，就像是个结婚多年的好好先生。

夕阳透过云层，薄薄地勾画出金黄的色彩，陆远打开车门，回头示意身后的女性"女士优先"。可能是风太好了，云也太好了，连带着日光都变得温柔了。

阮秋伶深深藏在心里的某种感情，就在那一瞬间，彻底迸发了出来，就像被撕开了一道口子的彩虹，各种各样的颜色顺着那道缺口倾泻，在干涸的土地上散发着七彩光芒。

阮秋伶其实很好奇，所有爱情故事里的男女主角，到底是从什么时候开始相爱的？

她找了很久，一直找不到一个具体的分割线，直到这件不可思议的事情发生在她的身上。那种感情，其实就是一瞬间由量变发展成了质变。从那以后所有相同的一切，都和之前看到的完全不同。

如果能这样一直和他在一起就好了。

坐在副驾驶的阮秋伶突然冒出一个念头，如果能一直和陆远在一起就好了。哪怕是一起去超市买鱼，只要能够一直在一起，就好了。

暴风雨来临之前，总是平静的。

任氏集团的新品发布会和陆远公司的是在同一天，非常刻意的是，任氏集团的时间故意设定在陆远公司前三个小时。到场的媒体不在少数，明眼人一看就知道，这是任氏集团财力的侧面反映。

可陆远在乎不了太多，他只有尽自己所能做到最好。

"陆总，我们公司的发布会现在必须停止！"秘书小姐匆匆忙忙，高跟鞋跟踩在地上的节奏很乱，还差点在大理石地面上滑倒。

新品发布会已经进入倒计时，公司上下已经为此准备了很长时间。可此时，陆远只能对着电视直播，紧紧地皱着眉。

直播的是他的对手公司，而任氏集团展示的新品内容，是与他手中资料上内容极其相似的另一套设计，也是陆远公司本次发布会的压轴新品。如果三小时后，他的公司再发布这套新品，绝对会被人说是抄袭！

坐在办公室里的陆远越发焦虑，而这边，等待着陆远宣布新产品的媒体，像是突然拥入，破天荒地来了比预计多几倍的人。

可是，就算如此，身为总裁，也不能乱。

"我已经知道了。"陆远回过头，安慰慌乱的秘书。

"媒体已经差不多都到场了，陆总，我们现在只有两个方案，要么取消这次发布，要么取消这个产品的发布。可这次的产品是我们本年度的主打，再加上媒体远远超出预计的量，因此我推荐……"

"不需要。"陆远权衡过利弊，脸突然阴沉了下来。他深深地吸了一口气，重新调整心态，回答道，"按照原定计划进行。"

"原定计划？可是，陆总，我们的……"

还有更好的解决方案吗？

陆远感觉自己的胸口仿佛被什么压住，他快速地回忆了发生在自己身上的几个小插曲，却没想到有任何可以给予对手的机会。

"不需要进行任何更改。"陆远快步向前走去，秘书小姐抱着文件紧紧地跟在身后，"也没有时间再拟定其他方案了。"

"不可以！陆总，你冷静一点！"

秘书小姐突然快步挡在了前方，陆远因惯性继续向前半步，两人的距离突然变得暧昧。

闪光灯的亮光一闪而过，有好事的小道媒体已经准备好发布一个特大的花边新闻。

可陆远现在没时间去处理那些事情。

"保安，保安在什么地方？"秘书小姐尖叫道。

身材很好的礼仪微微弯腰，快步前行的男人这才没走向错误的方向："陆总，发布现场是往这边……"

陆远脑子很乱，应急方案轮流登场，却没有任何一个可以派上用场。如果这次的最终设计没有他亲力亲为，他恐怕还能清醒一点，但是现在的他，不仅仅是个即将面对媒体的企业家，还是个孤注一掷的创作者。

"不应该的，为什么他们能得到这个资料？"陆远一边考虑止损方案，一边稳健地迈入了发布会场。

见到有人出现，等待多时的摄像机立刻围堵上来。不知道是谁散布的消息，出现的媒体数量远远超过了预计。更重要的是，陆远稍微扫视一圈，就发现自己预约的两家业内大户并没有出现，取而代之的是大量长期混迹边缘八卦的小媒体。

这种数量的八卦媒体，就算放在明星身上，也是一线小花的待遇。

陆远刚走了几步，就已经清晰地认识到，自己踩进了别人预设的陷阱。

"你好，陆远先生，我们刚刚得到消息，任氏集团的发布会上，任平生先生对贵公司本年度的压轴产品表现出了极大的信心和热情，请问您自己对这次的产品发布有什么看法呢？"

"你好，陆远先生，刚才我们采访过的任氏……"媒体的话筒像是花束一样塞满了演讲台。

这分明是司马昭之心。陆远稍稍抬起头，发现发布会场不远处，出现了某个熟悉的身影。

任平生依旧顶着一张阳光灿烂的脸，甚至还刻意地对着讲台上的陆远摆了摆手。

"陆总，我这就报警！"秘书小姐气不打一处来。

现在报警，只会影响今天的发布会。况且，以自己手里的证据，和任氏集团的公关能力，还会产生更为恶劣的影响。

陆远示意女秘书不要惊慌，打开麦克风，轻轻地咳嗽了一声。

整个场面迅速安静下来。

待在家的阮秋伶原本策划了一场庆功宴，按照陆远旗开得胜的惯例，这次回来肯定又能好好庆祝一下。

阮秋伶一边想，一边看着电子菜谱开始制造"生化武器"。和陆远相处的这段时间，她或多或少还是有进步的。

"对了！"她突然想起，之前好像在书房看到过这次发布会主推产品的文件。

阮秋伶解开围裙，瞥了眼桌上的时钟。时间还早，还有三个小时。既然这样，她不如一睹为快？

阮秋伶想起那次意外被自己翻出来的文件夹，上次准备解决江浩的事情后，再回来收拾，结果发生了一连串意外之后，她都差点把这件事忘了。

可她匆匆回到书房，原本藏在一摞书下面的文件，竟然不翼而飞。

"怎么会这样？阮秋伶仔细搜查了一遍，用来压文件的书还是保持着原来的样子，要是陆远发现了，一定会将其整理一遍。可现在，东西竟然不翼而飞了！

阮秋伶的脑袋像是被重物敲击了一下，各种线索连贯在一起。

"如果不是陆远拿走了，那么又会是谁？"一种不祥的预感浮了上来。

最想得到这份文件的人，她明明早就接触过。

如果自己是任平生，得到了竞争对手的机密资料，自己会做些什么呢？

这对于阮秋伶来说，是最难熬的三个小时。

"阮秋伶，你看电视了吗！"

阮秋伶刚松一口气，就被江舒俞的电话狂轰滥炸。

"看到什么……"

"那个总是来给你送东西的穷小子啊！你难道不看电视的吗？"江舒俞情绪激动地说。虽然她自己才是那个远离时事，常年沉迷异次元的人。

江舒俞万万没想到的是，之前被自己撞见过几次，来给自己家傻瓜送饭的男人，竟然西装革履地出现在本地台直播间的大屏幕上，下面还配着一行简要的说明："我市著名企业家陆远。"

"你从哪里得出穷小子这个事实的？"阮秋伶毕竟也是装过一

段时间富婆的人，现在拿捏这种小事，见怪不怪，"他虽然哪里都像个穷小子，可他确实是个如假包换的总裁。"

"怪了，怪了。"江舒俞对总裁先生的印象瞬间被颠覆。她快速在网页上浏览了关于"陆远"的资料，愣愣地坐在了凳子上，自言自语道，"原来现实生活中的总裁应该是这个样子吗？我可真是长见识了。"

是啊，真正的总裁应该是什么样子？

阮秋伶在同龄人中是读过的总裁小说数量的佼佼者，可她依旧想不明白这个道理。

都说艺术来源于生活，可小说故事里"为你承包鱼塘""天凉了让某公司破产吧"的霸道总裁，怎么都和眼前屏幕里的男人找不到共同点。

他勤勉又聪颖，坚韧又坚毅，记住过去，也展望未来，没有莫名其妙的会议，也不会因为陌生美女的投怀送抱而乱了阵脚。这大概就是他能够成为总裁的原因吧。

可是这次，他要输了。

阮秋伶想着，不知道怎么的，感觉有温热的东西情不自禁地顺着脸颊滚落下来。他失败了，可犯错误的人明明是自己。

"阮秋伶，你怎么了？"终于从震惊中缓过神来的江舒俞回过头，才发现这段时间一直神采奕奕的自家阮秋伶，竟然像只被抛弃的猫一样，蜷缩在角落里。

两人对着手机视频界面，也没办法给予她拥抱。

江舒俞只能看着阮秋伶那边的画面突然亮起来，又突然剧烈抖动，然后暗了下去。

"舒俞，怎么办？我发现我做错了，我闹了件非常严重的事情。"阮秋伶泣不成声，江舒俞突然意识到了问题的严重性。

"我害了他，我又害了他，已经是第二次了。第一次毁了他唯一的妹妹，第二次毁了他。"

电视上的直播里，陆远的展示幻灯片即将翻到压轴产品的那页。电视机外的宿舍中，阮秋伶的内心前所未有地颤抖起来。

那件事情要发生了，怎么办？他会出丑吗？公司会因此被影响吗？可这一切明明都和陆远没有关系，都是自己的错，是自己亲手毁了这一切……

"秋伶，不要怕，先把话说清楚，"不明所以的江舒俞安抚道，"没什么大不了的，就算真的发生了什么，我们也会和你一起面对的。何况不只我，不是还有他吗？"

江舒俞示意阮秋伶看向电视屏幕里俊俏的男子。

阮秋伶内心的忐忑没得到任何缓解："那……那如果我说，这个错误可能会让我去坐牢呢？"

"坐牢？那得犯了什么级别的错误才能……"江舒俞原本还想开个玩笑，活跃一下气氛，可是目光刚触及阮秋伶死灰般的脸，要出口的玩笑话又咽了回去。

"现场好像出现了什么意外，让我们跟随记者来详细了解。"直播节目恰好中断，浓妆艳抹的主持人一切镜头，画面从威严的远景镜头变成了无数媒体人一拥而上的近景画面。

"陆远先生，您选择在此刻暂停发布，是有什么重要的事情要宣布吗？"

"陆远先生，根据本台了解……"

"我很抱歉，但是我暂时不能回答大家的问题，当然，发布会也不会因此受到影响。"被媒体围攻的陆远缓缓地说，"我大概已经知道了整件事情的经过，但是很可惜，此刻的我并不能挽回什么，也不能让在座的各位媒体不对接下来即将发生的事情提出疑问。虽然这样说很冒昧，但是我公司筹备一年之久，即将在本次发布会上宣布的新产品是……"

屏幕上熟悉的产品形状被公布于众，现场立刻一片哗然。

阮秋伶最不想看到的画面，还是出现了。

就像是任平生描述的那样，陆远虽然温柔，却绝对不会在这种事情上退让。他压根就没想过回避或者找借口跳过，而是直接面对接下来的狂风骤雨。

"厉害了。"不远处围观已久的男人轻轻吹了声口哨。虽然是死对头，但是他确实欣赏陆远这种敢作敢当的气派，"不愧是短短几年，就足以威胁我们任氏分部的男人。"

"任少爷。"一旁等候多时的男人也长了张英气的脸，低垂着眼眸的姿态，就像只窥探着猎物的猫。

"这段时间辛苦你了。"任平生转过身，对身后的男人语气稍微客气了点，"你进公司以来，父亲就一直非常看重你，我为我之前的鲁莽向你表示歉意，这次能够顺利拿到新品设计，也多亏了你的帮助。冉锦添，如果你不介意的话，开发部的部长刚刚被调职，这边空缺的位置……"

"任少爷，我只是做好了自己分内的事情。"冉锦添不卑不亢，"至于调职的事情，我愿意在能为公司创造更大利益的情况下，去其他岗位。"

"哼，不愧是父亲看重的人。"任平生今天心情不错，没有刁难冉锦添的意思，当然也并没有因为这一点小小的胜利就完全放下戒备，"但我还是很好奇，听闻你之前在其他公司也深受赏识。既然如此，你来任氏究竟为了什么？"

冉锦添笑了笑，并没有给出更明确的答案，只是答了句："任少爷可听过一句，'良禽择木而栖'？"

"哈哈哈。"任平生没再多说什么，只是伸手拍了拍男人的肩膀，"我喜欢你这句话。"

发布会结束，陆远离开的方向却被媒体人包围得水泄不通。陆远脸上的表情依然没变，就算是面对媒体刻薄的提问，他也没有丝毫动摇。

"陆总……"

"没关系，你已经做得很好了。"陆远似乎早就料到了结局。

旁边的安保人员配合默契，在大楼门口到等候多时的保姆车之间清出了一条路。司机位置上的女人依旧犀利，瞥了眼上车的人，一言不发就踩了油门。

秘书小姐的眼神往后飘了飘，陆远一张紧绷的脸上表情没有任何改变。这使她觉得，此刻讨论司机的问题似乎不合时宜。

可是，每一位坐这辆车的人，都会遭受特殊"洗礼"。今天的沈明月就不是一个称职的专车司机，她的妆容依旧精致明亮，哪怕知道自己车上的人刚经历过什么，也没有丝毫体谅对方心情的意思。

"上了我的车，还是老规矩。"扒窗的小报媒体差点凑到了沈明月面前，可她连目光都没有偏，轻轻地"哼"了一声，按住挡把的右手稍一用力，"都给我坐好了。"

车内的新乘客还没反应过来，沈明月一个漂移，就把围观群众甩得干干净净。

"啊！"

车速依然很快，沈明月并没有因为后座的惨叫就有所收敛。小路上一个弯道，她的速度不减反增，随着轮胎摩擦地面的声音，保姆车的半个车身稍稍离地。

这可把第一次乘车的秘书小姐吓了一跳，坐在副驾驶的她不可避免地往旁边倒去，正好被沈明月伸手护住。

"不……不好意思！"秘书小姐下意识地将身体向另一边弹开，紧紧地攥住了自己的安全带。她的视线忍不住被沈明月若明月般的侧脸吸引，可又碍于自己还在工作时间，强迫自己转移了注意力。

　　"没关系。"沈明月对此并不在意，飞快地瞥了眼蜷缩在副驾驶上的职业女性，悄无声息地伸手递过了一张手帕。

　　"谢……谢谢。"秘书小姐冒冒失失地伸手去接手帕。

　　坐在后座的陆远适时地咳嗽了几声。

　　"那个，陆总？"

　　陆远的脸色看起来比刚才好了一些，他像是早就预料到了这个情况，简单明了地交代了几句，才不紧不慢地向座位后面靠了靠，坐得更端正了一些："是时候反击了。"

·第十章·

在停止之前，还有挽回的机会

据说人都有一种回避的本能，凡是意识里判断极为艰难的事情，身体都会下意识地回避。可人生的选择，原本就是违背天性的，越不想面对的事情，往往不得不面对。

情况向着最坏的方向发展，陆远公司的新产品被爆抄袭的消息铺天盖地。与此同时，各类小报也没有放弃这个机会，娱乐版块陆远"全民老公"的形象岌岌可危。

虽然少一些人眼红自己的男朋友，对阮秋伶来说是一件好事。可今天，她的心情无比沉重。公寓里安安静静的，空气也像凝固了一样。

夜晚终于降临，阮秋伶像一只躲在黑暗中的兔子。她闭上眼睛，耳朵小心翼翼地贴着墙壁，生怕漏掉任何声音。

她不知道该怎么面对那个男人，自己知道得越多，心里越忐忑。

陆远今天还会回来吗？应该会吧，毕竟以他这种性格……

阮秋伶自行脑补了若干个陆远目前的状况。

终于，熟悉的声音响起。外面传来了开门的声音，很轻很轻，像是怕惊扰到谁。进来的人似乎顿了几秒，熟悉房间里的黑暗之后，才开始走动。

阮秋伶等待已久，就是为了这个瞬间。

"陆……"藏在夜色中的女孩"嗖"地钻出来，差点扑到了陆远怀里。

"对不起！"抢在阮秋伶之前，最不该道歉的人率先低下了头。

"对……对不起，应该是我说的，我……"阮秋伶心里没有底气。

"没事，早点睡吧。"

果然，每一个直男都拥有能让人瞬间接不上话的超能力。阮秋伶眼巴巴地站在原地，看着陆远走回房间，关上房门。

这又算什么呢？心里充斥着各种忧虑的阮秋伶，又看了一整晚的月亮。

她和陆远完全是两类人，她是那种需要被培育在温室里的花朵，陆远则是那种为了长远利益，可以挽起裤腿下地挖泥的人。

阮秋伶想起自己好歹是个金融专业的学生，可她专业里的加减乘除，无论如何都算不清陆远公司的未来走向。她宁愿陆远拿来考她的文件都是收购其他公司的资产重组，也不愿意见到陆远的名字出现在"破产清算"四个大字下面。

她想着想着，就睡着了。梦里陆远引以为傲的公司，被地方电视台优雅的女主播宣告破产。

"吓死我了，还好是梦……"

阮秋伶突然惊醒，连忙打开手机，才发现本地新闻推送果然没让她失望。各种各样类似"我市重点企业最近传出破产新闻""全民男友地位不保"之类的推送霸占了整个版面。阮秋伶一点开，各种关于陆远公司的小道消息被传得沸沸扬扬，甚至还有不知道哪来的狗仔爆料，陆远不务正业，拈花惹草。

不喜欢应酬，下班时间不会突然出现在公司，对于一个事业有成的男人来说，确实足够带来大把桃花的资本。如果阮秋伶没有结识陆远，也许还会将这些消息作为和朋友们作为茶余饭后的谈资。

可是，新闻里被形容得狼狈不堪的男人此刻距离她不到二十米远。他们一起逛过超市，一起烤过小饼干，一起做了所有正常情侣会做的事情。她想为陆远正名，说清楚他不是传言的那个样子，可是刚发的帖子立刻就沉了下去。

面对世界，每个人都太渺小。

房门没关，可是站在门边的陆远还是礼貌地伸手敲了敲门。

阮秋伶立刻把手机屏幕按灭，生怕对方从自己这里得到什么公司的负面消息："你……你怎么来了？"

"想问你要不要一起吃早餐。"

陆远看起来似乎有些疲惫。阮秋伶小心翼翼地揣测着他黑眼圈下面的潜台词，要是放在平时，他说这句话听起来一定像是个善解人意的主妇，可是今天，"吃不吃早餐"却不是个问句。

显而易见，他只是在她做出判断前，象征性地征求她的意见。

这语气让阮秋伶突然觉得有些不舒服。

餐桌上两人的气氛依旧很微妙，陆远大概是在其他方面透支了能量，已经无法用多余的力气来保存平时的温婉。他的眼神像是某种大型掠夺型鸟类，值得庆幸的是，阮秋伶并不是他的猎食对象。

电话铃声适时地响起，陆远沉默了几秒后，用拇指有力地挂断。

"我吃饱了。"陆远起身，将自己的一份餐具收拾好放进水池。

"公司的事情没……"阮秋伶还想追问，话音未落，嘴里就被塞进了一块温温的小甜点。温润的奶香味在口腔里四散开来。

"好吃吗？"陆远笑得格外温柔。他距离阮秋伶很近，干净的侧脸，发梢似乎还带着一丝甜甜的气息，阮秋伶不知怎么的，隐约感觉自己心跳漏了一拍。

"嗯……"阮秋伶低声回应，下意识地低下头，仿佛是做错事的孩子。

陆远抬手将阮秋伶的碎发撩至耳后，低声安慰道："小傻瓜，你不用担心……"

"我……我才不是小傻瓜，你……你这个小饼干！"阮秋伶小心翼翼地反唇相讥。

"那，你喜欢小饼干吗？"

陆远只是随口一问，阮秋伶却满脸涨得通红。她故作乖巧地咀嚼起嘴里的手工小饼干，答案不言而喻。

不久后，公寓的男主人已经做好了出门的准备。

阮秋伶像只小兔子一样竖着耳朵，大气都不敢出。正要出门的陆远像是突然想起了什么，回头往餐厅方向望了一眼："我出门了，可能晚一点回来。"

阮秋伶一个"好"字卡在喉咙里，还没发出声，就听到了房门被关上的声音。

不行，她现在绝对不能这样坐以待毙了！

打好主意，原本该去上课的女大学生又悄无声息地逃掉了一节专业课。她匆忙下了楼，打车往陆远公司的方向去。

其实，以她现在的状态，除非伪装成送外卖的，或者强行引发骚动，否则哪有那么好随便就潜入他的公司？

阮秋伶顺手在街边提了两杯速溶咖啡，假装轻车熟路地跟着大批白领一起挤上了电梯。

这个时候上下班的人数并不算多，电梯里死气沉沉的。

"你听说了吗，那家公司的事情？"

"哪一家？就是咱们这栋楼……"电梯角落里，其中一位女职员捂住嘴，用手指示意般指了指，"的那家吗？"

另一位职员也神神秘秘地点了点头，两人仿佛交接暗号一样："我刚才去送资料还进去了一趟呢，好可怕，估计那块的办公室在过不久就要易主了。"

"有这么严重吗？"

"你以为呢，听小道消息说要破产清算的……"

阮秋伶也不知道自己为什么这样做，她控制不住地咳嗽了几声，故作威严地挺直了身子。

两名窃窃私语的电梯乘客立刻安静下来，小心翼翼地打量了阮秋伶一阵，似乎又发出了一声嗤笑。

也是，今天原本是要准备去上学的，阮秋伶一低头，就看到了自己脚上那双沾着灰尘的小皮鞋。就算是要假扮成威严的高管，她这身行头也绝对不合适。

上一次服装店的经历还历历在目，阮秋伶想了想，脚不自觉地往电梯角落挪了挪，心里开始回想刚才两位职员交谈的内容。

破产？如果公司破产的话……

阮秋伶突然想到，破产的意义，似乎不仅仅意味着一无所有。除了没钱以外，好像还能逃避些什么要承担的责任与义务，但是法律条文具体是怎么说的？她想使劲想想，但上课不认真的恶果给了她一个空白的大脑。

好歹她也是金融专业，连这种词汇都理解不了，也太丢人了。

阮秋伶默默地掏出了手机，趁着其他人进出电梯门的间隙，用互联网快速检索了自己本专业最该清楚的名词：破产，大多是指债务人因不能偿债或者资不抵债时，由债权人或债务人诉请法院宣告破产并依破产程序偿还债务的一种法律制度。

"对了！只要宣告破产，那公司欠债岂不是不用偿还了？"

虽然有点不负责任，而且在这种时候琢磨破产的事情不是特别吉利，但是这个点子一旦浮上心头，阮秋伶却像是吃了一颗定心丸。再怎么说，这也比自己老爹背债，就直接把自己"抵押"给债主强啊！

电梯抵达顶层，客梯里只剩下阮秋伶一人。

电梯门打开，这一层的办公区域并没有想象中的凌乱，前台小姐姐依旧面带微笑，员工也按部就班。

阮秋伶蹑手蹑脚地出了电梯，只觉得一切照常，仿佛无事发生。

对了，现在应该怎么做？阮秋伶端着速溶咖啡，突然慌张起来。如果她现在打电话找陆远说给他送咖啡，会不会时机不太对？

就在她晕头转向之际，一个熟悉的身影快步从办公区域走了过来。

"你在这里做什么？"陆远的表情看起来比平时更严肃，他快速打量过阮秋伶身上的小物件，"今天不用去学校吗？"

"我……我来把咖啡送给你！"阮秋伶僵硬着递上手里的速溶咖啡，心里偷偷感慨幸好自己早就准备好了应对的借口。

"好的，谢谢。"陆远彬彬有礼地接过少女手里的东西，目光再飞快地瞥向了办公区，才回到少女身上，"需要我帮你叫车到学校吗？"

他的潜台词分明是："你最好不要待在这里碍事。"

"没……没关系的，我自己可以。"

"好的，那我先去忙了。"

"嗯。"阮秋伶突然觉得心里空落落的。

这时候她在也帮不上什么忙，就社会经验来说，她几乎是零。撇开社会经验不谈，算上大学里的那些专业知识，她也比不过谁。

　　在离开的电梯里，阮秋伶眼前似乎突然出现了一道巨大的沟壑。自己和陆远，分明就是两个世界的人。

　　"阮小姐，这么巧。"刚出公司大楼，阮秋伶就遇见了两位老熟人。

　　"有什么好巧的！你这家伙在这里干什么，又来偷东西吗？"阮秋伶还没搭上话，旁边原本贱兮兮的男人却像是吃了火药一样，瞬间多了毛。

　　这是什么情况？冉锦添和江浩竟然一起出现在楼下大厅。阮秋伶刚才被陆远说了几句，她现在连八卦的心情都没有了。

　　人类有时候还真有挺多坏毛病。就比如阮秋伶，在单身的时候做梦都想遇见个寡言帅气的霸道总裁，刚认识陆远时甚至还觉得人家哪里不对，结果现在陆远真的认真起来，和她曾经梦想的那些总裁先生一样冷漠，她心里却没来由地失落。

　　"嗯，巧。"阮秋伶有气无力地应了声，恨不得找个地洞遁走，立刻离开这个是非之地。

　　"怎么，今天这么垂头丧气的？终于开窍了准备主动出击，结果被拒绝了吗？"江浩看准时机，就是哪壶不开提哪壶。

　　本着安全第一的概念，阮秋伶只能安静地闭上嘴。气场输了一截，并不妨碍她弱弱地从背后奉上一个大白眼。

　　冉锦添依旧面带微笑地围观着两人，为了提醒两位还有其他人在现场的事实，平和地补上了一句："我还有点事情，就先走了。"

　　阮秋伶见状也准备离开，可才迈出门半步，就被刚才针锋相对的江浩拽了回去。

　　"你说我怎么就摊上你这么个玩意儿！"江浩使劲瞪了正要开

溜的阮秋伶一眼，"连眼色都不会看吗？"

"你到底想说什么？不要拉拉扯扯的！"

"你不是一直很好奇吗？为什么在比赛前夕会突然腹泻。"江浩松开手，压低声音，目光快速扫视周围，示意阮秋伶一起转移到建筑物边缘，然后解锁了手里的平板，"如果你感兴趣的话，也许这份报告能证明点什么。"

阮秋伶的记忆快速回放，如果她没记错，这件事应该……完全是出自陆远之手，完全是为了在接下来恰到好处地表现温柔，才设计的一出好戏。可如果真的是这样，江浩作为"帮凶"，现在是要洗白什么吗？

阮秋伶将信将疑地接过男人手里的平板电脑，页面上是女生寝室值班房的监控视频。视频上，一位形迹可疑的女生一直徘徊在值班房附近，并且低头注意着手表，好像在等待什么。

在这种时代，用手表来看时间的人本来就屈指可数，更可疑的是，就在阮秋伶被宿管阿姨突然查房的前一分钟，那位女生忽然故作慌张地冲进了值班房，紧接着，宿管阿姨神色严肃地走向了阮秋伶所住的楼层。

"这么小家子气的事情，亏他们也做得出来。还有，你最好抽空警告陆远，不要再让这么优秀的我去查这种小事了。占用公共医疗资源，是非常可耻的。"江浩挑起眉，看着阮秋伶突然阴沉下去的脸，猜眼前的少女已经回忆起了什么，"这位女同学你猜猜是谁？还挺有意思的，她并不是你们学校的人，而是戏曲学院某个表演专业的兼职学生。不过做事干净，一向也是那人的优点。"

"那人？"阮秋伶定定地重复了一遍。

"他应该也主动接近你了吧？这小子很早之前就和陆远不对付，陆远要和你结婚的事情刚放出风声，他就沉不住气了。"江浩不紧不慢，声音越来越低。

"你说的是任平生吗？"阮秋伶的心慌乱起来。

"哟？原本我还不确定，看来和陆远猜的一样，果真是他本人出马找的你。"江浩轻笑一声。

阮秋伶没想到自己才说几句话，每一句都能恰到好处地踩进对方的圈套。

"你不会还以为我们什么都不知道吧？陆远为什么会突然给你钱，又给你留机会去和他接触，你该不会以为他真的被蒙在鼓里吧？"

阮秋伶脑袋"嗡"的一声。难道，至今为止，她都一直处于被安排好的线路上？

"你是不是很吃惊，因为你会做的所有的事情，都在我们的掌控之中。包括你现在会因为不放心陆远，而出现在这里？"江浩一脸小人得志，似乎比起看病，当个行侠仗义的侦探才是他的真实志愿。

阮秋伶转念一想，如果对方早就知道自己会做什么，那现在的情况其实也不是太坏。她想到自己耿耿于怀的那件事，反问："那我找侦探的事情，陆远也……"

"你还找过侦探？"江浩大吃一惊。

"没……没有……"

此时的狡辩已经无法挽回任何事，本着成年人"看破不说破"的优良传统，两人纷纷选择了沉默，气氛瞬间降到冰点。

"所以那件事情……他也知道了？"阮秋伶试探着问。

成年人对于许多陈年往事，往往有着无法想象的固执和偏见。她的第一任务是摸清对方对这件事的想法。

"他吗？"江浩看到眼前阮秋伶的表情由缄默变得严肃，甚至还带着些心虚和懊悔。

作为一名医生，江浩是没有任何观点责怪或者鼓动捐献者的。

可同样，作为一名医生，他翻看陆远带来的那卷资料时，内心同样是沉重的。

"你觉得我有错吗？"阮秋伶的目光突然变得很虔诚，"我那时候还年轻，听到小概率匹配成功的消息，瞬间就觉得自己就是那个中了彩票的幸运儿。可是，我答应下来才发现，那个中了彩票的幸运孩子并不是我，而是她。"

"所以你就在最后关头跑了？"

"我一开始没想要跑的。"阮秋伶的目光暗淡下来，"我不知道该怎么说。"

江浩抿了抿嘴，什么也没说。如果他只是个无知的围观群众，现在大可以抓着自己这位死对头的小辫子，作为以后斗嘴的把柄。可他不是，他是一名医生，既不是上帝，也没有神明的权限，判定不了生死。

"我不知道。"隔了几秒，江浩像是良心发现，给阮秋伶指了一条明路，"我没理由批判你，楼上那位总裁大人或许有一点记恨你的理由，可我们都没办法责怪你。"

"嗯？"阮秋伶的眼角亮晶晶的，她的身体使劲靠在办公楼大理石铺成的墙壁上，神态就像是等待救赎那么虔诚。

"有个人原本最有资格说这些话，可是我很遗憾，她在八年前因为意外去世了。"江浩的声音渐渐变得沉重，"你应该至今都不知道，她为什么会在手术终止之后就快速销声匿迹吧？这些事情现在说出来，应该会让你遭受很大打击，要是陆远记得叮嘱我，我肯定不会告诉你。可惜，他这次没来得及制止我这样做。"

"在你同意捐献骨髓开始，接受捐献的人就要开始做特殊治疗，杀死身体里的免疫细胞。直到骨髓捐献手术之前，身体里的免疫系统几乎被全部破坏。你知道为什么要这样做吗？就算匹配成功，捐献的骨髓也不是百分之百合适的，为了能让身体更好地接受异体细胞，首先要杀死自己身体里的免疫系统。可这一切的努力，只要在移植手术之前被喊停——"江浩故意顿了顿，才继续说，"一旦手术终止，就意味着整个身体都暴露在风险中，已经被破坏的免疫系统无法抵御任何细菌的袭击。"

"我不是很清楚她去世的真实原因，不过以我的知识面来看，这类患者很大概率是死于感冒或者其他细菌病毒的感染。"

江浩的语速并不快，声音压得很低，也有可能是出于这个原因，阮秋伶的心好像越来越沉，逐渐落入冰窖。

"这件事情……"良久，阮秋伶才缓缓地开了口。

"你见过陆远哭吗？"江浩故意岔开了话题。

"哭？"阮秋伶想了想，不光是哭，好像就连其他的情绪，她都很少在陆远身上捕捉到。

"陆远早就不会哭了，他也没有其他的情绪。人类只要遭遇过一次刻骨铭心的打击，身体就会自动开启保护系统，他接触这个世界产生的感受，会被身体自动削弱。不光是悲伤，就连喜悦的情绪，他应该都感觉不大。"江浩轻叹了口气，"说来也巧，陆远为什么偏偏会遇上你，还是这样一个奇怪的你，这让我一直想不通。命运开这种玩笑真的有意思吗？"

江浩又陆陆续续说了些什么，阮秋伶却什么都没听进去。

她很清楚，陆远可能永远不会原谅自己了。不仅是八年前的事，还有这一次文件泄露的意外。

美洲亚马逊丛林的蝴蝶一扇动翅膀，大西洋彼岸就会发生龙卷风。

阮秋伶从未想过，这样的"巧合"会发生在自己身上。可谁的人生不是充满各种各样的"巧合"呢？

阮秋伶坐在公寓楼下想了很长时间，如果不是江浩多嘴，那些关于陆远的秘密她可能一辈子都不会知道。可就算知道了，她又能怎么样呢？

"少爷，任总来电话……"

"任总？这个房间里除了我，还能有其他任总吗？"坐在总裁桌前的男人转过身，目光狠狠地落在了西装革履的老者身上，"陈管家，如果没记错的话，我好像提醒过你几次，这个公司是属于谁。"

管家头发花白，看上去和任平生的父亲年纪相仿，周身淡淡的香水味和西装领结的穿法，展现出上流社会的礼节。

"我很抱歉，任少爷。"管家不卑不亢地说，"老爷刚才来电话，希望你有空的时候能够回复他。"

"我现在很忙！"任平生稍一动身子，把躺椅正对向窗户，"没什么事情就不要打扰我了！"

老管家对这一幕已经司空见惯，站在原地，并没有要离开的意思。

任平生这三个字生得风雅，据说任老喜得贵子时正在山里采购药材，冒着蒙蒙细雨突然得到了母子平安的喜讯，当场吟了首"一蓑烟雨任平生"。可是，任家家大业大，在任老那个年代，维持这样庞大的家族并不容易。"富一代"开拓疆野的辛酸，远远不是纸面上几个字就能概括的。多年来的辛劳和忙碌，总是让任氏父子聚少离多。

"我已经说过，也不想再重复第二遍。"

不知道是出了什么差错，任平生对谁都可以柔情似水，唯独沾上父亲，总是不能安静下来。他很容易就被点燃，只要涉及任老，他的智商就如同嗷嗷待哺的顽童。

"少爷，你已经很长时间没有和家里联系了。老爷在电视上看到你的新品发布会，已经催促过我好几次。"老管家双手放在身前，不论任平生如何动作，都没有一丝一毫惊慌之色。

"你弄清楚自己的立场，我才是这个公司的总裁！忤逆我，你就准备好收拾东西回家吧！"

"是的，任少爷，我很清楚。你年轻有为，是这家公司的总裁。可是我受聘于任总，你是无权解雇我的。"尽管遭到威胁，老管家还是彬彬有礼，说得不紧不慢，"请你和任总保持联系。"

明白自己无论再说什么，都无法改变管家先生的行为后，任平生紧绷的身体像是泄了气的气球，突然瘫软下来。

又是这样，每次都是这样。只要管家先生再重复几句，任平生总感觉自己还和十几年前一样，只是个任性惹恼对手的孩子。

那个被叫作"任总"的男人，曾在五年前帮扶过还在创业的陆远。他对陆远走的每一步都赞不绝口，这也正是任平生无论如何都要扳倒陆远的原因。

"任少爷，老爷特别交代我不要告诉你，他上周的体检……"

"好了，我知道了。既然他交代你不要说，难道你要忤逆他的命令吗？"作为缓兵之计，任平生只能先改口答应下来，否则老管家唠叨起来，又不知道什么时候才是个头，"等我有空，我就会立刻联系他，行了吧？"

虽然知道不会这么快得到答案，但多少也得到了肯定的回答。老管家深知如何给任平生留空间，稍稍欠身，离开了办公室。

话都说到这个份上，看来他今天是没有机会把任老已经住在ICU（重症加强护理病房）观察的事情说出口了。管家缓缓地退出去，带上了门，又对着那扇巨大的红木门轻轻叹了一口气。

也许，越是亲近的人，就越无法理解对方吧。在老管家眼里，任平生现在所做的一切都像是在报复，报复任老早些年对他缺席的关注，也报复余生可能会一直后悔的自己。

见鬼了。

任平生仰面躺在了椅子上。

"为什么我明明赢过了那个家伙，却一点开心的感觉都没有？"他从透明的落地窗看向了陆远公司大厦的位置。

"进。"

又是谁啊？任平生单手按着太阳穴，缓缓地把椅子扭回桌子的方向。

进来的男人明明没有表情，却像是时时刻刻保持着微笑。

"你这样子，我果然还是一看到就讨厌。"任平生草率地抬头望了一眼，又把椅子转了个角度，"进来是要向我汇报什么好消息吗？哼，除了那个人的公司倒闭之外，我不想听到任何消息。"

"任总，我很抱歉。"冉锦添略低着头，"您这次下达的命令，可能不太方便实施。"

"你这是在质疑我？"任平生凌厉的眼神扫过去。

可惜冉锦添深知怎么灵活地躲避杀气："您之前交代我去取资料的事情，确实属于公司的内部机密，我无权泄露。可是，这也是竞争手段中最不适合您的一个。"

"你是在威胁我吗？你要是想说不光彩，就直说。"任平生的表情越来越凝重，"我愿意做什么决策是我的事情，你只需要负责执行。"

"我不是很明白。"冉锦添是个擅长察言观色的人，已经感受到了任平生此刻的情绪，但是他没有离开的打算。

刚被管家纠缠过一番的任平生，脾气并没有那么好。他像是个被宠坏的孩子，拼命地证明自己，可越是努力，越得不到回报，他的焦虑就更添上一分。

"你们一个两个的，今天都怎么了？看不惯我是吗？偏要和我作对？"

"任总，我没有和您作对的意思。"冉锦添垂着眼眸，"外界都知道，您和陆总是竞争对手，无论是公司的情况还是其他，大家都喜欢拿你们来比较。我很能理解您希望取得胜利的心情，作为您的员工，我也会全力配合。可是我希望您还没有忘记，我能够从那边跳槽过来的条件。"

提起陈年旧事，任平生的脸瞬间黑了下来。他确实不屑在冉锦添或者管家面前表演，无论媒体再怎么鼓吹他，卖人设，只有在这个时候，他就是他自己。

"条件？不是你看重发展前途吗？"任平生稍稍抬起眼，眼神里尽是不屑，"这段话你对我父亲说过，又对我重复了一遍。难道你现在想告诉我，这些都是违心的？"

冉锦添笑了笑，眼神在任平生周围游走，眼睛失去焦点的样子，比迷途的羔羊还要叫人心生怜爱。

"你到底想说什么？"任平生站起身，死死地盯着冉锦添。

"我想提醒您，这次您准备的计划，那个人早就知道了。"冉锦添从口袋里抽出一张折过的纸，"这样说也许很冒昧，但是这一切都在他的计划之中，包括这张特殊的监控视频截图。"

冉锦添展示的纸张上，模糊的截图被放大处理，清晰可见，是任平生的脸。而监控的背景，分明是陆远那栋漂亮的公寓楼。

"您这人做事一向谨慎，不喜欢让人查到把柄，而且是越重要的事情越不可能假手他人，哪怕是拿资料这么一件简单的事。这是我一直以来非常欣赏的一点，我也最欣赏您无论遇到什么，都不动声色的样子。"

冉锦添话里带刺。

"你想要什么？"知道自己偷走陆远的设计图证据确凿，任平生也懒得挣扎。他似乎一开始就没想让计划天衣无缝，也安安心心地给自己留好了后路。现在媒体节奏已经带了起来，舆论风向不是他陆远的几个证据、几句澄清就能搞定的。

"您还记得我是在什么时候入职的吗？"

冉锦添岔开话题，任平生谨慎了起来。他深知言多必失，只是凝视了冉锦添很久，才报出一个让任氏家族分公司全体员工刻骨铭心的时间点。

"是在上一次新技术引进之后吧。"任平生转过身，面向窗外。那正是任氏分公司生死攸关的时间点，如果不是冉锦添恰好在那个时候加入，可能珠宝分部就已经遭到淘汰。任平生一直觉得这是自己的魄力和幸运，没想到自己也只是别人计划里的一环，"这也是他事先安排的吗？所以你一直以来，都扮演着双面间谍的角色？直到看见我做这么丧心病狂的事情，终于按捺不住要和我谈条件了是吗？"

既然话已经说开，任平生也不再隐瞒什么。他抽出桌子里的行程表，当着冉锦添的面划掉了下一个行程本该去的公开演讲："冉锦添，我是真的非常欣赏你，所以轻易相信了你，没有去查你的底细。但是，希望你还是有足够的自知之明。"

"确实如此。"冉锦添直面愤怒的任平生，恭恭敬敬地双手递上了自己曾经的名片，"可是我的目的并不是您所想象的那样。陆远派我过来，只是希望我能够给予你们相应的帮助。而作为交换条件，他会帮助我隐藏过去，让任总裁的人查不到我的底细。"

那名片上，赫然写着：××公司执行董事冉锦添。

"他原本就没有想过要取胜，只是单纯希望您可以成为他的竞争对手。按照陆远那个奇怪的理论，失去竞争的羚羊，会越跑越慢。"

任平生书桌上的招财摆件突然落在了地上。不知道为什么，他明明取得了胜利，却突然像被掏空了灵魂。

任平生突然明白，他是赢不了的。

因为他从头到尾想赢的人只有陆远，他忽略了更多更重要的东西。

·第十一章·
世界上哪有总裁会做这种事

"陆远你回……"阮秋伶迎上去，像是焦灼等待了主人很久的宠物。

"嗯。"陆远匆匆地推开门，钻进房间，提走了小巧的旅行袋。

"有点事情。原材料供应商那边。我晚一点回来。"陆远突兀地说了几个不连贯的短句。

"喂……我……"

商业上的事情，原本不该透露给无关人士。但陆远发现，他没办法什么都不告诉阮秋伶。陆总裁的第一次恋爱，竟然是在这样生死攸关的时刻，才诞生了那种名为"牵挂"的情感。

可是，他不能带走阮秋伶，自然，也不能留在她身边。

"西边的山上？"阮秋伶瞬间忘记了自己原本想说什么，话题只能跟着陆远跑偏，"这附近有山吗？"

"在那个西边。"陆远低着头，手指直直指向了一旁的中国地图。

等等，虽然我们是珠宝公司，但是有哪个珠宝公司的老板会亲自上山挖矿的啊？虽然说我们相遇时你坐在田间的农用车上已经非常不可以思议了，但不能有个总裁样吗？

阮秋伶怯懦地向后靠了靠，却摊开双臂用身体挡住了陆远要出去的路，以此表达自己的抗议。

"你要进山？"

"嗯。"陆远目光坚定。

"难道煤矿的老板都会经常住在煤窑里吗？"阮秋伶小心翼翼地转变方向抛出疑问。

"通常来说是的。"没想到陆远根本没听懂她话里的意思，"我会晚一点回来。"

今天她一定要拦住他，一定不能让他再做奇怪的事情了！

阮秋伶心里这样想着，却没架住陆远匆匆抛下的一句："冰箱里我已经准备好了一周的食物。你能在家等我吗？给你这个。"

陆远像是突然想起了什么，伸手从口袋里摸出了一把东西，示意面前的女孩双手接住。

阮秋伶双手合拢。

陆远留在少女手心里的是一颗有点融化的奶糖。

糟糕，中计了！

"陆……"阮秋伶剩下的话根本没机会说完，就见男人行云流水般带着行李离开了家门。

她又失败了。她打开冰箱，把冷冻柜里所有的点心盒数了一遍，才发现比一个星期的量多了一个。那是今天的，本来是用来庆祝发布会的点心。

可是盒子里装的不是阮秋伶笨手笨脚做的黑暗料理，而是被人重新装好，放进去的小点心。盒子内面的顶部，还认认真真地写上了"谢谢"两字。

陆远把那些饼干都吃掉了，然后留下了回礼。

那些事情他明明全知道，却什么都没有做，既不记恨，也没有阴谋。

陆远还是陆远，无论走到哪一步，到了哪个境界，都是最开始的陆远。

阮秋伶突然意识到自己的狭隘，她做了好多多余的事情，她明明配不上那个男人了，可她依旧是他的宝贝。

既然这样，她就等到陆远凯旋，再庆祝一遍吧！

阮秋伶迎着夕阳，看着点心盒里的字，突然眼眶通红。她感觉自己太被动了，无论是爱还是被爱，都是处于单纯接受的位置。

据说古代人匹配姻缘，讲究门当户对。阮秋伶之前不理解，现在才恍然大悟。就算到了这个地步，她也无法为陆远做点什么。她太年轻，以前只觉得，女人只要负责被爱就好，到后来才知道爱情应该是"相爱"，而"相"是"相互"的意思。

她配不上他。她也迟迟没有等到他回来的消息。

"给你这个。"陆远打点妥当回到公司，率先转身递给了秘书小姐一个笔记本。

"这是……"正直的秘书小姐满脸狐疑。

媒体的带节奏，多少还是给公司带来一些问题，在被谣传公司要倒闭的第三天，人事就收到了不少离职申请。陆远也直言不讳地在公司会议上表示，目前遭遇的问题可能会导致公司短时间的资金问题。

按照正常情况，陆远原本可以选个官方说辞，蒙混过关，他却以极其精准的语言，简单描述了公司目前面对的问题。这是秘书小姐对于陆远最喜欢的一点，但是，也是她最无法理解的一点。

　　"回答阮小姐的问题模板。"陆远迈进公司，又恢复成陆总的样子。虽然办公室内的环境显得有些压抑，他却像是没有受过任何负面情绪的影响，"如果这趟旅途中你必须和阮小姐接触的话，请不要慌张，根据她提出的问题，用这上面的模板来回答就行了。"

　　"哈？"秘书小姐受宠若惊。她翻开笔记本，发现里面像工具书一样列举了各种各样的情况。而对应的回答模板，就像是四六级英语考试作文攻略。

　　这场西部之旅对陆远来说意义重大，据说那边某个不太出名的矿山上挖掘出了宝石矿，还是某种稀有的红宝石。

　　陆远深知自己现在到前线，对于企业的一线员工来说，有什么样的意义，所以他别无选择。

　　军心绝对不能在这个时候动摇，陆远比谁都更明白这个道理。

　　再回首这段时间漫天的谣言，这也是他唯一一个反击的机会。

　　陆远是个极有原则、极度守时的家伙，他在自己的计划表里，时间误差从来不超过五分钟。可是这一次，阮秋伶在机场等了整整一天，直到当天最后一趟从西边回来的航班结束，她也没有看到陆远的影子。

　　"不好意思，我想问一下，从这个地方回来的航班今天最晚是几点？"等得太久的阮秋伶，再一次找到了机场的工作人员确认时间。

　　"您好，女士，最后一班恰好是一个小时之前。截止到今天22点，所有的航班都已经结束了。"机场人员彬彬有礼道。

　　"这不可能！"阮秋伶死死地捏着手机，上面拨通的陆远的号码，明明还处于关机状态！

"真的没有其他的航班了吗？或者需要转机的那种，也没有了吗？"

"是的女士，都没有了。"

这又是什么情况？阮秋伶的心一下揪了起来。她心急火燎地再拨通了陆远团队其他人员的通讯录，也都是无法接通。

难道一堆人进山采矿全部遇难了？不对啊，新闻都没有报道！

可是，不是这样又会……

"喂，你好。"

拨通了！不对，这是对方拨过来的？

阮秋伶悬着的心刚放下，又从另外的角度生出了枝丫。因为这个拨过来的电话，对方竟然是个女声！陆远的电话，居然是个女人拨过来的！

"你好，请问你是……"阮秋伶把握不好，不知道现在自己是该以正宫的语气强硬一点，还是应该怎么做。

"我是陆先生的秘书，现在正在陆总队伍进山的山下。"

秘书！这种字眼一听就不是什么善类！现在打电话，难说是要来挑衅……

秘书小姐要是知道，和阮秋伶说话语速绝对要快，不能给她留有任何想象空间，现在就不会秉承着职业操守尽可能地压制自己的瑟瑟发抖。

不行不行，一定要冷静下来，秘书小姐一个深呼吸，感觉头顶的雨越下越大。被陆远从山体滑坡下救下来的年轻队员，还包着毛巾在原地瑟瑟发抖，可是这个队伍的领导者，此刻却落下通信工具，不知所终。

现实生活和阮秋伶脑补的内容，连百分之一的相似度都没有。

总裁为了救普通员工，自己被山体滑坡逼得杳无音信这种话，就算是说给阮秋伶听，她也不会相信的。

按照正常的剧情发展，陆远身为一个领导者，完全没有必要冲在前线。可是，陆远偏偏不是那种会随便喊个口令，就让其他人冲在最前面，自己在最后坐收渔翁之利的家伙。出身底层的人最知道要怎么收获忠心。

陆远的谋略从来都是做好自己，用最好的自己去感染其他伙伴。可是这次，他忽略了一些问题。

其一，在媒体几次谣言攻击之后，公司遭遇重创，下属很难齐心协力。

其二，天气预报并不准确，才进山两天，队伍就遭遇了暴雨重创。

秘书小姐还在努力克制自己调整情绪："阮女士，我可能要很抱歉地通知您……我们短时间之内还联系不上陆远先生，但是不用担心，他……"

"他和其他女人私奔了吗？"阮秋伶终于忍受不了秘书小姐抑扬顿挫的冷静语气，很不礼貌地爆发出来，"不对不对，以他的性格，难道……他和矿石或者泥巴私奔了吗？这种情节小说里还是蛮少见的，不过也不是完全没可能。"

在阮秋伶抢答的那一刻，秘书小姐就明白陆远为什么这么大的事情都交代下去不许告诉阮小姐。这不知道还好，要是知道了，说不定已经被阮秋伶按照小说套路，安上了几千种不同的死法。

于是秘书小姐在随身的笔记本里翻了翻，找出了陆远很早之前就交代过的"回答阮小姐问题模板"。

"是这样的，阮小姐，请您不要担心。根据今天的天气和周围空气中水分的湿度，我们认为这一次事故的后续结果并不严重。首先，我将通知您的是，陆远先生只是遇上了一些麻烦，暂时失去了联系。

请不要担心，根据统计的结果，每一百个公司总裁中就会有一个经常遭遇这类问题，其次……"

"陆远是不是出事了？"听到这套熟悉的说辞，阮秋伶反而冷静下来，"你就告诉我，他现在是不是不在你身边，他是不是出事了？"

"这……确实是。"秘书小姐心里一紧，感觉瞒不住了，"但是陆总事先交代过，希望您能在家附近居住，不要离开太远。"

陆远一定是出事了，而且问题还不小。

阮秋伶下意识地得出了这个结论，按照陆远的性格，他越不想拜托别人或者走漏风声，就说明事情越严重。

"你告诉我实话。"阮秋伶深吸一口气，"我作为一名成年人，可以对自己的判断和行为负责。"

陆总，对不起。这大概是年轻的秘书小姐第一次没有完成好总裁吩咐的任务。不过，那个被总裁想尽办法保护的姑娘，似乎也已经不再是个只会沉迷小说的少女了。

陆远这边也陷入了困境。

他是被雨水浇醒的，醒来时，身边还有个避雨的老乡。

"疼……"他的脚踝不知道什么时候受了点擦伤。

陆远自诩社会经验丰富，什么样的大风大浪没见过？他的座右铭是：只要冷静下来，总是会有办法的。可是，他刚伸出手，却发现自己抖个不停。

他是在害怕吗？没理由啊。明明没什么恐惧的东西，他也没有能再失去的东西了。

"你不要担心，由于山体滑坡，这段路最近可能走不了了，我们在山里待几天，不要急。"

"好的，谢谢你。"

陆远试图让自己冷静下来，毕竟这也不是他第一次遇到这种危险了。

陆远很早就开始接触买进卖出的事情，他至今还记得自己的第一笔买卖，进货被骗，白白亏损了几万块钱。

"没关系，我之前也经历过山体滑坡，不用担心我。"陆远友善地向前来帮助他的当地居民解释。

陆远确实经历过各种各样的事，在成为宝石商人之前，他做过五金生意，贩卖过药材，代理过各种各样的电器。所以江浩说他不念书是对的，可是硬要宏观地说，高尔基也只是就读了社会大学。

让一个常年生活在城市中的人，去山野寻找宝藏原本就是不合情理的。要不是这座山附近传来了发现稀有红宝石的消息，陆远也不想铤而走险。他想冒险，可是他不想让其他人替他去冒险。

"多休息一阵子吧，现在外面经常有雨，不适合进山的。"见这位城市来客刚等一会儿就急着离开，朴实的老乡也看不下去了，"小伙子，不管你老板给你出多少钱，命总归是自己的。"

陆远笑笑："谢谢。"

年轻人总是很难被劝阻的，就像被关进笼子里的鸟，永远在仰望天空的色彩。

现实生活总是不会看人脸色，它随心所欲，给每一个人指了许多不同的道路。未知多有趣啊，可是未知，也多可怕。

陆远没有那么多时间了。

雨势稍缓，他就打开了地图，准备按照原定计划进一步搜索。

陆远没想到，每一个人一生中总会遇到那么几个刺头。而阮秋伶，仿佛就是他这辈子过不去的坎。

雨水落个不停，落在树叶和草茎上的声音很清脆，很好听。可是听得多了，脑子也渐渐疲劳起来。清新的空气一个劲往陆远身体里钻，可充其量只是把冷空气带进了怀里，让身体仅剩的一丝热气散发得更快。

"陆远……"

被山体滑坡阻隔的第三天，陆远觉得自己好像出现了幻觉。他竟然在这种荒山野岭，听到了阮秋伶的声音。

"陆远，你再不出来的话，我就把你留在冰箱里的零食都吃完了，连着要庆祝用的那一份，一起吃掉！"

这世界上会有幻听这么清晰的吗？而且这声音，明显还带着感情色彩。

一滴水落在额头上，陆远突然精神起来。他环顾四周，才发现自己不知道什么时候，在草丛里摔倒了。

"你，怎么来了？"嗓子好干，陆远回过神，想起自己已经有三天没有发出过任何声音。

"陆远？"

不远处草丛里娇小的身影像是一只躲在花园里的兔子，竖着耳朵，听到这一声立刻撒着欢冲了过来："我找了你好长时间，你为什么会一个人在这里？走……快和我回去。"

"回去？"陆远想伸手拉阮秋伶一把，没想到主动在前开路的少女却一个不稳，向后倒进了他怀里。

"对……对不起，我不是故意要占你便宜的！

"你生气了吗？"

"没，我只是在想，既然在你的逻辑里这样是你占我便宜的话。那我……岂不是有点过于幸福？"也可能是被困时间过长，人距离死亡越近，就越真诚。陆远突然爽朗起来，"你真是个很有意思的人。不过，你还记得怎么回去吗？"

顺着他手指的方向，阮秋伶抬起头，才发现周围的景色竟然都一模一样！

　　"不要担心，我来的时候特意在路上做了标记！"阮秋伶自信地举起了手里的布袋，"我出门带了大米，一路上都在地上撒一点，黑色的地和白色的米，反差特明显，特好认。"

　　"嗯，确实如此。"陆远一脸淡定，"不过前提是，没有其他生物把我们的路标当晚餐消灭了。"

　　刚才还欢快的阮秋伶此刻全身僵硬，回头仔细看了看自己来的路。如果真的要靠大米来认路的话，她唯一的希望大概只能到来年的秋天，幸存下来的野生稻谷破壳而出，长出一条回去的康庄大道。

　　"那……那我们现在，怎么办？"明明是带着救援的目的，阮秋伶此刻却眼泪汪汪地凝视着被救人员。

　　阮秋伶自告奋勇地在道路畅通后，第一个冲向了丛林，此刻她却依偎着陆远，在破庙外瑟瑟发抖。

　　"陆远，你说我们会不会死在这里啊？我还从没有读过这样的故事场景。"

　　"正常来说不会。"陆远从随身行李中摸出一根圆柱形金属，擦干水，稍稍碰撞火花就跳了出来。似乎是为了安慰她，陆远继续说，"而且按照言情小说套路，这样的情况一般男女主角结局都会不错。"

　　"生活才不是什么小说……不过我们肯定会没事的，虽然我成绩不好，也算不清楚公司报表，可我学过一点急救的知识。"阮秋伶抹了把脸上的雨水，表情变得一本正经。她凑过来，为了能看清楚，自然而然地就趴到了陆远的腿上，"钻木取火不是应该那样……"

　　"这是镁棒。"陆远注意到自己的手又开始发抖。

　　"镁棒？"毫无疑问，阮秋伶是把所有初高中以上的知识都还给了老师。

　　"嗯。"陆远紧张的显然不是这些知识，而是阮秋伶凑在自己手边的脸。

虽然说是以结婚为目的在交往，可是这三个月来，他连一个完美的约会都没办法为她创造。就算没有读过小说，这么长时间的相处，他大致也了解了她的择偶要求。

他想要给阮秋伶一个舒适稳定的环境，可没想到，他自己才是这一切环境中最大的变数。

陆远不想放弃。人很多时候是不能输的，只要输过一次，之前累积的一切就会被清零。

"别怕别怕，我的急救知识还没忘光。"阮秋伶试图发挥一点作用。

"听起来很有用，可我真不希望能用上啊。"明明情况紧急，陆远却突然笑了，"在我很小的时候，也有一次，在山里迷路了，那一次在我身边的是⋯⋯妹妹。"

阮秋伶安静了下来。

"你看，如果我死在这里，你是不是就复仇成功了？"阮秋伶生硬地挤出笑脸。

"如果你真的想要让我复仇成功的话，你就⋯⋯嫁给我。"陆远低着头，"除此之外，我不会接受其他的方式。"

"哈哈，陆远你好狠啊，你明明知道，你不是我的理想型⋯⋯"

"我知道啊。可是，你是我的理想型。"

世界安静下来，阮秋伶慢慢觉得身体不那么冷了，可是她的心，却无论如何都没办法平静。

"阮秋伶，我有一个问题想问你。"

周围安静得只听得见雨滴从树梢滚落到地面的声音。

"嗯？"阮秋伶心跳突然加快。难道陆远终于要和自己⋯⋯算账了吗？

"这么长时间，我自认为已经比之前更加了解你了。"陆远的措辞变得僵硬并且不自然，他下意识地想要寻求帮助，可是口袋里什么也没有，没有秘书准备的提词表，甚至连宣传手册或者工具书都没有。这次，他只能靠自己了，"综合来说，你专业水平很差，学习能力不强，人际交往一般，还见异思迁，是个帅哥爱好者。可是，我比你要恶劣得多，我才是这个世界上最差劲的人……我懦弱，没办法说服你，一点也不霸道，还领导不好下属。所以，为了让我复仇成功，能拜托你答应我的表白吗？"

　　不是账单，是表白。

　　"等等，你……你在这种时候，向我表白吗？"阮秋伶只感觉自己的心跳不断地加快，压根就没有平缓下来的意思。

　　"难道不是这样吗？"被树枝堆起来的小火苗在面前跳跃，陆远的脸被映得红红的，"只要你现在答应，就算我们出不去了，我也不算是复仇失败……"

　　阮秋伶迅速用手堵住陆远的嘴："不许说！"

　　陆远伸手握住了阮秋伶按着自己的手，轻轻将它拿了下来。他的睫毛很漂亮，挂着淡淡的水汽，忽闪忽闪，漂亮得让人无法将视线从他的眼睛上移开："那我现在，可以说'我爱你'了吗？"

　　"你的复仇，早就已经成功了。"

　　听到陆远的话，就算是阮秋伶这种冒冒失失的人，也终于认真起来。她苦笑着道："其实，我一直在骗你。你很残忍，我越喜欢你，就越明白我们之间的差距是无法填补的……我，配不上你。这要比直接嫁给你，残酷千倍万倍。"

　　陆远没想到她会在这个时候坦白，一言不发地看着她。

　　"我瞒不住了。"阮秋伶像是得到了什么信号，第一次直直地看着陆远的眼睛问，"你知道，我一直很希望你对我说'我爱你'。

那你知道，这些话代表什么意思吗？"

陆远确实琢磨不透，对他来说，阮秋伶的生活就像是她自己羡慕的那本总裁小说。

人类往往生活在某个被其他人羡慕的圈子里，可他们也往往羡慕着另一个圈子里的人。

或许陆总裁做过很多正确的选择，才让公司一步步发展到今天的地步。可是这一次，他无疑是错了。

"代表我会向你求婚，事实上，你一开始就期待我这样做了，从见我第一面开始。"

陆远猜对了，可阮秋伶的眼神，突然暗淡下来。

"不对。我也是到后来才知道，人是很容易忘记的。"她轻轻推开了陆远原本搭在她身上的手臂，"我其实早就知道，我们根本不是一个世界的人。总有一天，我也会忘了你吧，伤心很短的一段时间，再站起来继续前进，走在一条和你完全不同的道路上。你问我什么是'喜欢'，什么是'爱'，我好像知道了答案，却也无所谓了。"

陆远虽然听不懂这段文艺的说辞，可他也从阮秋伶的表情中感觉到了什么："所以，你拒绝了我吗？我还以为你一直想当总裁小说里的女主角。"

阮秋伶突然笑了起来，她看着陆远，眼里满满的都是柔情，然后轻轻地摇了摇头。

"陆远，你很好。你比我读过的所有总裁小说里的男主角加起来还要好，可是，我没办法成为你的女主角。如果我真的是小说人物，大概也就是那种出场不到五百字就匆匆领盒饭回家的女配角吧……陆远，你会原谅我吗？很多件事，我需要得到你的原谅。"

雨还在下，阮秋伶絮絮叨叨地说了很多，关于八年前的那场意外，关于她隐藏的小故事。陆远的脸上从来没有过那么多表情，欣喜、感慨、遗憾，却唯独没有愤怒。

他保持着一言不发的姿态，和脸上客套并礼貌的微笑。

"我真的，是一个很坏很坏的人。"

阮秋伶为自己的结论做出一个总结，却被陆远在第一时间否定："你不是。但你以这样一个结论来确定要不要开始一场感情，太草率了。"

"我说是，就是！"阮秋伶凶狠了一秒。

"那你想怎么样？"她没想到，从来都是倾听姿态的陆远，却突然积极起来。

"你不是喜欢霸道总裁吗？你讨厌我温柔，讨厌我做饭，讨厌我以退为进。"陆远突然向前，握住了少女的指尖，"如果你以这样一个结论，就判定我不是你命中注定的人，那么我告诉你，你大错特错了。"

"你为什么突然这么用力？"阮秋伶习惯了柔情似水的陆远，一时半会儿有点适应不了眼前的状况。

"我不知道文艺的话要怎么说，但我知道，就算你骗了我，被人利用差点害了我，这些都改变不了我喜欢你的事实。也许这种感情还没有上升到爱情那么伟大，但我明白自己的心意。阮秋伶，你想要活在现实里也好，活在小说里也罢，可我就是我，"陆远的眼神突然沉下来，"你把我逼到绝路，也不要怪我只能以此反击了。"

"等等，先婚后爱什么的，我是不能……"

"签。"

阮秋伶在刚才的一瞬间脑补了网站上若干本先结婚后恋爱的小说题材，可睁开眼睛，面前既没有赤身裸体的男人，也没有强行被按手印的结婚协议，只有一张被水浸湿的合同。

又是合同啊……不愧是陆远。

阮秋伶在心里暗暗笑了笑。

对，陆远就是陆远，哪怕同样是总裁，他也永远不会变成阮秋伶言情小说里的那些霸道总裁。陆远给人的感觉总是很安静，很平和，不会生气，甚至也不会难过。阮秋伶甚至从没见过他奋力说服谁，或者努力争辩什么，仿佛这个世界上，没有任何东西值得他费力气。

"签……什么？"

"恋爱协议，如果在协议时间结束前，你还不愿意和我结婚的话，我赔偿你精神损失费。"

阮秋伶认真地看着陆远的脸，和这样的帅哥在一起，哪怕不谈恋爱，也谈不上什么精神损失吧？更别说还有钱拿，不行，不行，这么快答应下来，会不会显得她很轻率……

"两倍，所有的费用赔偿，时间是三年。"陆远压低声音道，"不考虑公司的成本核算，不走公账，走私人账户，不需要缴纳个人所得税。三倍。"

"成交！"

阮秋伶一句话脱口而出，果然，就算当了一段时间的"准富太太"，这种见了人民币就失去原则的本性，还是没有任何改变。

阮秋伶意识到自己说了什么之后，连自己也笑了笑。但是她还是小心翼翼地又补上了一句："那我出去以后，还需要继续当你的保姆吗？"

阮秋伶精打细算地想，要是自己还像从前一样，一直留在陆远身边，就算是签订了协议，本质上也不会有任何改变。

"你在家里发挥过保姆的任何作用吗？"陆远反问。

阮秋伶识相地安静了下来。没错，无论是居家，还是工作，她都远远输给陆远。可她不想再这样了。

"陆远,你可真是个怪人,口口声声说了那么多次要和我结婚,可对你来说我是什么呢?是值得你冒着生命危险进山寻觅的宝石,或是可有可无的装饰品?"阮秋伶明明很难过,但是不知道为什么,嘴角就是不自觉地上扬,"你对我的弱点一清二楚,甚至知道该怎么让我签下拟定的一个又一个协议,可我对你呢?总裁与平庸大学生之间的沟壑,我还没傻到以为有'爱'就能填补。"

"哦?"第一次见识到阮秋伶的强硬,陆远也拿出了些认真的态度,"你比我想象中要聪颖,也更难对付。可我是个商人,不擅长谈感情。"

"所以你就带着商人的那一套,一次又一次地套路我吗?"

陆远之后还说了什么,阮秋伶听不清楚。她只是突然觉得,自己所期待的"霸道总裁爱上我",从一开始,就是个骗局。

"你拒绝了他?"破天荒地,阮秋伶在规定时间内按时回到了宿舍,江舒俞正在床上啃着巧克力棒,看着烂俗偶像剧,"真不敢相信,这一趟矿山之行,你是在中途遇到什么神仙了吗?你终于变得纯洁,打算洗心革面了吗?"

"看你说的,我是那种人吗?"阮秋伶心虚地顶了一句嘴。

"毋庸置疑!"江舒俞目不转睛地盯着屏幕,头也不回地光速给出了正确答案,"又是在玩什么矛盾升华感情的游戏吧?你们还能真分啊!"

阮秋伶本来心情就已经够复杂了,回到江舒俞温暖的怀抱,本来想要寻求一点安慰,没想到劈头盖脸就是一顿不屑一顾和习以为常。

最可恨的是,江舒俞说的这些,阮秋伶还无力反驳。

"这次是真的。"阮秋伶没义务让人强行相信自己,"我啊,在此之前从没有想过，如果真正能和自己理想中的偶像谈一场恋爱，具体应该怎么做。"

"严格来说，总裁不算是偶像。"

见江舒俞语气云淡风轻，阮秋伶自动开启倾诉模式。

江舒俞终于意识到，这次可能和之前过家家的举动有本质上的区别："你去找他的时候，发生了什么，他向你求婚了？"

"是啊。"阮秋伶答完这句话，竟然有了种放松的感觉："其实也不算是正式求婚啦，我想象中的求婚，应该是更惊喜、更浪漫、更像言情小说的那种。但是我认识他这么久，他的几次'求婚'都是在哪里呢？医院破旧的普通病房、轻松散漫的居家公寓，和……失去信号的深山老林。"

"哈哈哈……啊，对不起，我不是故意的，但是这个反差真的很好笑！对不起，你继续。"被阮秋伶使劲盯了一会儿的江舒俞安分下来，不再打断她的叙述。

"喜欢看爱情小说的人，其实只是抱着一种期待吧。期待能够遇上故事里那样完美的爱情，喜欢故事中的某个角色。可实际上，都是遇不到的，爱情故事最终也只是个美好但不会成真的愿望罢了。"

这段时间天气真好，阮秋伶坐到凳子上，看着自己桌上一列排开的高级护肤品，还是笑了。

"不过这段时间的'恋爱'多少还是有好处的，给了我很多意料之外的惊喜。我也是第一次和异性一起'合租'，一起'约会'，还做了很多莫名其妙的事情。陆远人很好，温柔又体贴，还有一手好厨艺，但是，他成长得太快了，快到我追不上他的脚步。

"江舒俞你知道吗？我之前一直以为，恋爱是两条相交线，冥冥之中碰在了一起，但是到现在我才明白，能够长久的伴侣是两条并列延伸的平行线，相互扶持，共同成长。很显然，我并没有达到能够和陆远共同成长的程度。"

江舒俞不愧是学霸，虽然恋爱经历为零，但是她迅速理解了阮秋伶话里的意思："你这样的解释是不难理解，可现在的你能做些什么呢？这学期的学分完全不够，我估计撑到结课可能都是大问题……"

"拜托了，其实我的基础还是不错的，江舒俞老师，您愿意解救我这头迷途的羔羊吗？"阮秋伶双手合十，把江舒俞的右手夹在了手掌里。

江舒俞也是这个时候才发现，阮秋伶的手里竟然还捏着什么纸："好吧好吧，不过自从上次你在及格线边缘徘徊之后，我就再也没看见过你的成绩单了。要我帮你的话，至少也要先让我了解你现在的水平吧？"

"嘿嘿。"阮秋伶心虚地笑了笑，嘴角僵硬地上扬，"你想看的东西，远在天边，近在眼前。"

江舒俞狐疑地摊开阮秋伶夹在手里的纸，才发现成绩单的科目一栏，竟然每一门都惨不忍睹。

"不行啊，你这种，就算我是神仙也……"之前无故消失那么久，现在突然回来也是没用的，除非……江舒俞长叹一口气，"除非你基本功真的扎实得吓人，不然就这个水平，你还是重读一遍大学比较保险。"

"那我该做些什么，才能证明我还能抢救呢？"

"比如……对了，你的高考成绩是多少？"江舒俞突然想起，"各科成绩最好都报给我一下，让我有个心理准备。"

"这个啊，我记不清了，"阮秋伶笑嘻嘻地抬起头，"不过我高考的时候读书还比较认真吧，我记得我被录取时还有人特意打电话确认呢，因为我的分数正好高出了学校录取线六十分。"

"你！你？"江舒俞捏在手里的手机，差点被捏碎，"难道你就是那个神出鬼没的校园未解之谜第一人？那你怎么会混成现在这个样子？你看看你现在有哪一门及格了？"

"哎呀，这个，还不是因为生活，实在太丰富多彩……"

江舒俞看了看自己宿舍桌上堆成山的书本，又看了看自己床铺上差点坏掉按钮的游戏机，突然觉得自己上了个假大学。

"那……那传说中那个高出录取分数六十分的学霸，一入学就接到了国外高校抛来的橄榄枝，你怎么……"

"哦，那个啊，因为听起来很耽误去歌厅的样子，就被我拒绝了。"

对，就是那个江舒俞申请之后，收到回绝信的外国学府。在阮秋伶轻飘飘地说出上面那句话之后，对江舒俞来说，学业实力带来的悲痛，瞬间扩张到了无限大。

"阮秋伶，无须多言。"江舒俞用力地拍了拍可怜巴巴看着自己的阮秋伶，"正好我也想再申请那所学校，你应该也和我有一样的想法吧。那恐怕，接下来的时间，你可能不会太好过。"

"是指国外留学的生活吗？这个你不用担心，我已经拜托……"

"不，我是指再次收到那所学校录取信的过程。"

学霸这股强大的悲痛力量，迅速化为某些人前进……不，准确来说是被迫前进的动力。

想要得到回报，总是要先付出的。

之后在很短一段时间阮秋伶体验了比高考还要大几倍的压力，终于认识到了这句话的真谛。付出不一定有回报，但是不付出，一定没有。

·第十二章·

小说级恋爱的求婚仪式

躺在会场门口的男人压低声音，对着手里的对讲机轻声道："代号'小甜饼'行动开始！"

"收到！但是，江浩，你能不能不要总是起这么恶心的代号？"沈明月余光瞥见空空如也的汽车后座，皱起眉头，"陆总已经走了？和计划有些出入。"

"这才不是我起的！哼哼，你就别担心了。"对讲机那边的江浩揶揄道："看来，'小甜饼先生'的恋情你一点风声也没听到，一会儿你就知道了。"

海边派对的现场，被强行带来参加派对的阮秋伶穿着淡蓝色晚礼服，脸的上半部分被白色鸟羽的面具遮住，虽然心情并不美丽，但她挂着得体的微笑，向周围给她打招呼的人点头示意。

"江舒俞，你最好在三分钟之内出现在我面前，向我解释一下，这个面具派对到底是怎么一回事。"

"嘿，我们鼎鼎大名的'小辣椒'不是最喜欢聚会了吗？这是惊喜哦。"

阮秋伶身着的晚礼服，简洁却并不简单，淡蓝色外层下，白色底色在灯光下闪闪发亮。虽然晚礼服上没有镶嵌华美的珠宝，充其量只是点缀了些碎钻，但从服装质感和层次来看，设计师耗费了大量心血。像这样一件衣服，普通场合必然是无法穿的，制作成本极高，不由得让人对服装主人的身份浮想联翩。

可是，这是阮秋伶第一次出现在类似的社交场合上。深呼吸，别害怕，反正距离约定时间，还有差不多一天零两个小时。

相比三年前，阮秋伶更加成熟，化妆的技术也提升了一些，不像几年前参加聚会时，为了讨人瞩目才化得那么夸张，她现在的样子，刚好贴合眼下的氛围。

阮秋伶像是备战高考那样埋头苦读，后来才意识到，其实人生中的每一个环节，都未必会比高中毕业时的那一场考试来得简单。

阮秋伶在放手一搏后，第二次收到了那所大学的录取通知书，同时被录取的，还有在最关键的时刻为她两肋插刀的江舒俞。

"好歹是我带你来的，你能不能等等我？哇……你还真的是好命，毕业收到的那件没办法穿的礼物，竟然在这里派上了用场。"

几年的时间也改变了江舒俞，如今的她剪了短发，据说还和某位作风狂野的女司机拜了把子，彻底告别了"宅女"生涯，成了一朵无人敢攀的"高岭之花"。

"这样，你先在这里装装贵妇，我去那边看看有没有漂亮的小姐姐。"江舒俞比了个手势，端着杯布丁就从派对现场光速消失。

"喂！说这个时候回国的是你，带我来这里的也是你，现在怎么说走就走了？"阮秋伶优雅地压低了声音，所以她这句话根本就没在偌大的大厅内存留多久。

虽然她是第一次来，但是气场不能输啊，不能输。

江舒俞的匆匆离去并不能阻止阮秋伶保持的气场。为了避免被陌生男性搭讪，阮秋伶果断地选择了靠窗的墙边位置。

今晚举办派对的别墅，位于临海的最高位置，往下是一个跨越式的断崖，海水不断拍打着崖壁，使得潮起潮落的声音显得有些悦耳。伴随着房间内部舒缓的音乐，如果不是阮秋伶还穿着这身晚礼服，戴着面具，这大概是她有生以来过的最美好的夜晚。

灯光突然暗了下来。

大厅里传来一阵惊呼，但众人的情绪很快又稳定下来。

大厅中央不知道什么时候多了一架钢琴，灯光调皮地跳跃着，最终落在了钢琴师敲击键盘的手指上。

"喜欢吗？"

阮秋伶被吓了一跳，这会儿才发现，自己身边不知道什么时候多了一位同样戴着鸟羽面具的男性。

那男人穿着合体的西装，从面具下的部分来看，应该长得不会让人失望。

"派对安排的这位钢琴师，就是为了让你们有机会摸黑到姑娘身边吗？"阮秋伶微微一笑，反正也闲来无事，不如调侃对方一下。

"您倒是提出了个不错的意见，我会在核实操作成本后，征求意见是否需要保留这个节目。"

"嗯？"

这说话的语气，阮秋伶突然觉得熟悉，她的心跳开始一路飙升。可是外界根本没给她仔细思考的时间，聚光灯打向了靠窗的不远处，穿着燕尾服的小提琴演奏者配合钢琴的旋律，奏响了新的篇章。

"这个派对……还挺有意思的，你觉得呢？"阮秋伶有点惊喜，为了掩盖自己的情绪，努力制造了个体面的话题。

　　可是对方，好像并不买账。

　　"我觉得还有改进的空间。"

　　男人一伸手，阮秋伶面前的玻璃门竟然被轻松地推开，站在窗台上，可以看到远海的游轮闪烁着迷人的光。

　　"你是怎么做到的？刚才我想到外面来，费了好大力气都没有把它打开。"

　　"很简单，这扇门只有特定的人才可以打开，敢问小姐您是否优秀到可以大大方方地面对所有的一切呢？"

　　"你……"

　　所有的记忆一瞬间涌上心头，答案早就不言而喻。

　　这三年来阮秋伶吃了多少苦，付出了多少，早就不需要任何证明。她或许还需要很长一段时间，才能够成长到令所有人满意的程度，可是现在的她，只有一个秘密想要揭晓。

　　"你是……陆远吗？"

　　男人的面具很容易摘下，还好，面具下依然是那张熟悉的脸。

　　"约定的时间，快要到了。"

　　阮秋伶听到身后的大厅，传来了午夜的钟声。

　　陆远顺势单膝点地，从口袋里掏出了准备已久，如今终于能派上用场的圆形首饰。

　　"阮秋伶，请问你能嫁给我吗？"

　　扮演了半天派对参与者的熟人们纷纷摘下面具，朝两人聚拢过来。

　　其实，从三年前离开陆远开始，阮秋伶就没有一天忘记过这个男人。毫无疑问，她在陆远身上学到了很多，为今后打下了不错的实践基础。可无论再怎么掩饰，这世间只有恋爱和感冒，是怎么都掩饰不了的。

这三年来，奋发图强的阮秋伶偷偷注意着有关陆远的每一个新闻报道。哪怕是远在大洋彼岸时，也从未忘记过对这位小城红人的关注。

她付出了比其他人多几倍的努力。她见过凌晨四点的图书馆，也在邮箱最温柔的角落里，发现过某位不擅聊天的男人发来的生活照片。

邮箱里收到的照片不少，最多的就是她熟悉的手工小饼干。尽管阮秋伶知道，那个男人只是"通过做饭来帮助思考"，但是，她还是忍不住悄悄给寡言的邮件发件人起了个可爱的昵称——"小甜饼先生"。

她甚至可以像背诵经济学编年史一样，把能够收集到的关于"小甜饼先生"的信息，编成一部厚厚的《总裁成长史》。

不是言情小说里那种，随随便便就可以集成几千亿家产的总裁，而是那种一步一个脚印，凭借着自己得到一切的总裁。

身为重度总裁小说痴迷者的阮秋伶，在那之后戒掉了看总裁小说的习惯。真的，自从认识陆远之后，她竟然觉得每一部总裁小说都假得惊人。因为真正的总裁先生，明明应该是陆远的样子。

"这是……特别节目吗？"穿着晚礼服的阮秋伶向后退了一步。

"我很抱歉，女士，但我还没准备好让我的人生大事，变成特别节目。"跪在地上的陆远抬起头，眼睛闪闪发亮，就像天上闪烁的星光，"我要求婚的对象，非常喜欢网络上盛行的总裁小说，其中最为热门的就是霸道总裁系列。而据我观察，总裁中最受欢迎的就是直接求婚。"

"三年了，你还没忘记吗？"

阮秋伶突然想笑，她没想到，自己当年随口说出的小说烂俗求婚桥段，竟然真的发生在自己身上。

"阮秋伶，你走之后，我想了很多事情。今天，我最终得出了答案。"

"你的答案是？"

"你会成长，很显然，我也会。人类总是喜欢白费力气，绕了一大圈，又回到原地。如果要问我，今生有什么真正后悔的事情，那么可能就是……没有在见你的第一面就让你和我永远在一起吧。"

阮秋伶看不见，眼前这位沉着冷静的男人，在这漫长的三年里，到底反复演练过多少次此刻的场景。

其实在被救援队救走后，陆远就想明白了。很长很长的一段时间以来，自己只是一味地让阮秋伶接受，却从来没有尊重过她的选择。她想要过什么样的人生？她是否不用前进，只需要站在原地等待，就能获得自己所谓的"幸福"？

陆远一直觉得，自己和那些愚蠢的总裁小说男主角不一样。可也是在那时，他才发现，就自大的层面来说，自己和他们并没有什么不同。

"嫁给他！嫁给他！嫁给他！"人群开始欢呼。

"既然这样，那么我是答应，还是不答应呢？"阮秋伶迟疑了。

"不要忘记了，你们的三年合约啊！如果违约或者到期，你们可是要结婚的！"熙熙攘攘的人群中，不知道哪位熟人大喊了一句。

"好啊。既然这样的话……"

阮秋伶严肃地向前走了一步，却意外地伸出手把单膝跪在地上的男人扶了起来。

全场一片肃静，大家都不知道现在又是什么状况。

"合同就是合同。我，阮秋伶，作为一名经济专业高才生，在此以平等的立场询问，你，陆远，是否愿意遵照合同约定，和我结为夫妻？"三年的努力，在阮秋伶身上反映得更加明显。她不再以极低的姿态，等待眼前的男人给予选择，而是更加倾向于平等互助的姿势。她没有直接接过陆远手里的戒指，而是从自己的手指上取下了一枚用来固定礼服的塑料拉环，举到了陆远面前。

　　陆远一瞬间就明白了眼前女性的意思，婚姻是互助交换，不是单方面贸易。

　　他从容不迫地从盒子里取出戒指，递给阮秋伶，接过她手里的塑料拉环，定了定，慎重地说："既然是交易，那么，陆某遵守合约。阮秋伶小姐，此刻你已正式答应了我的求婚。作为合作伙伴，你需要遵照补充'共度终生协议'的其他条款。"

　　"我明白了，我接受。但是，我有补充协议。"阮秋伶不让分毫。

　　"现在是什么状况啊？"台下等候多时的吃瓜群众不知该何去何从，"虽然搞不清状况，但是鼓掌应该没错！"

　　掌声配合着身后的海浪，阮秋伶突然觉得，生活开始向着美好的方向，一发不可收拾地展开了。

　　陆远送来的，是一个亏欠多年的拥抱。

　　"补充协议，是关于什么内容的呢？我每一门专业课都挂科的女朋友。"

　　"哼，现在可轮不到你说我，"阮秋伶也下意识地抱紧了陆远，"一看你就没看过我留学时候的成绩,哈佛的交换生都要让我三分！"

　　陆远笑了："哦，那你想要的补充是什么？"

　　"我要，你不再签订这种不受法律保护的霸王协议，"阮秋伶恶狠狠地贴在陆远耳边，"什么'恋爱协议'啊，'终身协议'啊，这些本身都是违法的，你不知道吗？"

陆远只感觉耳边一阵热气，轻而坚定的声音响起："好好珍惜吧，这张结婚登记书，将是你这辈子签的最后一个本类型合约。"

"哼，好啊，难道我还怕你不成？"新的舞曲响起，陆远顺势松手，另一只手扶上了阮秋伶的腰。

"陆远，我不会再输给你了。"阮秋伶霸气地抬腿，"还愣着干什么，不是已经摆出要和我跳舞的姿势了吗？霸道总裁小说看多，看傻了，嗯？"

舞曲淹没了整个大厅，乐曲激荡出了新的乐章。

隐约之中，阮秋伶却听见陆远说了一句："那说好了，这辈子，你只能做我一个人的总裁文女主角。"